旅紐見聞選集

目　次

序

本書是作者旅居紐西蘭23年（1995-2018）來所發表過的文章選集，也是送給自己70歲的生日禮物。

我自大學畢業後，在台灣工作整整25年（1970-1995），擔任中央通訊社的英文編輯，每天所讀所寫的是英文新聞與特稿，從未有機會寫中文的文章。沒想到移居紐西蘭後，才在這個英文語系的國度發表中文作品。

這個大轉折是來自於2017年7月過世的前紐西蘭《自立快報》董事長謝水發教授的一句話。他於2003年某日打電話來，邀請我和我的另一半黃奇銘先生爲《自立快報》工作。他當時說的那句話令我至今難忘，「留在厝內眞無彩。」於是我正式加入《自立快報》的工作行列，不定時寫些採訪報導，就這樣踏上中文寫作之路。

《自立快報》於2005年3月底停刊後，謝董於2006年元月底接任紐西蘭台灣同鄉會理事長的職務。他不忘爲台灣僑界提供精神食糧的初衷，帶頭出錢出力，創辦《台鄉通訊》月刊，免費送給旅居紐西蘭的台灣鄉親閱讀。我和奇銘也義不容辭地投入這雜誌的採訪編輯工作。《台鄉通訊》後來改爲雙月刊，一直出版至2015年2月，一共52期，之後改成www.taiwanesekiwi.org.nz網站，持續至今。

本書所選的文章，大約可分成三大類：與台灣僑界有關的報導、人物專訪、旅遊見聞等，按時間先後排列，盼能與讀者朋友分享一個台紐人在過去 23 年來的所見所聞。

在此要特別感謝我在嘉義女中時期的老同學莊紫蓉女士。她於 2013 年底風塵僕僕地到奧克蘭，代表「吳三連台灣史料基金會」的張炎憲教授，做「台灣人移民紐西蘭口述歷史」的訪談。那次訪談不僅讓我們兩人重敘中斷了將近 50 年的同窗情誼，也讓我個人有機會回顧檢視自己走過的人生道路，更促成了我想在 70 歲生日前夕出書的念頭。要介紹我自己，沒有比這篇訪談更適當的了。

我還要感謝我的另一半。因我個人不擅中文打字，這些文章百分之九十以上是他在電腦鍵盤上敲出來的。有他這樣的大力協助，今日才能出版成冊。

蔡逸價專訪

時間：2013 年 12 月 6 日

地點：紐西蘭奧克蘭蔡逸價、黃奇銘宅

採訪筆錄整理：莊紫蓉

家世

我是嘉義布袋人，那個地方百分之九十的人都姓蔡。我阿公叫做蔡裘，他的兄弟、堂兄弟的名字都是「衣」字部、單名。我阿公是日清馬關條約以後出生的，因爲我阿祖做生意，經濟情況不錯，讓他去嘉義讀初中，因此他就成爲家族裡面第一個會講日語的人。當然他的漢文很好，很多人知道我的名字是我阿公取的，都說他一定很有學問。布袋是個海港，我阿公開一家船頭行（相當於現在的報關行），還有礱米廠，另有幾甲良田。

我爸爸蔡長埧，他們這一輩是「長」字輩，他的兄弟、堂兄弟名字都是「土」字邊。我這一輩是「崇」字輩，我是女生，沒有用「崇」字取名。我爸爸日治時代布袋國小畢業後，去台南市就讀台南高農土木工程科，畢業後本來想經商，但是第二次世界大戰結束後社會動盪不安，景氣不好，沒辦法做生意，就去嘉南農田水利會西螺管理處工作。我是在西螺長大的。布袋是我的第一故鄉，西螺是我的第二故鄉。我們家有四姊妹，我是老大，我和老二都是在布袋出生的，我四歲時才搬家到西螺，小學一、二年級和六年級回布袋就讀，其它的時間在西螺時寒暑假也都會回布袋。

我爸爸受日本教育，國民黨政府敗逃台灣之後，實施了一連串的土地改革，如土地放領、三七五減租等，家裡深受其害，讓他覺得政府就像土匪一樣，掠奪了當時台灣的中產階級。後來選舉時，他絕對不會選國民黨籍的，我記得雲林縣省議員選舉時，他都選李萬居。他也始終堅持不加入國民黨。我爸爸和我媽媽常講日本話、聽日本歌、看日本電影、讀日文雜誌，我爸爸退休之後，NHK 電視節目就成爲他的最愛。其實我爸爸的漢文不錯，最近拿出他多年前寫給我的信來看，覺得他漢文程度很好。他也會講北京話，只是不大願意講。所以，2006 年 12 月，在我爸爸的告別式上，我特別要求司儀和所有上台講話的人都用台語。

農田水利會是從事有關水利灌溉的工作，我印象較深的是，在 1960 年代初，我讀初中時，開始做農地重劃工作。我爸爸從一開始就參與，從西螺示範區開始做，再擴大到整個雲林縣以及其他縣市。這項工程進行了很久，感覺他有好幾年都投入在這項工作中。除了專業之外，他很愛看書，其它的常識也很豐富。最重要的是他的觀念很新，要不然他是長子，而我媽媽連生四個女兒，壓力一定很大。我們很幸運，爸爸很開明，很疼我們，他過世時，我們姊妹回去奔喪，回想起來大家都沒有被爸爸罵或打的記憶，大家腦子裡都是他帶我們去看電影、去哪裡玩等等快樂的回憶。他那個時代的男人，都大男人主義，在家裡不做家事；難得的是，他沒有重男輕女的觀念，很重視我們的教育，讓我們四個姊妹都到嘉義女中讀書，栽培我們到大學畢業。

　　我外祖父林清風是東石鄉塭仔村的人，他有十幾甲田，戰後當過東石鄉農會理事長。我媽媽林錦連是長女，據我媽媽說，我外公很疼她，雖然家住很鄉下，仍讓她去上學，每天要走一個多鐘頭的路去布袋的過溝讀小學，畢業後又讓她去讀家政學校。但是她一生中有個很大的遺憾，戰後台灣各地很缺小學老師，學校邀請她去教書，我外公反對，認爲女兒長大了就要準備結婚，不要去上班。我媽媽有一些同學去教小學，我小學一年級的老師就是我媽媽的同學。她在結婚前不能上班，結婚後更不可能，我爸爸的觀念就是不要和職業婦女結婚，他是要娶個賢內助。對這件事我媽媽一直耿耿於懷，所以，有了女兒之後，她認爲女兒必須讀書，也要有自己的「頭路」。我媽媽的觀念也很開明，前幾天我和她通電話，她說好在她以前有讀書，才能夠隨著時代進步，而在我爸爸過世之後，她也才能安然地獨立生活。

兩個故鄉的童年

我在布袋出生，四歲以後跟著父母搬去西螺。到了讀小學時，本來是在西螺的中山國小入學，讀了幾天後，跟爸爸說老師都沒有叫到我的名字，後來才弄清楚是，我不足六歲，沒有學籍。那時，我嬸嬸在布袋國小教書，我阿公就叫我回布袋就讀。我是阿公、阿嬤的第一個內孫，他們很疼我，從我阿公幫我取的名字就可以看出來，「逸價」就是無價之寶的意思。我回布袋讀一、二年級時，當時還有姑姑、叔叔尚未結婚，結婚的叔叔、嬸嬸也住在家裡，所以家裡很熱鬧，而且大家都很疼我，沒感覺到會特別想念在西螺的父母親和妹妹。

我和當時布袋基督長老教會鄭兒玉牧師的大兒子鄭福信同年，他一年級是在我嬸嬸教的班級，所以鄭牧師娘和我嬸嬸認識，就招呼我去教會。我對鄭牧師比較沒有印象，因爲當時年紀小，沒辦法聽講道。我最喜歡牧師娘，她很會招呼小孩子，她教主日學。那時候我覺得牧師娘好漂亮，好溫柔，會彈琴教我們唱聖詩，聖誕節時，送很多外國的漂亮卡片給我們，所以，我很喜歡去教會上主日學。我還記得，每次我要去教會時，我阿嬤會給我兩角錢去奉獻。後來長大多年後才知道鄭兒玉牧師很有名、為台灣做了很多事。移居海外後，每次去參加世台會等台灣人團體的聚會時，唱台灣國歌就是唱蕭泰然作曲鄭牧師作詞的「台灣翠青」。每一次唱這首歌，我就會想到鄭牧師和牧師娘，感覺到他們當年在我小小的心靈所播下的種籽，現在才發芽成長。

我小學二年級的老師張錦文，後來曾擔任馬偕醫院副院長，並當選過十大傑出青年，是台灣醫院管理方面的權威。當時他還沒上大學，去布袋國小當代課老師，剛好教到我那一班，我記得他很疼我，因為他和我叔叔、嬸嬸都很熟。我大學要畢業時，他請我們幾個同學去他家吃飯。

要升小學三年級時，聽我嬸嬸說我那一班要換成一個「老芋仔」來教，我爸爸立刻將我轉學到西螺中山國小。五年級下學期開學不久，我罹患感冒，左眼併發嚴重感染，在西螺都醫不好，得由阿嬤和姑姑輪流陪我到外地住院就醫，而那時候我媽媽的身體也不好。西螺基督長老教會的牧師人很好，常常到家裡為我們禱告，還介紹我去二林住院醫治，有一次還從西螺騎腳踏車去二林看我，讓我深受感動。遺憾的是，當時我父母雖然會去西螺教會做禮拜，但是後來都沒有受洗。

我為了醫治眼病休學了一學期，接著就面臨一年後初中的入學考試關卡。我阿公說布袋國小有補習，學生的成績很好，很多人考上嘉中、嘉女、台南女中、台南一中，於是我再度轉學，回去布袋惡補一年。

六年級那一年我和鄭福信同班，另外有個同學是蔡同榮太太蔡麗蓉的弟弟。那時候我對蔡麗蓉有印象，當時她已經台大畢業，在新營家職教書，她曾經送便當到學校給她弟弟，所以我看過她。在我們那個小地方，一個漂亮女生，又是台大畢業，是很令人仰慕的。長大後才知道蔡同榮在美國從事台獨運動，他們夫妻倆都是布袋人。

六年級那一年的惡補，音樂、美術、體育等課程都沒有上，每天就是寫測驗卷，上學變得很無趣，也產生了一些後遺症，例如：我上了初中之後，就比較不喜歡讀教科書。從小學到大學，我沒有得過第一名，大部分是第二名，也不會想認眞拚第一名，不過還是乖乖牌，考試前一定會 K 書。

現在回想起來，我的童年很快樂。住在布袋時，從我家門口的大馬路走到盡頭就是大海，黃昏時吃過晚餐，就和叔叔、姑姑一起散步到海邊，感覺和大海的距離很近。現在都不一樣了，海埔新生地形成後，原來的大海已經變成內海了。記得當時的海產很新鮮，我最愛吃虱目魚，那時候的虱目魚不是飼養的，而是漁船出海一大早捕回來的，很新鮮，特別好吃，到現在我還是很愛吃虱目魚。

西螺和布袋完全不一樣，西螺就在濁水溪畔，是台灣的蔬菜中心，米好吃，菜新鮮，有時候我媽媽要煮晚餐前，才去附近菜園買菜回來現煮。濁水溪旁原有一條小溪，我和同學常去小溪玩水、捉魚，後來小溪不知在何時消失了。當年我們在西螺是住在濁水溪畔的水利會日式宿舍，因爲太老舊，前幾年已經拆掉了。

嘉義女中時期

我家住西螺，必須搭一個半鐘頭的公路局汽車到嘉義通學，第一班早上六點半的車，到嘉義最早已是八點，到學校來不及升旗，因此我們這一線的通學生不必參加升旗，當然和其他線的通學生一樣也不必參加降旗，所以我在嘉義女中讀了六年，從來沒有參加過升降旗。

小學時我看的課外書都是童話、漫畫、東方少年等兒童讀物，眞正愛看書是從嘉義女中開始，每天都可以去圖書館借小說來看，初中時代看最多世界名著小說，有時候一天看一本，暑假期間會去租書店租武俠小說來看。我本來眼睛就不好了，整天看書視力更差，初中一年級就戴眼鏡，是班上第一個四眼田雞。那時候愛看書，但沒什麼系統，直到讀大學時對西洋文學才有系統的概念。

布袋與西螺都是小鎮，外省人很少，到嘉女之後，才首次碰到不會講台語的眷村小孩。初中時，雖然有外省同學，但是不會排斥，只是覺得很奇怪，怎麼有人不會講台灣話。記得有個同學藍天慧，一句台語都聽不懂也不會講，我們就捉弄她，跟她說：「妳是查埔仔」。投考嘉女口試前，我很煩惱，怕聽不懂老師講的北京話，當時我們講北京話不流利，表達能力也不好。我外公就說，那些外省人在家裡都講北京話，我們不是講北京話的，考試卻要考北京話，很不公平。

初中有個國文老師劉慧，她說她家在中國是很有錢的大地主，好在她讀了大學，否則戰亂逃到台灣就無法生存了。聽她這麼說，就覺得處亂世，有多少財產都沒有用。我爸爸也常說，二次大戰末期，民生物資極度缺乏，有錢也沒有用，買不到東西。我阿公的經濟情況原本算是不錯的，國民黨一來土地改革的措施一出籠，家裡的經濟就差好多。所以，我就會想到，那些有形的財物並不是人生追求的主要目標，大環境不好的話，那些都沒有用。

我很喜歡看電影，小時候我爸爸常帶我們去看日本片，我讀初中時，日片被禁，我們就看西洋片，所以我很少看國片，記憶中只看過學校帶去看的《吳鳳》。我們中學生有個好處，禮拜六上半天課，吃過午餐可以在嘉義看場電影，坐車回西螺後晚上還可以再看一場，有時候第二天要考試，晚上還去看電影。

高中時我很討厭上三民主義課，幾乎每次上課都會打瞌睡，但是爲了考試，還是得乖乖地讀它。當時，李敖出版了《傳統下的獨白》，我讀了之後覺得怎麼有這麼厲害的人，他的《胡適評傳》也寫得很好。那時候我比較成熟，不再像初中時那樣猛看小說。我也很愛看何凡的「玻璃墊上」，比較關心公共的事務或是國內外大事。有一次時事測驗，可能我考得不錯，學校派我去校外參加比賽，可惜沒有得獎。當時許多高中女生很迷瓊瑤的小說，我卻覺得那是活在虛幻的世界，是有病的。

當時學校發生一件大事，我們的訓導主任忽然沒當訓導主任，整天戴著墨鏡，她的先生也是嘉女的老師，不見了半年，聽說牽涉到匪諜案。那件事讓我印象很深，感覺就像國民黨所宣傳的「匪諜就在你身旁」。我心裡想：「要怎麼辨別誰是匪諜？」從中國來的人，親戚朋友都是中國人，他們都有中國的關係。

廖文毅

廖文毅是西螺人，他家就在西螺大橋下來的路上，是庭院深深的大宅，他家是西螺最顯赫的望族。有親友來訪時，我們都會帶他們去看廖家的大宅。西螺人都知道廖文毅，因爲他家是巨富，聽說光是土地就有一千甲左右，整條大街的房子都是他家的。我小學五年級時和我父母去教會，曾經見過廖文毅的母親，她是虔誠的基督徒，西螺基督長老教會的土地是她捐贈的。

我小時候就聽我爸爸說，廖文毅在東京當台灣共和國臨時政府大統領，我高二的時候，1965 年 5 月 14 日，他回到台灣，當時各家報紙每天都有大篇幅的報導，造成很大的轟動。廖文毅家族的人很傑出，他叔叔和他兄弟這兩代就有七個博士。當時大家都知道廖文毅爲什麼會回來，因爲不僅他的財產遭沒收，連他的親人，例如他的弟弟和侄兒，都被抓去關，而他母親年紀那麼大，眼睛又看不見，所以，實在是很淒慘。

大學時期

1966 年，我考上政治大學西洋語文學系（簡稱西語系），當時政大有東方語文學系（簡稱東語系），所以，西語系其實就是英語系。那時候年紀輕，不懂得爲父母設想。家裡四個孩子都要出外讀大學，負擔很重，我們實在應該去讀公費的師大或師範學院，而且畢業之後就有工作。我們四姊妹聯考的分數都可以上師大或師範學院，但是我們塡志願時都沒有把它們塡在前面。我那時候的想法很天眞，認爲如果我去讀師大，我一上大學就知道自己未來一定會做什麼工作，那四年大學豈不是要變成沒有夢的日子？我妹妹她們多少也受到我的影響，都沒有去讀師大或師範學院。現在年歲大了，回想當時父母尊重我們的決定，沒有強逼我們去讀公費的大學，眞是很感激他們。

政大的前身是國民黨的黨校，我是外地生要住學校宿舍，教官的辦公室就在宿舍裡面，新生訓練時，教官就來叫我們加入國民黨，大家也就乖乖地加入，想到若不加入，住在宿舍，教官天天來找，也是很麻煩。對我加入國民黨，我爸爸沒有意見，只是覺得很無奈，他常說我們這一代是「喝國民黨的奶水長大的」。那時候我眞的是乖乖牌，每個暑假都參加救國團所舉辦的各式戰鬥營到花蓮、澎湖、蘭嶼等地。

我上了政大才知道什麼是僑生。大學聯考放榜時，我們系才錄取三十幾個人，開學時人數卻多了一倍，都是僑生，我們台灣本地生辛辛苦苦才考得上，他們輕輕鬆鬆就可以申請入學。他們從不同的僑居地來台灣讀書，言行舉止和本地生難免有差異。他們彼此之間的程度相差很大，程度好壞之間可以有如老師與學生的差別。

升大三那個暑假，我幫一個新聞系教授做問卷調查，我家在西螺，就負責雲林縣的部分，跑遍雲林縣 19 個鄉鎮，這是難得的經驗。大四寒假，我參加救國團舉辦的

「國際事務研習會」，研習一些有關參加國際會議的課程，譬如吳炳鐘教我們正式西餐禮儀，另外還有模擬聯合國會議、英文辯論比賽等活動。這個研習會裡有不少國民黨高官的子女，馬英九也在其中，那時候覺得他很普通，做夢都想不到後來他會當總統。

大學四年，都是父母供應學費和生活費，連當時大學生最普遍的行業「家教」也沒做過，就是讀書、玩樂，無憂無慮，非常幸福。當時的潮流是大學畢業出國留學，我大四上學期就通過托福考試，但是開始要申請學校時，爸爸媽媽就跟我說，如果讓我出國，以後也必須讓我三個妹妹出國才公平，這對他們來講是很沉重的負擔，當時去美國留學的保證金是台幣十萬元，都可以在台北市買一間房子了。從此，我就不再想出國的事。

中央社時期

1970 年，我大學畢業的時候，中央通訊社（簡稱「中央社」）第一次正式對外招考，之前的新進人員大多數是由台大外文系、政大西語系、政大新聞系和師大社教系新聞組所推薦的畢業生。我考上助理編譯，面試時考官說我英文寫得不錯，要我當英文助理編輯。上了班以後我才弄清楚編譯和編輯的不同。編譯是將外國英文電稿譯成中文，產品是中文；英文編輯是將國內新聞改寫成英文和編輯外電，產品是英文。當時的社長馬星野很重視對新進人員的訓練，特地聘請美國密蘇里新聞學院一個教授來爲我們上課三個月，讓我們能夠進入狀況。

我上班不久就發現，台灣的問題在於國名不對。1971年，中華人民共和國（PRC）取代了中華民國（ROC）在聯合國的「中國」（China）席位，這等於向全世界宣示，全世界只有一個中國，台灣海峽的另一邊才是眞正的中國。而國民黨政府卻仍昧於現實，堅持「漢賊不兩立」，並繼續用中華民國的國名跟對岸扯不清。我們上班時看到的外電，講到台灣都是稱「台灣」而不是「中華民國」，但我們卻奉命把「Taiwan」改爲「the Republic of China」，連在引號內的直接敘述也是如此做。這種做法很不專業，而且會誤導讀者。還好，多年後這一點有改正過來，因爲中央社自己人也反應說，這種做法是不適當的。

1971年初，有個同事介紹我去滑雪協會幫忙，因爲台灣要參加1972年2月在日本札幌舉行的冬季奧運，這是台灣第一次參加，報名聯絡事宜都要用英文，我一個禮拜去兩個半天幫忙處理那些事情。冬季奧運結束後，接著去幫忙要參加同年8月慕尼黑夏季奧運的準備事宜。

1973年，奧林匹克委員會改組，當時的國際奧會委員徐亨當奧會主席，滑雪協會會長沈家銘當副主席，他們邀請我去奧會做全職。中央社是新聞機構，24小時都有人上班，我的上班時間是早上5點到9點，接著9點以後去奧會上班，到下午5點以後下班。兩個full time jobs，所以每天至少工作12小時，那時候我剛結婚，還沒有孩子。我一直做到1975年8月女兒出生前，才辭去奧會的全職工作，當時的奧會主席沈家銘隨即聘請我爲顧問，日後工作需要時，就送到家裡給我做。奧會顧問的工作一直做到1982年9月沈家銘過世爲止。

我在奧會工作的那段時間很忙，常常沒辦法準時下班，有一兩次還工作到半夜，主要是中國開始積極想參加奧運。當時台灣奧會的英文名稱是「Republic of China Olympic Committee」，國際奧會認爲台灣用了中國（China）的名字是不對的，要求我們這邊改名。當時蔣經國是行政院長，蔣彥士是外交部長，因爲這是國家要事，所以外交部全力支援奧會，有一段時間甚至調回兩個英文造詣很高的駐外資深大使回來寫立場說明書（position paper）。

奧運是台灣用中國之名參加國際組織遭殃的第一件，從1973年開始談判，一直到1981年，最後台灣被迫用「Chinese Taipei」參加奧運。參加奧運的名稱改了之後，好像骨牌效應一樣，很多國際組織都要求台灣改名。回顧1960年台灣代表團參加羅馬奧運開幕式時，舉著Taiwan的牌子，下面還加（under protest），對照今日連Taiwan之名都見不到，這是怎麼造成的？有一個謎題最貼切：「一個在中國東南方自稱中國的小島」，答案就是「台灣」。所以，眞的是「中華民國害台灣」，這是我工作時深刻的體會。

中央社原是國民黨的黨營事業，工作人員都要有國民黨籍，黨費是從薪水直接扣繳的，後來國民黨有進行重整，我沒有去登記，從那時起就和國民黨沒關係了。1995年我退休那一年的年底，立法院通過「國家通訊社設置條例」，中央社的國家通訊社定位才名實相符。

我在中央社做滿25年，1995年9月退休後移居紐西蘭。我本身很喜愛新聞編輯的工作，每天下班時，就知道這一天發生在世界各地的大事，感覺不會和社會脫節。退休至今，我仍保持每天讀報和看電視新聞的習慣。

結婚

1970年，我和黃奇銘同時考進中央社，雖然是同事，但是上班時間不一樣，而且他做了四個月就離開了，所以只是認識而已。後來我去台大歐洲語文中心讀法文，他也去讀，我們又相遇，之後才開始交往。我們在1972年4月訂婚，1973年4月結婚，女兒在1975年8月出生，兒子是1983年5月出生。

生孩子之前，我做兩個全職的工作，很忙；生了孩子之後，職業婦女蠟燭兩頭燒，還是很忙。所以我不太管黃奇銘在外面做什麼，他加入民進黨也沒跟我講。我是新聞工作者，對於那時候在台灣的社會運動、民主運動都很清楚，但是從未參與。黃奇銘很愛買黨外雜誌，可以說幾乎每一本都買，我也很喜歡看，在那些雜誌裡面可以看到很多秘辛。我結婚後一直都忙，直到退休來到紐西蘭才比較有自己的時間。

移民紐西蘭

移民紐西蘭是事前從未想到的。

我上班時，每天都在注意世界各地發生什麼事，所以很愛出國旅行去印證自己的印象，我會利用年度休假出國，我媽媽也樂意來幫我照顧小孩，讓我出國休息。我每年出國旅行，也來過紐西蘭和澳洲，對紐西蘭的印象甚佳，但是從沒想過要移民。後來黃奇銘和王獻極認識並同是台心社的社友。當時王獻極是台紐移民公司的負責人，專門辦理紐西蘭移民，他就跟我們推銷，他說紐西蘭的技術移民方案很適合受薪階級，而且移民簽證有四年的效期，先辦出來，至於要不要來或何時要來都可以慢慢考慮。我們覺得他說得有理，就去辦了，不必面談，很快地於 1994 年底就核准了。

我自己在小學六年級時惡補的經驗不怎麼好，所以很反對小孩子去補習，我兩個孩子都沒補習過。但是兒子即將要升國中，如果留在台灣，鐵定逃不掉要補習的命運。一念及此，當機立斷就決定，兒子小學畢業時，我剛好工作滿 25 年可以退休。於是我們母子兩人就於 1995 年 9 月搬來紐西蘭，那時候黃奇銘還未退休留在台灣，女兒則在美國讀大學，我們一家四口分住三個國家，這是完全沒有預料到的事。

來到西方國家，最好是語言能通，還要會開車，我是

蔡逸價、黃奇銘在紐西蘭奧克蘭 Cornwall Park（2013 年 10 月）。

來紐西蘭以後才學會開車的。紐西蘭是個小國家，生活平實舒適，步調也不那麼緊張。日前有資料顯示，台灣或亞洲的移民，有三分之二的人住在奧克蘭。紐西蘭全國人口420多萬，三分之一的人住在大奧克蘭區。我們在奧克蘭住了18年，看到它一直在發展進步。奧克蘭是「都市鄉村化」的最佳寫照，它雖然是大都市，但還是有一點鄉村的味道。

台灣同鄉會

當初移民時，我是王獻極的客戶，1995年底他當上紐西蘭台灣同鄉會會長，很自然地就找我加入同鄉會擔任理事。紐西蘭的暑假是12月和1月，那個暑假我回台灣，王獻極也在台北，他邀廖評昱（後來擔任過同鄉會會長）和我於1996年1月10日一起去專訪當時的台北市長陳水扁。專訪之後我寫了〈彭明敏邁向總統之路——阿扁的見證〉一文，刊登在當時同鄉會出版的雜誌《台灣鄉訊》（第三期1996年2月28日）。

那次專訪阿扁，我印象非常深刻。我沒有事先跟他說要問什麼問題，但是他就每一個問題的回答，都很順暢地從頭講到尾，一點都沒有打結，眞是令人佩服。當時他講的那些話，現在再拿出來看，還是覺得他講得很對，他眞的是總統的人才。只是當時沒有人會想到，他在四年後就當上總統。

1996 年 2 月 9 日，台灣同鄉會在奧克蘭兩家華文報紙刊登廣告，支持彭明敏競選「台灣國」總統。由紐西蘭最大報 *The New Zealand Herald* 所附設的華文週刊《中文先驅報》，卻在 2 月 29 日刊出主編鄭成美寫的一篇社論，內容從頭到尾都是在罵台灣人。他說，沒有中華民國，也沒有台灣國。他用非常仇恨、惡毒的語氣罵台灣人說，「他們在這裡『放了火』，『拉了屎』就可以遠走高飛。」台灣鄉親忍不住了，有的打電話，有的投書。電話打去被掛斷，投書不被刊登。3 月 11 日我們幾個同鄉會理事應邀到《中文先驅報》辦公室跟他們的經理見面，那個女經理是洋人，我們請她叫出鄭成美，當面問他爲什麼說「台灣人放火」。他拿出一張《聯合報》的剪報，剪報內容是說總統選戰開打、烽火連天等。我當場把那段文字譯成英文給那經理看，並告訴她，「你們這個編輯華文程度太差了。」鄭成美是馬來西亞的華人。3 月 13 日，我以同鄉會的名義，用英文寫了一封信給 *The New Zealand Herald* 的總經理，把這件事的來龍去脈告訴他。4 月 1 日，我以一個在台灣工作 25 年的新聞從業者身分再度致函給他。我指出，相對於英文報的高水準，《中文先驅報》的編輯太不專業，他不僅扭曲事實，而且不斷地爲自己的偏見辯解，最糟糕的是刊登的讀者投書意見一面倒，完全不顧新聞處理的平衡原則。*The New Zealand Herald* 在隔年就把《中文先驅報》賣掉，鄭成美也轉到一家華人電台工作。後來我聽台灣鄉親說，他在電台節目中對台灣人很客氣，不敢隨便批評台灣人了。

奧克蘭社區電台

王獻極當同鄉會會長時，大部分時間在台灣，由廖評昱代理會長職務。爲了要宣揚台灣意識，廖評昱就去奧克蘭社區電台 810AM 租了一個時段～每個禮拜四下午六點到七點～做「台灣之聲」節目，從 1996 年 12 月 5 日第一次播出，直到 2002 年初。這個節目大多由會長親自主持，其他的理監事只是偶而「插花」而已，其中以陳淑芬會長主持的時間最久。

《Formosa Calling》（《福爾摩沙的呼喚》）

1997 年是二二八事件五十週年，同鄉會代理會長廖評昱在舉辦一場追思會之前，上網找資料，看到 George Kerr《被出賣的台灣》一書內，引用了紐西蘭人 Allan Shackleton 的書稿，乃照著電話簿裡面登錄的這個名字一個一個打電話去問，最後找到他的兒子 Colin。當時 Allan Shackleton 已經去世了，Colin 證實他父親留有《Formosa Calling》手稿。後來廖評昱幫忙 Colin 於 1998 年 5 月出版這本書，有英文版與中文版，中文版名稱爲《福爾摩沙的呼喚》。這本書記錄作者在台灣所親眼目睹的 228 事件始末，因此成爲 228 最可貴的文獻之一。這件事廖評昱的貢獻很大，他常常說這本書名用台語講就是：《福爾摩沙可憐喔》。

抗議活動

在紐西蘭，要上街抗議必須先向市政府申請，申請時要塡寫時間、地點、人數、是否要使用麥克風、是否需要市政府準備流動廁所等資料，抗議時都有警察在現場維持秩序。我參加過的比較大型的抗議活動有三次。第一次是 1999 年 9 月 12 日，「亞太經濟合作論壇」（APEC）領袖高峰會在奧克蘭舉行，中國國家主席江澤民也來了。那一天早上台灣鄉親去市區最熱鬧的 Queen Street 遊行，晚上又去他們晚宴地點 Town Hall 前抗議，人數很多，我印象中各有五百人左右，聲勢浩大。

第二次是 2003 年 10 月 26 ～ 27 日，中國國家主席胡錦濤到奧克蘭來。第一天我們先去他住的旅館前抗議，第二天的抗議活動是在戰爭紀念博物館前面。這些年，中國來的移民越來越多，他們也有策略，這次他們用遊覽車載人去歡迎胡錦濤。這些被動員的中國人與我們緊鄰站著，雙方免不了發生摩擦，還好有警察在場維持秩序。

第三次是 2005 年 4 月，抗議中國的《反分裂國家法》。我們先到中國總領事館前抗議，接著去市中心 Aotea Center 前面抗議。

每次抗議活動，我負責的部分都是媒體。通常媒體會問：「爲什麼要向中國抗議？」我的回答是：「台灣和紐西蘭很像，鄰居都是一個同文同種的大國，如果澳洲一天到晚都向外宣稱說，紐西蘭自古以來就是它領土的一部份，又用一千多顆飛彈對著紐西蘭，那麼，紐西蘭人要不要出來抗議？」我這樣反問，他們就很清楚了。2005 年那一次的抗議，有 National Radio 的記者對我專訪，專訪播出前，電台主持人開場白就說：「你們知道嗎？中國用一千多顆飛彈對準台灣呢！」

推動加入 WHO

2003 年中國爆發 SARS，台灣因爲不是世界衛生組織（WHO）的成員，問題就突顯出來，所以這裡的台灣僑界，從 2003 年開始，每一年都簽 petition 向國會請願，希望紐西蘭政府在世界衛生組織大會（WHA）支持台灣做觀察員。2005 年初，我去奧克蘭中區台灣基督長老教會做禮拜時，帶了一些 petition 的簽名表格去讓教友簽，吳思篤（Stuart Vogel）牧師跟我要了一些表格，說要拿去 Kiwi 的教會讓他們簽。我們各社團分別簽好要收的時候，吳牧師說他還沒有簽好。大約一個月之後，他跟我說已經簽了四百個，並且已經約好當時的外交部長 Phil Goff（紐西蘭是內閣制，部長也是國會議員）在他奧克蘭的服務處見面，要當面交給他。於是，我約了教會裡一個正在攻讀博士的姊妹，跟著吳牧師和紐西蘭長老教會裡掌管外交的一位牧師，我們四個人於 4 月 8 日去見 Phil Goff。

我們見面談了一個多鐘頭。Phil Goff 有備而來，有一個參加過好幾次 WHA 的外交部官員在場。Phil Goff 一開始就講些「和台灣雖然沒有正式邦交，但是關係很密切。」等的門面話。那個外交部官員則說，WHA 就是要討論健康衛生的事情，爲了台灣的會籍，每次開會都花很多時間在這個問題上，許多會員認爲台灣和中國雙方應先談妥。吳牧師強調，這是人道問題，譬如像 SARS，不是 WHO 會員國，就沒有受到應有的照顧，台灣是民主的模範，不應被排斥在外。雙方各說各話。最後我跟 Phil Goff 講，眞希望台灣和中國的關係，能夠像紐西蘭和澳洲一樣，不幸的是，中國是霸凌，不時威脅要武力犯台，紐西蘭很幸運，有澳洲這個好鄰居。

紐西蘭僑界連續幾年做這樣的 petition，一直到 2006 年才有一點點成果。2006 年 5 月 22 日，紐西蘭國會外交委員會通過台紐人的請願案，「建議政府支持台灣以適當方式參與世界衛生組織」。

對這件事，吳牧師很幫忙。做爲台灣人的牧師，他一直對台灣人所關切的事務有同理心。

和長老教會的關係

小學一、二年級時在布袋的鄭兒玉牧師和牧師娘，五年級時在西螺的牧師，都對我很好，遺憾的是我在小學之後就沒有接觸基督教，還好我在美國的小妹和她先生都是牧師，我女兒去美國讀大學時也受洗成爲基督徒。2003 年 7 月我女兒來紐西蘭，當她上網尋找要去那個教會做禮拜時，我跟她說不用找了，就去講台語的長老教會。過了幾天我們在家附近的公園散步時，剛好遇到長老教會一位教友，問明了做禮拜的時間、地點，我就和我女兒一起去奧克蘭中區台灣基督長老教會。牧會的就是吳思篤牧師，他是 Kiwi，但是他去過台灣苗栗鄉下。他說那時候台灣的教會在徵求一個牧師，希望牧師娘是醫生，當時他已經結婚，還沒有孩子，他太太就是醫生，剛好符合這個條件，所以他就去了台灣兩年。回到紐西蘭後，陸續有台灣移民到奧克蘭，他就協助成立奧克蘭東區台灣基督長老教會，後來奧克蘭中區也成立台灣基督長老教會，就一直由他牧會。

他用英文講道，需要有人翻譯成台語，我去了教會之後就幫忙做這方面的事工，因此和他就比較熟識。我一直在教會幫忙翻譯直到 2008 年底教會結束。

我和台灣基督長老教會結緣的時間不長，但是卻很深。

《自立快報》

這裡的華文報紙絕大多數是以廣告爲主的免費周刊，只有台灣人辦的《自立快報》是日報，而且是收費的。而《自立快報》也是紐西蘭國家檔案局唯一收藏的華文報紙。

黃奇銘和我兩人，應謝水發董事長之請，從 2003 年 10 月開始爲《自立快報》工作，黃奇銘翻譯新聞，我則負責採訪台灣僑社的新聞。我的採訪報導是用筆名蔡飛鴻，讀者投書時則用本名。黃奇銘和我相反，他翻譯的文章用本名，讀者投書則用筆名，而且有不少筆名。那時候我們經常投書，中文是向《自立快報》投書，英文則向 *The New Zealand Herald* 投書。投書給《自立快報》，每篇都會刊登，給 *The New Zealand Herald* 的投書就沒那麼容易刊出，我們兩個只各刊出一篇而已。

《自立快報》於 1997 年初開始出刊，於 2005 年 3 月停刊。

《台鄉通訊》

《自立快報》董事長謝水發在 2006 年接任台灣同鄉會會長，當時他帶頭出錢出力創辦《台鄉通訊》，提供給在紐西蘭的台灣鄉親一份精神食糧。頭兩年（2006-2007）是月刊，2008 年改爲雙月刊迄今。黃奇銘負責編輯，我負責採訪。

辦雜誌是出力不討好的工作，對同鄉會來說是很大的挑戰，尤其我們不接受台灣政府的補助，又要免費送給鄉親看，所以這份刊物的經費完全靠廣告和鄉親的贊助。這八年來看到每一期都順利出版，實在很感恩！

這些年來，《台鄉通訊》已成爲在紐西蘭唯一爲台灣發聲的雜誌，很受鄉親歡迎，目前每期印 300 本。

同鄉會會長、世台會副會長

我從 2009 年到 2012 年擔任兩屆四年的台灣同鄉會會

長，同鄉會的工作是延續性的，每一個會長都有不同的貢獻。

2006年時，有一次同鄉會要開會，臨時要去外面租場地不方便，我就提供家裡的休憩間作爲會議室。我當會長之後，想好好利用這一間會議室，於是每個禮拜開兩個課：英語新聞導讀班和成人台語文班。我教英語新聞導讀，黃奇銘教成人台語文，對象都是台灣鄉親，但是英語班的人總是比台語班多，因爲很多人認爲自己台語講得很好了，不需要上台語課。其實黃奇銘是比較注重台語的漢字書寫。在阿扁總統時代，我們兩人曾分別回台灣參加台語教師研習會。

參加第38屆世台會年會（2011年9月24日）。

這裡的台灣人社團有時會聯合舉辦演講會，李遠哲、李鴻禧、金美齡、彭明敏……等都來過。每次總統大選：2000 年、2004 年、2008 年、2012 年，以及 2010 年五都選舉，都有辦募款餐會。

2006 年，我隨當時的謝會長去加拿大多倫多，是首次參加世台會年會，之後每年年會我都去參加，與來自世界各地、志同道合的鄉親相聚，看到這麼多海外前輩四十多年來無怨無悔的爲台灣打拚，實在很感佩。在 2011 年世台會年會中，加拿大的葉國基被選爲會長，美國的周明宏和我被選爲副會長。今年葉會長連任，我們兩個副會長就跟著還要當兩年。

繼續為台灣打拚

自 2008 年以來，看著馬英九肆無忌憚地朝著他的「化獨漸統」目標前進，讓人既憤怒又焦慮。但是無論如何，我們絕不能放棄希望，一定要趁還來得及的時候，在自己能力做得到的範圍內去努力。我個人深深覺得，台灣會走到今天這個地步，主要癥結是受了 70 年來中國國民黨的洗腦教育之害，使台灣人不知不覺落入了他們的圈套，而對國家認同產生混淆。

這些年來，紐西蘭台灣同鄉會的工作重心一直是台灣意識的宣揚，因此排除萬難長期持續出版《台鄉通訊》這本雜誌，一方面可以藉以凝聚與堅定自己人的信心，另一方面也希望能對不同意識形態者產生潛移默化的效果，希望有越來越多鄉親能夠覺醒，認同祖國台灣。

我們當然知道，這項工作不可能立竿見影，因此也不斷勉勵自己，要學習基督教的傳道精神，盡心盡力而為。

（原載《台灣史料研究》45 號半年刊，2015 年 6 月出版）

彭明敏邁向總統之路
——阿扁的見證

台北市長陳水扁告訴旅居紐西蘭的台灣鄉親說：「我相信民主進步黨邁向執政之路，成爲台灣的執政黨，絕對是可能的事。」他說，民進黨不僅在縣市有執政的經驗，在台北市『台灣的首都』也已有了執政的機會，接下去，在中央執政，也是不久的未來大家會看得到的事。

在1996年1月10日中午接受紐西蘭台灣同鄉會會長王獻極等人的專訪中，這位受全球新聞媒體矚目的首都市長表示，雖然在去年年底舉行的第三屆立委選舉，民進黨沒有成爲執政黨，但仍有可能贏得下一次（三年後）的國會大選。這位民進黨籍的市長強調：「同樣地，咱也有可能贏得台灣有史以來第一次總統大選，成爲台灣這個國家的領導者。」

「阿扁」市長特別叮囑海外的「鄉親序大」要多跟島內的親戚、朋友、同事打電話、寫信，請他們在3月23日的總統大選日，投票支持民進黨的候選人彭明敏教授。他說：「台灣人民已經給國民黨50年的時間統治，現在應該是換人、換黨做做看的時候了。」當他提到，國民黨在台灣執政 50 年，使台灣成爲今日國際社會的孤兒時，他以激昂的語氣表示，他對這次民進黨參加總統大選有非常堅定的信心。他說：「這是台灣第一次的總統民選，這是一個新的開始。選票可以改變咱的命運，選票可以創造咱的前途，選票可以爭取咱的機會。」

阿扁是有感而發。1994 年底的選舉中，61 萬張選票使他成爲台北市第一位民進黨籍的最高行政首長，給了這個台灣首都新的機會。

民進黨的執政能力

當被問到民進黨的執政能力時，這位執政一年的市長

與陳水扁市長合影（1996 年 1 月 10 日）。

不禁埋怨道：「我們的對手『國民黨』和『新黨』常扭曲、抹黑民進黨，說民進黨不可能執政或無執政經驗。」但是，阿扁說，數字會說話，事實說明一切。他舉日前自立晚報針對台北市、台灣省和高雄市三位首長所作的民意調查爲例。這項民意調查有一道題目問到對三位省市長執政的能力、信心，阿扁所得到的認同與支持度達到 80% 以上，是三個省市首長中最高的。他解釋說：「這意味著，大家對台北市長由民進黨的阿扁來擔任有非常堅定的信心，認爲阿扁的執政能力並不亞於台灣省長和高雄市長。」

阿扁更進一步向紐西蘭的台灣鄉親說明他一年來的各項施政措施。他說：「咱所推動的是一個福利的國家、福利的都市。」例如：警察同仁的超勤津貼由每人每月的一萬一千元提高到一萬五千元，這是台灣省做不到，高雄市也沒有的措施。里長待遇由每月一萬五千元提高到四萬五千元，是原來的三倍。其他如敬師金的發放、三歲以下兒童醫療費用的補助、清潔隊員的獎金等福利都超過台灣省和高雄市。

談到市府的工作效率，他很驕傲地表示，經過一年的運作，整個城市像是「夢在振動」。他說，市府是一部很大很舊的機器，以前黃大洲市長時代稱它得了「末梢神經麻痺症」。一年前他剛接任時，覺得它的症狀更嚴重，簡直是血管阻塞，隨時有可能中風死亡。一年來，他帶進四十個人到市府，與原有的八萬二千多名員工共同打拚，在效率便民方面已經讓市民有完全不一樣的感覺。

以站在第一線的「區公所」和「戶政事務所」爲例，阿扁說：「現在市民去辦事，馬上有人請您坐，端茶到您面前，因爲您是這個城市的主人，市府同仁是公僕。過去櫃台有 120 公分高，去辦事的市民要罰站，現在櫃台高度降爲 75 公分，大家可以坐下來談，坐下來辦事，平起平坐，非常親切。」另外，過去辦一張執照平均需 59 天（約兩個月）才領得到，現在平均約 14 或 15 天即可領到，進步三倍以上。他以欣慰的口吻表示：「有心就有力。過去做不到的，咱『激肝激心』現在做到了，只有幾個月的時間，咱馬上做了這麼大的改變。」

他也誓言要一步步解決過去無法定案的陳年舊案。他說，如關渡自然公園是台北最後一塊溼地，無論如何要好好加以保存，好讓市民能和大自然結合，並認同這塊土地。爲此，市府克服萬難，編列 150 億特別預算以爭取議會的支持。又如，復興北路經過松山機場地下到大直一公里多的地下工程，經過 18 年一直無法決定，他上任後馬上定案，現正進行工程發包。

談到如何改善交通的問題，阿扁說：「路沒有變寬或變長，但是汽車每月增加三千輛，機車每月增加六千台，第一步治標的辦法是拜託警察站出來，做好『路口淨空』，雖然車多，但能做到『擠而不亂井然有序』，這已有初步的成果。」另外，還有治本的辦法。他說，過去捷運工程做得「烏魯木齊」（亂七八糟），現在經過體檢及發表紅皮書以後，正進行補強改善中。他相信木柵線及淡水線應能在今年內先後安全通車。他也希望東西向快速道路能在今年內完成平面到高架的部分。

阿扁說，市府在去年（1995）向公共危險場所進軍，經過一年的努力，成績已經展現出來。統計顯示，1995 年與前一年（1994）比較，在 1994 年黃大洲市長時代，因火災死亡的有 50 人，去年減為 27 人。阿扁說：「雖然咱仍然無法避免火災的發生，但咱的努力確確實實產生了功效。我相信這已贏得市民相當的信賴。我希望『咱台北是希望的城市』，大家攏是『快樂的市民』，這不只是一個夢。」

城市外交

談到過去一年所推動的「城市外交」以及 12 月剛訪問過漢城和莫斯科，阿扁認為「城市外交」是一個世界潮流，因為去年九月在荷蘭海牙所舉行的世界地方政府聯合會（IULA）世界大會達成的共識是，未來國際間的交流不是國家對國家的交流，而是城市對城市的關係。他說：

「城市外交不但可以彌補台灣對外正式外交的不足，而且也完全符合國際交流的發展趨勢，這是我的施政重點之一，所以台北市馬上成立一個任務編組的『國際事務委員會』，希望結合各界人士來積極推動。」他也希望，在紐澳兩國的城市外交能有進一步突破。他特別表示，願與紐西蘭台灣同鄉會的「鄉親序大」共同打拚，看看能否讓台北和紐西蘭首都威靈頓或奧克蘭等大都市有進一步交往的機會。如有機會，他也願意親自前往訪問。

在結束此次專訪前，阿扁以感性的語氣說出了他願與紐西蘭的台灣鄉親共同勉勵的話：「天底下沒有不可能的事。像過去咱要求國民黨解除戒嚴、國會改選、省市長民選，甚至總統大選，是很多人認爲不可能的。我相信，民進黨提名的總統候選人彭明敏教授成爲未來台灣新的領導者，是絕對有可能的。即使有困難，但是咱不驚困難，能夠突破困難、解決困難，咱就有機會。」

「咱若打拚就有機會」這句話，不但見證了這些年來民進黨與阿扁個人的成長進步，也能鼓舞在紐西蘭的台灣鄉親共同努力，在異國闖出一片天。

（原載紐西蘭《台灣鄉訊》第三期，1996年2月28日）

李鴻禧：台灣阿母身體健康

已退休的台灣大學法學教授李鴻禧於本週六在奧克蘭舉行的一場演講餐會中，告訴本地台灣僑民，「台灣阿母身體健康，大家毋免煩惱」。

四百多位台灣僑民於下午五點以前就擠滿了海城酒家。其中有人遠從陶朗加開了三個多小時的車，還有人遠從基督城坐飛機來。甚至有人買不到餐券，心甘情願地在餐廳後面站了一個半小時，來聆聽台灣的「國師」李教授演講。

李教授所以被尊稱爲台灣的國師，是因爲他曾是現任台灣總統陳水扁大學時代的老師。

演講一開始，李教授說，台灣是海外僑民的「祖厝、外家（娘家）」，海內外台灣人要共同打拚，使台灣更繁榮，將來第二、三代的台僑回娘家，可以很驕傲地告訴他們，「西方有瑞士，東方有台灣。」

李教授指出，統派媒體一天到晚唱衰台灣，醜化陳水扁及前總統李登輝。其實，台灣不但沒有那麼糟，而且還有不少令人驕傲的事實，例如，全世界前一百名大學博士學位者與其本國人口的比例，全世界的前三名是以色列、印度、台灣。又，台灣的外匯存底節節升高，去年年底有

1700 億美元，今年第二季雖因 SARS 稍受影響。但年底可望達到 2100 億美元。

談到有人批評台灣經濟不好，李教授以實際數字來反駁這種說法。他說，阿扁總統是運氣不好。2000 年 5 月就職後，碰到了 2001 年 911 事件所引發的全世界不景氣，電腦網路公司泡沫化，今年第二季又有 SARS 所引發的衝擊。但以經濟成長率與美日兩國相比，台灣應足可欣慰。今年美、日、台三國的經濟成長率分別是 2%、0.5%、3.1%，明年的預估則是 4%、2.2%、4.72%。

李教授對於連宋陣營老是誇大批評台灣失業嚴重，甚至導致民眾跳樓自殺的說法，很不以爲然。他說，台灣政府的統計數字顯示，去年總共有 11 人跳樓自殺身亡。其中只有三人是因爲經濟因素跳樓，而其中的兩人是向地下錢莊借錢受不了壓力而跳樓。至於失業率則是在去年 8 月達到最高峰的 5.3835%，今年可望低於 5%，明年預估可低於 4%。他補充說，義大利高於 10% 的失業率，已是第 12 年，法國 9% 的失業率也已進入第 9 年。又，台灣人經美國核准的專利登記案件，已從 2000 年的全世界第五高，進到去年的第三高。

他強調，台灣一直在進行大規模的基本建設，例如，第二條南北高速公路已接近完成，北宜快速道路的隧道也已打通。總之，台灣的經濟絕不像連宋陣營所講的那麼糟。

他特別提到上個月瑞士的國際經濟論壇所做的國際競爭力評比，台灣名列第五。他說，台灣會屈居第五，是因爲國會議事效率太差。他進一步解釋說，國會議事效率差一定會影響行政效率，像現在沒有任何一黨在國會超過半數，國會殿堂內，整天吵吵鬧鬧，大大影響了法案的審查效率。唯一的解決辦法就是 2004 年 3 月 20 日阿扁連任，並乘勝追擊，在明年底的國會大選，讓執政黨的立法委員人數過半。

李教授舉例說，宋楚瑜批評阿扁當政，台灣的貧富差距高達 6.6 倍。事實是，宋所引用的貧富差距分爲七級，但國際上的標準是分爲五級。以此國際標準計算，台灣的貧富差距是 6.16 倍，在亞洲僅高於日本。他痛心地說，像這樣隨便抹黑實在是不公道，侮辱人。但是他勸大家不必生氣，因爲「見怪不怪，其怪自敗。」

他就阿扁上任以來的施政做了詳細的分析。他認爲，「像軍隊國家化、調查局中立化、司法獨立化、外交有發展」等，都是不錯的表現，值得台灣民眾繼續支持。他說，「阿扁只不過是我的一個學生，台灣才是我的全部。就是因爲阿扁還算不錯，我才向大家推薦，希望大家支持阿扁連任。」

這位致力於憲法研究五十年的學者詳細地解釋，制憲與公投對於台灣的重要性。他說，「國名與憲法是爲國家而存在的。」國名就像是家裡的神主牌，憲法是香爐。台灣現在所用的中華民國憲法，就像是拜別人的神主牌和香爐。「這部憲法，既非共產主義，也非民主主義，既非內閣制，也非總統制，什麼都是，什麼都不是。」他語重心長地說，這部憲法根本不適合台灣使用，而目前的政治生態又無法修憲，如再不實施公投制憲，「拖下去穩死。」

李教授特別提到，台灣創造了經濟奇蹟，也創造了政治奇蹟。他說，李登輝當年接任總統以及 2000 年阿扁上任的政黨輪替，都是和平演變、沒流血。這是海內外台灣人應該覺得非常驕傲的。他補充說，和平演變的特色就是比較慢，大家不能期待什麼事都會在政黨輪替的兩三年內有所改變，但是如果明年阿扁成功連任，這條改革的路就會越來越好走。那麼，台灣的第二春——建設成爲「東方的瑞士」——也就爲期不遠了。

李教授長達一個半小時的演說，穿插了許多生動、優美、典雅的台灣俗語，風靡了全場。結束後，大家起立鼓掌，久久不斷。

（原載紐西蘭《自立快報》，2003 年 11 月 17 日）

僑民是台紐關係的最佳推手

駐奧克蘭台北經濟文化辦事處令狐榮達處長，於五月十八日接受本刊記者專訪時，一再表示，本地僑民是台灣與紐西蘭兩國關係的最佳推手。

他以不久前，台灣僑團發動連署請願書，懇請紐國國會支持台灣成爲世界衛生大會（World Health Assembly, WHA）觀察員一事爲例，說明僑民在兩國關係所扮演的重要角色。他說，「今年在短短不到兩個禮拜的時間內，就有一千六百二十五位連署該請願書。其中有些僑團還得到國會議員正面的回應。由此可見，各僑團爲支持母國所做的努力。」（註）

令狐處長指出，駐外單位的主要工作是政務、領務與僑務三種。他在政務方面的工作，是與在威靈頓的代表處配合。除了在奧克蘭，他也曾到 Whangarei 與 Kerikeri 兩地拜訪紐國政要。他說，最近幾年，台灣與紐西蘭簽訂有關度假打工、原住民文化交流、進口水果檢疫、電磁相容等幾項協定，使兩國關係更加密切。下一個努力的目標是爭取紐國給予台灣觀光客對等的免簽證待遇。台灣早給予紐國人民三十天入境免簽證。而且，目前已有日本、韓國與新加坡等三國允許台灣觀光客免簽證入境。

他說，領務工作主要是護照的換發、入境簽證、文件證明與簽證等。奧克蘭辦事處的領務區域範圍是陶波（Taupo）以北。國人到羅托路瓦（Rotorua）及陶波湖一帶觀光的很多，如不幸被偷遭搶，有關旅行文件的補發，就是辦事處的工作。令狐處長強調，在法規許可範圍內，辦事處會儘量「便民」，以服務僑民與協助在外旅行的國人。

奧克蘭辦事處的僑務範圍與領務範圍略有不同，僑務範圍是 Hamilton 以北，涵蓋了 Hamilton、Tauranga、Manukau、Auckland、North Shore 與 Waitakere 等台灣僑民較集中的幾個城市。

令狐處長說，現在辦事處的工作人員一共只有八位，其中五位（包括處長）是國內派任的，其它三位是本地雇員。以這樣的人力要推動各項僑務，較爲吃力，所以極需僑界的支持與協助。他指出，政府一向非常重視僑務工作，因此有僑務榮譽職人員的聘任制度，聘請對僑社有貢獻，且熱心參與僑務者爲榮譽職人員，如委員、顧問、促進委員或諮詢委員等。這些無給的榮譽職人員，均爲三年一任，最多連聘兩任。

談到此處，記者向處長透露，本刊已接到讀者投書，認爲有某位在僑界引起爭議的榮譽職人員，居然再次列名不久前公佈的榮譽職人員名單，而且還升了一級，使所謂的「榮譽職人員」變爲「不榮譽職人員」。令狐處長聽後無奈地表示，有關此事，也曾有人當面向他表達不滿。他認爲，是他們不了解榮譽職的遴選過程。他解釋說，「不是只有駐外單位能夠推薦榮譽職人員，而且國內在進行遴選作業時，也沒有徵詢駐外單位的意見；我的推測是，有可能是基於性別、族群等因素的考量。」

他呼籲僑界以「和諧、團結」的角度來看待此事。他說，「爭議難免，但大家不該把力量放在內耗，而是應該拋棄成見向前看，期許僑務榮譽職人員能有所發揮。」

奧克蘭是令狐處長自 1981 年開始其職業外交官生涯的第四個外派地。在此之前，他稱得上是北美事務專家。其前三次外派，分別是洛杉磯、舊金山、洛杉磯。在任職奧克蘭之前，在外交部北美司任副司長。他出生於新竹，成長於台北的石牌，求學順利，於台灣師範大學英語系畢業、實習一年後，即考上淡江大學美國研究所。1978 年就讀於研究所期間，獲美國大使館遴選爲亞太學生代表，赴美研習參訪七週，同年年底，美國宣佈與台斷交。這兩件事激發了他日後投身外交工作的決定。

當記者問到他奉派來紐西蘭一年半以來的感想時，他說，紐國的政治人物，不論是國會議員或地方官員，都相當友善，但紐國政府的「一中政策」，常是台紐兩國發展關係的負面因素。他遺憾地指出，有些紐國官員對於所謂的「一中政策」，也沒有正確的了解。

今年四月中旬，紐國第一大報 *The New Zealand Herald* 曾刊載一則新聞，報導聯合未來黨黨魁暨現任國稅部長 Peter Dunne 呼籲總理 Helen Clark 支持台灣加入 WHA。Helen Clark 的發言人在回應時提到，紐西蘭「承認（recognised）一中政策」的主張。令狐處長說，這與事實有很大的出入。因此，在威靈頓的台灣代表處已就此事向工黨政府澄清，當年紐國與中華人民共和國建交時，有關「一中政策」所用的字眼是「認知（acknowledge）」，而非「承認」（recognise）。

他補充說，過去十多年來，隨著台灣的民主發展，使台灣在國際上的形象大為提升。這對外交工作有正面的意義。他強調，外交人員應嚴守「行政中立」的原則，遵照上級的指示去「打拚」。

記者笑稱，處長在奧克蘭沒家人陪同，全力拚外交，好像是 7-Eleven 便利商店，一天二十四小時，全年無休。他謙虛地表示，「算是沒有內顧之憂，盡力去做就是了。」

這次訪談就在彼此的祝福聲中結束。

註：本訪問稿完成後，記者於五月二十二日接到令狐處長的電話告知，紐西蘭的國會外交委員會已經就台灣僑團所發起的「支持台灣加入WHA」請願案，通過下列決議文：「The Committee recommends that the Government support the appropriate involvement of Taiwan in the

World Health Organisation, in the interests of international coordination on health issues, particularly pandemics.」(建議政府支持台灣以適當方式參與世界衛生組織，以促進國際衛生事務的協調，尤其是事關流行病者。)

這個好消息來得正是時候，因爲WHA正好於五月二十二日到二十七日在日内瓦召開。令狐處長說，這是紐西蘭國會對於「支持台灣加入WHA」請願，首次有正面具體的回應。他特別央請記者代爲轉達，對於此間僑界過去連續數年發動連署請願，向全體僑胞表達十二萬分的謝意。

(專訪令狐榮達處長，原載《台鄉通訊》第三期，2006年7月)

佳麗寶是鄉親備辦「伴手」的好所在

「佳麗寶紐西蘭特產店」是許多台灣鄉親返鄉前，備辦「伴手」、「等路」時，會光顧的地方；「佳麗寶」董事長周樹木先生，更是本地僑界耳熟能詳的人物。

大家常會在此間華文報紙上看到「佳麗寶」的廣告，但是周董事長本人一向婉拒新聞界的採訪。此次，本刊編輯小組費了九牛二虎之力，方說動了他接受專訪，因此這次該算是他的「新聞處女秀」吧！

本刊記者依約準時於某日下午二時抵達「佳麗寶」，只見周太太一面招呼店裡的顧客，一面準備午餐。記者不禁想到，都已經是喝下午茶的時間了，他們才要吃午餐，可見是上午店門一開，就一直忙著。

一見面，記者就跟周董說要先拍照。他客氣地推辭著。倒是周太太很爽快，勸他要配合。聽了太太的話，他很快地梳理一下頭髮，接受拍照。不知大家有沒有注意到，照片裡的周董，比大家平常看到的要帥氣、年輕多了。

位於 Ellerslie 商圈的「佳麗寶」，店面算是不小了，但店內人來人往，要找一處安靜的角落作專訪，似乎不可能，只好往樓上去。樓上安靜多了，但也是堆滿了各式的貨品。周董說，大大小小五百種貨品，除了店裡兩層樓，連家裡也堆滿了貨。

記者開門見山，請周董回顧，他一家人移民來紐及創業的經過。時間就這樣拉回到一九八九年，他們一家人飛抵奧克蘭的時刻。他回憶說，當初因緣際會認識了幾個志同道合的朋友，一致認爲，紐西蘭的觀光業最有前景。所以，一開始就鎖定與觀光有關的行業。經過仔細的評估，認爲旅遊業所牽涉的法律層面較複雜，因此決定投身特產店的經營。

主意既定，這幾個朋友也是後來的合夥股東，立即著手準備。一行人跑遍南北島各地，拜訪廠商、檢視各類特產。準備工作進行整整一年後，特產店於 1991 年 4 月，在 Newmarket 開張。該特產店順利經營到 1996 年，因股東或回台、或移居澳洲，而結束了營業。

周董說，當時他也跟著回台灣，住了一年多，但已不太習慣，遂於次年返回奧克蘭，正好碰上 Ellerslie 商圈在蓋店面，就訂了現在這家店面，他獨資的「佳麗寶」，就這樣於 1997 年 11 月誕生了。

「佳麗寶」開張後，營運蒸蒸日上。周董透露，從 1997 年到 2004 年間，每年的營業額成長率約爲百分之四十，客戶大多數是台灣鄉親與香港人。近兩年來，由於台人、港人大批回流，零售業績已沒成長。但周董未雨綢繆，前幾年就從新產品的開發與批發著手。現在這方面的盈餘，不僅能彌補零售的零成長，而且還是「佳麗寶」賺錢的強棒。

新產品的開發主要是健康食品，例如，增進腸胃健康和促進細胞新陳代謝的「酵素」與「益生菌」，都是近一年的新產品。另外，周董特別推薦已銷售四年的「松樹醇」，這是由 Canterbury 大學科學院長 Dr. Kelly Duncan 所率領的團隊，經過十多年研發而成，由 NUTRALIFE 所生產的，對增進免疫力與改善老人疾病等，都獲得很高的評價。他強調，「松樹醇」是從紐西蘭生長的幅射松樹之年輕樹皮中粹取而成，全世界獨一無二。銷路非常暢旺，每月外銷日本四萬盒，而且自七月起，將在台灣東森電視台的購物頻道上銷售。他說，周太太就是「松樹醇」的忠實愛用者。

周董也不忘補充說，健康食品能補充身體的營養，有益身體，但絕不是用來治病的，有病還是得去看醫生。他強調，健康食品不是萬靈丹，大家要身體健康，除了吃健康食品以外，每日適量的運動也是絕對必要的。

除了健康食品，羊毛產品也是紐西蘭特產品的大宗。周董說，紐西蘭的羊皮製品、羊毛衣物、綿羊油、羊胎盤素等，都是全世界數一數二的產品。另外，鼎鼎有名的manuka蜂蜜，經研究證實，長久使用，可消除幽門桿菌。可以說，紐西蘭各類特產品在全世界都是很受歡迎的。因此，經營特產店的華人也不少。就他所知，台灣人經營的有三家，中國人則有四家。

在競爭激烈的商場中，「佳麗寶」的致勝之道是什麼呢？周董分析說，第一是薄利多銷。有些產品在一般藥房、超市也有賣，但「佳麗寶」的售價比他們便宜二至三成。第二是產品的品質好，例如，「佳麗寶」的健康食品，都是「優良製造規範」（good manufacture practice，GMP）廠商所製造的，產品品質有保障，客戶能安心使用。第三是服務好，客戶發現產品不合用時，可換貨或退貨退錢。另外，也有送貨服務。如訂貨客戶住在North Shore者，會請快遞送，儘量方便顧客。

難能可貴的是，周董在賺錢之餘，也不忘行善。他透露，本著「取之於社會，用之於社會」的精神，他特別將「佳麗寶」每年盈餘的百分之十，拿來回饋社會，包括台灣人社團以及本地的慈善團體，如腦傷基金會、癌症基金會等。另外，他也透過世界展望會（World Vision），認養了兩名非洲兒童。他說，此舉是受到大兒子的影響。他的大兒子認養了三名非洲兒童。

談到兒子，周家一共有三壯丁，而且都已成家立業，老大在奧克蘭當家醫，老二在雪梨當牙醫，老三在奧克蘭有自己的事業。目前總共已有三個淘氣可愛的孫兒女。

鑒於周家的兒子們個個獨立有成，「佳麗寶」有美麗賢慧的太太協助照管，記者建議周董，除了資助台灣人社團外，也應該考慮「出力」，出來擔任台灣人社團職務。他解釋說，他才剛卸任奧克蘭台商會會長的工作，之前也擔任台灣華夏協會的常任監事，連續三年服務台灣人社團，目前需要休息一下。「休息是爲了走更遠的路」。我們期待他能很快地再度活躍於台灣僑界。

專訪結束後，下了樓，周董即忙著招呼顧客，顯然又是忙碌豐碩的一天。

（專訪佳麗寶周樹木董事長，原載《台鄉通訊》第四期，2006 年 8 月）

從明星導遊到旅行社老闆

如果紐西蘭的華人旅遊業設有傑出導遊獎的話，那一定非吳昌霖先生莫屬。這些年來，不僅台灣鄉親知道要參加由「小吳」導遊的旅行團，連中國的旅行業者來紐西蘭考察市場，也指定要台灣導遊「小吳」帶團。「小吳」是本地華人旅遊界響叮噹的名號。久而久之，他眞正的大名「吳昌霖」反而比較少人知道。

本刊記者最近因偶然的機緣，獲知「天和旅遊」（Holiday Travel）在去年八月間換了老闆，但在此次見面作專訪前，壓根兒沒把這位旅行社的吳老闆，跟鼎鼎大名的「小吳」聯想在一起，只能怪自己太沒 sense 了。

「天和」位於 Remuera 的精華商圈內，店面不大，推開門進去，只覺得陷入了一片吵雜聲中，看見坐在位子上的幾個先生女士都忙著，有的正在跟顧客談話，有的在講電話，有的在打電腦，只好衝著一位站著的壯碩男子說，要找吳昌霖先生。他笑了笑，這回記者反應比較快，馬上想到應該就是他。沒錯，他就是小吳，「天和」的吳老闆。

爲了訪談能順利進行，我們移師到天和隔壁的咖啡店。一坐下，小吳就說，剛剛一直在忙著安排十三位毛利人要去台灣參加原住民文化祭的事宜。他這一說，訪談的話題就從怎麼在本地促銷台灣的觀光旅遊開始。

這一陣子，天和在中華電視台和華語廣播電台都有廣告，促銷「兩人就可成行」紐幣 1,799 八天六夜遊台灣。他說，這是「物超所值」的套裝行程（package tour），包括往返機票、六夜旅館和三天旅遊。唯一可挑剔的是，出發與回程的日期是固定的。因為台灣給予紐國人民三十天入境免簽證的優惠待遇，所以這個套裝行程，是以持紐西蘭護照的華人市場為主。

小吳強調說，天和是紐西蘭旅遊協會（The Travel Agents Association of New Zealand, TAANZ）及國際航空運輸協會（International Air Transport Association, IATA）的會員。這些協會的會員，入會都必需經過嚴格的審核，都是信譽卓著的旅遊公司。天和與其他同是會員的旅遊業者有密切的往來。在奧克蘭的台灣鄉親如要前往世界各地，天和可以為他們「量身訂做」各式旅遊行程。

前面說的都是出境旅遊（outbound tour），入境旅遊（inbound tour）又是如何呢？小吳說，天和也是紐西蘭入境旅遊協會（Inbound Tour Operator Council of New Zealand, ITOC）的會員，能保障客戶在紐西蘭國內的旅遊品質。他說，從事旅遊業十多年，而且本身是紐西蘭旅遊局的指定導遊，（台灣與中國的官方訪問團、旅遊同業或記者團，常會指定他當導遊），因此，他自己對旅遊品質有相當的堅持與期許。而且天和與紐西蘭各大飯店、旅遊巴士、租車業及觀光業，都有極佳的配合與往來，更能便利顧客的旅遊行程安排。

他舉例說，除了承辦由台灣、中國、東南亞、澳洲、美國等地華人來紐西蘭觀光旅行的業務外，天和對於本地的散客也給予特別的服務。北島的旅遊行程只要有四至五人，南島的有八人，天和就會有「專車」出團。另外，天和也可爲自助或半自助的旅行者，代租車或代訂住宿。

觀光旅遊業是紐西蘭非常重要的無煙囪工業。而且，大家對這國家的印象好壞，大部份取決於旅行時的親身體驗。小吳說，他當導遊多年，能深深體認到旅遊業在營利之外的無形社會責任，也因此很不贊同，旅遊同業之間因惡性競爭，而導至旅遊品質的低落。

記者問道，今年十一月紐航將開始直飛奧克蘭與上海之間的航線，屆時將有更多的中國觀光客來到紐西蘭，是否有助於華人旅遊業的發展？出乎意料之外，小吳竟然非常悲觀。他分析說，觀光客愈多，恐怕華人業者之間的惡性競爭會愈厲害。就他所知，現在澳洲已出現有旅行社將顧客以人頭計價方式，賣給當地特產店的反常經營方式。這樣一來，旅行團的旅客一定得去買那些「物不美價不廉」的特產。

如何逃過這種旅遊劫數呢？小吳呼籲消費者不要貪小便宜，不要只比較價錢，一定要看住什麼等級的旅館、吃什麼樣的菜、安排什麼樣的行程。他說，如果台北到雪梨的機票是台幣兩萬，一個到澳洲旅遊十天的旅行團，包吃、包住、包玩只收台幣三萬元，要讓業者賺到錢，同時也讓旅客玩得愉快滿意，可能嗎？賠錢的生意沒人做，最後倒霉吃虧的還是消費者。

於 1990 年四月間移民來紐西蘭的小吳，當時才三十多歲，起初在一 Kiwi 家 homestay。他說，當時也不知道要從事什麼行業，正好陸續有更多的台灣鄉親到來，非常需要導遊人才，於是 home 爸與 home 媽帶他到圖書館找資料做準備。後來，去一家旅行社應徵面試，就被錄取了。同年的十月就開始了在紐西蘭當導遊的生涯。一做十多年，直到去年八月接下天和。

談到當導遊與當老闆的差別，小吳說，當導遊時只要把團帶好就沒事，雖然經年累月在外奔波，但比較沒有壓力；現在當「頭家」，整天想的是公司的營運與員工的前途問題，覺得兩肩的擔子重了許多。他特別提到，天和的員工都已做了好多年，有豐富的旅遊專業知識與經驗。他在做任何決定時，這些員工及其家庭都是他的優先考量。看來，小吳不僅是親切服務旅客的導遊，也是盡心照顧員工的「頭家」。

由一個這麼受旅客喜愛的導遊所經營的旅行社，在競爭激烈的華人旅遊業中，會迸出什麼樣的火花呢？小吳說，他會盡心朝自己一貫的理想打拚下去。至於能撐多久，他自己也沒把握。不過，好消息是，他已計劃擴充，準備要在 Mt Albert 區開天和的分公司。看來，喜愛旅遊的台灣鄉親有福了！

（專訪天和旅遊吳昌霖董事長，原載《台鄉通訊》第五期，2006 年 9 月）

余伯泉教授：學華語順便學會台語

現執教於台灣開南大學的余伯泉教授，於今年 7 月 15 日晚間在紐西蘭台灣華夏協會會館舉行的一場演講會中，強調「台灣學校」設立的重要性，以及「學華語順便學會台語」的便利性。

約五十名台灣鄉親，不畏嚴冬寒夜的低溫，參加了由台灣同鄉會主辦、台灣華夏協會協辦的這場演講會。

余教授係前中央研究院民族研究所的教授，現任教於世新、長庚與開南三所大學。此次係應僑務委員會之邀，率團前來奧克蘭，擔任 7 月 15-16 日舉行的「海外華文教師研習會」的主講者。

在這場由余教授緊密行程中特別安排出來的演講會裡，他爲在場的鄉親詳細分析了設立「台灣學校」的需要性與迫切性。

他說，華語已成爲僅次於英語的國際經濟性語言，在海外的市場非常龐大。如果全球有一億人要學華語，假設每人花費 100 美元，那就是 100 億美元的市場，可以爲在海外的台灣僑民創造不少的就業機會。

談到過去十多年來，台灣移民在海外設立了不少中文學校，余教授指出，因爲這些年來中國的移民數量更多，久而久之，就有許多中文學校有中國來的老師，教用簡體字的中國教材，其結果就出現了到餐館用餐後結帳時的用語「同志多少錢？」而編印在中國教材中的世界地圖上，台灣則變成中華人民共和國的一部份？

余教授強調，爲了維護傳統中華文化的精髓，也爲了宣揚台灣文化，由台灣僑民設立台灣學校，使用繁體字的台灣教材，來推動華語教學，是非常必要的。他說，在美東與美西，已有數家台灣學校經營得非常成功，希望紐、澳地區也能很快地跟進。

他補充說，西方各國大多爲自由民主國家，都會尊重語言使用者，不會規定華語使用簡體字，或打壓繁體字。在美國和澳洲都是簡體、繁體並用。他說，他這次來碰到紐西蘭的國會議員黃徐毓芳女士。黃徐議員說，紐國政府絕不會打壓華語繁體字的使用。

這麼說，台灣人在海外的華語教學市場應該是蠻有競爭力的。余教授對於此點非常有信心。他說，台灣人有頭腦、有優良的師資、有好的教材與教學法，只要肯做，一定會成功。

台灣學校的另一優勢就是「學華語順便學會台語」。他說，一定有人會問，爲什麼要學台語、客語等母語呢？

在台灣國內，也有人質疑，新一代的年輕人國語程度普遍較前低落，怎可再學母語？但是他舉例說，馬來西亞的華人，從小在家裡說福建話（台語）、廣東話等，上小學後學馬來話、華語、英語等，至少能操五種語言，難怪他們在海外，無論經營事業或找工作，都無往不利。台灣人學華語、台語、英語等，也不過只有三種語言，一點兒也不多。尤其在海外長大的台灣人，如能學會台語或客語，有朝一日回台，就很容易接軌，無論就業或經商，都會順遂多了。

余教授特別提到，台灣過去五十多年的國語教育非常成功，但不幸地也深深地打壓了母語的發展，以致於聯合國把台灣的語文列爲「有滅絕的危險」。因此，有人形容，目前台語是在看門診，客語是在看急診，原住民語則已住進了加護病房。

他說，也許有人會認爲學台語、客語等好像沒什麼用。但是請大家回想一下，華語在廿多年前，在海外的主流社會也不流行，所以有機會多學另一種語言，一定要把握，說不定將來會非常有用。何況目前是多元文化的時代，能夠從小學習多種語言，對孩子的成長是非常好的。

那麼，要如何在海外推動台語教學呢？余教授說，這可從教材及教學法、師資的訓練以及學生的來源等三方面來談。他以台灣國內的情形來說明。他說，母語教學在

1998 年開始推動時，受到相當大的批評與嘲笑，認爲母語教學沒有適當的教學法，教材亂七八糟。但是經過數年的努力，到了 2003 年時已發展出很好的教材，而且受過訓練的師資也達到了一萬多名，全國的公立小學每週都有一節母語課。

因此，他信心滿滿地說，今天在海外推動台語教學，教材及教學法是現成的，師資可以培訓，而在台灣學校學華語的學生，可於課後選讀台語、客語或扯鈴等課程，正是「學華語順便學會台語」的最佳寫照。

余教授指出，台語是一種音樂性的語言，聲調多、變調也多，但是它的變調是有規則可循的。他舉了幾個例子說明，讓現場一輩子說台語的鄉親大開眼界，第一次體驗到，原來台語的聲調變化是有規則的，讓很多人覺得不可思議。

接下來的問題是，用什麼音標來教台語？余教授特別推薦目前在台灣使用比例最高的「通用拼音」，簡稱「台通」。但是，他同時也強調，他並不排斥原來華語的注音符號或其它羅馬拼音系統。他說，使用者自己覺得好用是最重要的。他個人對「台通」情有獨鍾，是因爲用這套羅馬拼音系統在小學做台語教學實驗時，小朋友學得很快。更好的是，用「台通」來教華語、客語也同樣有好效果。

尤其在海外，教洋人說華語、台語等，「台通」更是最佳利器。余教授舉例說，名列世界十大合唱團之一的「溫哥華無伴奏合唱團」，到台灣演唱時，作了該團的台語歌首演，全場轟動。那些洋人如何學會唱台語歌呢？是溫哥華當地台僑用「台通」注音，教他們三次，就學會了。他說，如果用注音符號教，光是37個符號，就不知要多久才能教會。

余教授順便提到，現在台灣全國各地的地名與街道名的英譯，全採用「台通」，只有台北市採用中國的漢語拼音。馬英九市長所持的理由是「遵照聯合國的規定」。余教授說，馬市長對此是誤解了。中國是聯合國安全理事會的常任理事國，聯合國規定，漢語拼音是用於「中國事務」上面，而非用於「中文」上面。

實際的台語教學應是什麼樣呢？余教授說，學台語跟學華語一樣，分三階段。第一階段教聽跟說，只教歌謠與對話。第二階段教一套拼音系統。第三階段才教漢字。在海外的台語教學，因華語課會教漢字，因此可以省去此階段。

余教授娓娓道來台語的教材與教學法，在場的鄉親都聽得津津有味。原來預定兩小時的演講會進行了三小時，依然欲罷不能。余教授提議說，他願意放棄原先安排的兩天旅遊行程，留在奧克蘭爲鄉親們上課。在場鄉親雖然很想再聽課，但看到余教授這一趟紐、澳巡迴教學，風塵僕僕，疲累不堪，連聲音都沙啞了，只好謝絕他的美意，勸他還是去欣賞美麗的紐西蘭自然風光。不過大家心底仍然期待著能很快再有機會，參加他的演講會或台語教學研習會。

（原載《台鄉通訊》第五期，2006 年 9 月）

台紐人美中十日遊略記

Nebraska 州地理上位居美國正中心，今年八月初，有幸到其首府 Lincoln 市停留數日，並開車往西到 Colorado 州的 Estes Park 落磯山國家公園度假，所見所聞與美國東西兩岸大異其趣，特記錄一些旅途點滴與鄉親分享。

芝加哥機場今非昔比

我們是從加拿大的多倫多搭機出發，到芝加哥的 O'Hare 機場轉機。記得廿多年前第一次到美國，在芝加哥轉機時，看到機場內各種先進的自動化設施，印象非常深刻。後來又陸續有幾次進出該機場，看到擴建後的地下通道也非常美麗壯觀。但是這次的轉機經驗，卻與從前完全不同。這次所看到的是，候機室與走道上人潮洶湧，連麥當勞餐廳也大排長龍。更糟糕的是，我們要搭乘的聯航班機一再延誤（共有四次之多）。跟其他旅客聊起來才知道，芝加哥機場已不敷使用，班機延誤是家常便飯。從多倫多到芝加哥，再從芝加哥前往林肯市，兩個班次加起來的飛行時間不到四小時，我們竟然在吵雜、擁擠的芝加哥機場整整待了六小時。

Nebraska 的首府林肯市

整個 Nebraska 州是一望無際的大平原，境內有密蘇里河（Missouri River）、普拉特河（Platte River）與一些湖泊，地下水源豐富，是美國主要的農業州之一。這個時節開車出遊，放眼盡是玉米田。它原是印地安人的住地，於 1803 年根據向法國購買 Louisiana 的協議，歸美國所有，但一直到 1867 年才建州加入聯邦，在美國西部開拓期間，是拓荒者車隊的必經之地。

N 州人常說，他們的地方「前不著村，後不著店」（in the middle of nowhere），眞是一點兒沒錯。它的首府林肯市，原只是個三十多人的小村莊，經過了 140 年的發展，現已有人口二十多萬，是 N 州的政治和文化中心。

林肯市的地標（landmark）是州議會大廈，我們特別撥空去參加它的導覽活動。經過導覽員的詳細解說，好像上了一堂歷史課，大家對這座當年花費美金 980 萬，費時 11 年（1922-1932）才完工的建築不禁另眼相看。整座建築的設計，在於強調 N 州的歷史演進以及激發州民對未來的美好憧憬。其內部各類石材地板及石牆的圖案裝飾，記錄了 N 州的自然環境與社會情況；四面外牆的各式浮雕是西方文明法治精神的象徵。N 州議會實行一院制，這在美國是獨一無二的。

林肯市也是大學城，州內最有名的N大學（1869年建校）佔了市區的一大部份，凡是大學的建築物，路旁都掛有大N字母的旗幟，其中有一整條馬路，整排N字旗幟隨風飄揚，非常醒目。我們也抽空參觀了位於校園內的體育館、博物館、美術館等，都相當富有N州的特色。

紐西蘭很酷

我們開車經過N州的Gothenbury小鎮，去參觀已有146年歷史的快馬驛站（Pony Express）。那是一間小屋，在1860-1861年間，有16個月的時間作爲快馬驛站，於1931年間搬離原址，並經整修後，才開放供人參觀。

Pony Express於1860年4月30日開張，東自密蘇里州的St. Joseph開始，西至加州的Sacramento站。首次由東向西的信件傳遞，費時計九天又廿三小時，不到馬車傳遞所需時間的一半。而最快的記錄則是於1860年傳遞林肯總統的就職演說時創下的，全程1,996哩長，只花了七天又十七小時的時間。這項快遞服務總共有八十個傳遞員同時騎著快馬在路上飛奔，其中有四十人由東往西，另外四十人則由西往東。這個快馬驛站的服務，因電報的問世，於1861年底結束營業，三個合夥人共賠了美金十萬元。

我們進去小屋參觀時，也有一些美國遊客在裡面，有一位義工在作解說並回答問題。我們跟他交談了一會兒。他問我們從那裡來，我們答說紐西蘭，他眼睛一亮說：「Cool！」立即要求我們簽名留念。看他並沒對他的美國同胞做同樣的請求，讓我們自己也覺得，紐西蘭眞的很酷！

這是此次旅途中，首次因身爲紐西蘭人而被要求簽名。沒想到的是，同樣的事情卻接二連三地在後來的幾天中發生。我們在另一個小鎭參觀當地的博物館時，也碰到類似的情況。與管理員交談，當他獲知我們來自紐西蘭時，馬上提出簽名的請求。另有一次是在林肯市的一家日本餐廳，因見服務親切的老闆是白臉孔的美國人，好奇地問他怎麼會想到經營日本餐廳。交談的結果，他堅持我們一定要在他那本精美的 guests book 上簽名。看來，紐西蘭還眞 popular 呢！

台灣人不貪心

那天傍晚下著大雨，我們從高速公路下來，到了一小鎭，很快地找到了一家中式餐廳。推開門進去，沒有別的客人。老闆娘態度冷淡地用英文招呼我們坐下點菜。因每道菜都附白飯（或炒飯）與茶，我們一行三人就點三道菜。上菜時，老闆娘突然用華語問，「你們是不是台灣人？」我們很驚訝地回說，「你怎麼知道？」她說，她來自中國的潮州，潮州話與台灣話有幾分相似。她聽到我們私下以台語交談時講到「食飯」兩字，就斷定我們是台灣人。我們不禁異口同聲地說，「好厲害哦！」我們就順便向她打聽小鎮的情形。這小鎮人口五千，他們是唯一的華人家庭，經營這家鎮上唯一的中式餐廳已經二十二年。

晚餐吃到一半，老闆娘過來問要不要添飯。我們回答說，「不用，謝謝！」她回了一句「你們還眞不貪心！」我們覺得她這麼說很奇怪，就告訴她，「飯吃得多或少應該跟貪不貪心沒關係！」她卻說，「不見得！」然後，她就說了下面的眞實故事給我們知道。

幾年前的某個夜晚，餐廳正準備打烊。這時來了三個中國人，央求無論如何要賣餐點給他們，因爲他們已經有五天沒有吃米飯了。基於同情心，就讓他們進了店。三個人只點了一道菜，而吃了好幾盤飯。看他們吃得差不多了，就請他們結帳。他們卻回答說，「你只做一道菜，讓我們沒吃飽，我們不付錢。」

老闆娘告訴我們說，看到自己的中國同胞一副要吃霸王飯的德性，實在覺得很丟臉，就威脅他們說，「乖乖地付錢離開，否則要報警。」才結束了這場鬧劇。老闆娘說，從此以後，一看到黃臉孔的客人上門，總是心存戒心。

聽她這麼一說，我們才恍然大悟，我們進店時她一副冷淡樣子的緣故。這也讓我們更體驗到，出門在外要注意自己的言行舉止，不要讓自己的國家蒙羞。

渡假勝地 Estes Park

我們的車子由 N 州向西開往 Colorado 州，雖然感覺一路平坦，其實是一直在爬坡的。當我們抵達目的地 Estes Park 時，海拔已接近兩千三百米。這是科羅拉多州北部的城鎮，是落磯山國家公園的東部入口和總部所在地，每年有兩百多萬從世界各地來的遊客造訪。八月份是北半球的暑假，遊客特別多。一進入市中心，車水馬龍，熱鬧非凡。雖然不是週末，仍然見到許多旅館掛出「No Vacancy」的牌子。

Estes Park 本身就是設施完備的渡假勝地，四周高山環繞。整個市區有可供野餐的花園、森林空地、白楊樹掩映的小溪步道，主要街道兩旁則是格調高雅的各式名店與餐廳，讓人賞心悅目。遊客中心的資料顯示，此地各項住宿設施超過 130 家，各式餐廳近 60 家，禮品店達 200 多家。渡假活動也是五花八門。文藝活動包括各式樂團及劇團表演，另外還有 24 家畫廊可供參觀。比較受歡迎的夏季戶外活動，則是騎馬、湖中滑船、釣魚、騎單車、乘坐空中纜車、爬山或攀岩等。

我們參加了騎馬的活動，我們那梯次是兩家共五個人，很湊巧的是，另一家也是從林肯市來的。馬匹都是訓練有素的乖寶寶。筆者所騎的那匹雄馬，除了偶而貪嘴想要停下吃草外，一路上山都很順利。到了山頂，放眼望去，感覺與四周的群山距離更近，無論是山谷或山頂的景觀，都看得更清楚，眞是不虛此行。下山比上山快很多，但也頗爲顚簸。領隊的女騎師吩咐大家在馬背上坐直，要稍微往後傾斜，而不是向前傾。照著她的話去做，感覺安全了許多。

這是筆者生平第二次騎馬，年紀已一大把，能有勇氣、有信心參加騎馬活動，得歸功於第一次愉快順利的經驗。那是去年五月底的時候，我們在紐西蘭南島旅行，到了 Kaikoura，當地最有名的賞鯨活動，因風浪太大，船無法出海而作罷，改爲參加陸地的騎馬活動。我們遵照馬場的指示，提早一小時到達，一位女騎師領著三匹馬來與我們會合。我們一行三人都是騎馬的生手。那位女騎師很有耐心地一一協助我們騎上馬，並個別教授幾項基本的騎馬技巧，一切準備妥當要上路時，正好就是約好的騎馬時間。那天寒風刺骨，偶而還夾著細細的雨絲，我們騎著馬，慢慢地跟著她爬坡上山。由於風實在太大，一路上眼睛只能盯住眼前的山路，無法遠眺，感覺過了許久，馬匹停在一處平地上不動了。抬頭望去，只見一大片綠色的高原與遠處波濤洶湧的大海連成一片，氣象萬千。當時，心底深處不由得一陣感動！何其有幸，我們能住在這個有如此好山好水的國度！

美國 Colorado 州 Estes Park。

比較兩次騎馬的經驗，美國的騎馬活動無疑是較爲商業化的經營，尤其在旅遊旺季，一小時一梯次，整日不斷有遊客上門，接待處也不忘貼著告示，提醒遊客在騎完馬後付小費。筆者個人比較喜歡紐西蘭對遊客的親切與貼心服務。那位 Kaikoura 的女騎師非常專業。她告訴我們，在「魔戒」（Lord of the Rings）拍攝的三年期間，她帶著十匹馬跟著電影工作人員遊走各地。那天我們之中的男士所騎的雄馬，就是那十匹中的一匹。她也特別爲兩位女士安排騎雌馬。她的用心讓我們一直銘記在心。在這裡，除了感謝她，也祝福她！

空中公園→落磯山國家公園

在開車進入國家公園的前一天，我們先從 Estes Park

的遊客服務中心購買了通行證。如果不開車，可以搭乘 shuttle bus 進去。

落磯山國家公園位於 Colorado 州的中北部，設立於 1915 年，佔地面積 262,191 英畝，有「空中公園」（park in the sky）的美稱，境內三千米以上的高峰林立，其中以龍思山（Longs）的 4,345 米爲最高。除高山外，還有寬廣的河谷、峽谷、高山湖泊、湍急奔瀉的溪流、和冰河時期的冰川痕跡。我們的車沿著美國海拔最高的公路「先鋒越嶺公路」（Trail Ridge Road，海拔兩千四百多米到三千六百多米）開，沿途有多處停車點，供遊客觀景或欣賞各種高山動植物。公路的最高點設有一高山遊客中心（Alpine Visitor Center），裡面有一家書店以及高山冰原區的自然景觀展示，當然也有紀念品店與咖啡座。

我們是從國家公園的東側入山，在高山遊客中心休息片刻後，仍沿著同一條公路往西走，沿途勝景美不勝收。比較特別的是，途中有個「大陸分水嶺」（Continental Divide）的大型標示牌，木牌上寫著此大陸水系在此分東西向，東向之水流向大西洋，西向者流向太平洋。分水嶺係落磯山脈所構成，北起加拿大，南至墨西哥，中間穿越美國 Montana、Idaho、Wyoming、Colorado、New Mexico 等五州。在此處停留的遊客，紛紛在木牌前的地面倒一些水，相信總有幾滴在日後會分別流向兩大洋。

幽靜的山城 Boulder

我們離開 Estes Park 時，沒走來時路，而是再進入落磯山國家公園內，走另一條公路，到國家公園的另一個出入門戶 Boulder。這一段路的風景更爲壯麗，尤其是抵達 Boulder 前的峽谷景觀更是優美。

Boulder 位於落磯山脈的山腳，又臨 Boulder 河，環境優美，有科羅拉多大學，是科學與環境研究的中心。當我們進入市區時，已是週六的中午時分，正好是農產品的 market day。我們也去湊熱鬧，買了些有機水果，本來打算午餐也在那兒解決，但是各攤小吃生意興隆、座無虛席，只好轉移陣地。

穿越過一條大馬路後，喜出望外地發現了一家東方茶座，進到裡面，卻看不到黃臉孔的店員或顧客。雖然有點失望，但看到菜單上的飲料及點心有濃濃的台灣味，又讓我們精神振奮了起來。我們點了珍珠奶茶，配荷葉糯米飯、水晶餃、燒賣等小點心，吃得開心，差點忘了置身何處。

飯後，信步走到附近的市中心街道，又是另一場驚艷。花木扶疏的街道是行人徒步區，幾個街頭畫家各據山頭，當場揮灑畫筆，街頭藝人亦賣力演出，有一處三米正方的地面聳立著高度不等的水龍頭，讓孩子們玩水嬉戲，行人或熙來攘往，或在各區駐足，週末的市中心就是一幅美麗蓬勃的畫面。

（原載《台鄉通訊》第七期，2006 年 11 月）

台灣文化節魅力無限展

「台灣人眞棒！」這句話是許多蒞臨參觀第一屆紐西蘭台灣文化節（Taiwan Festival）的貴賓向總召集人李明岳（Johnson Li）先生所說的話。

台灣文化節於11月4日至5日一連兩天在奧克蘭 Greenlane ASB Showgrounds 內的第五號展覽館舉行。活動的宗旨是，讓紐西蘭人認識台灣本土人文特點，並展現台灣精品新形象，以促進台紐兩國間的貿易、文化及觀光交流，同時提昇「台灣僑民在紐西蘭的能見度」。活動項目包括：台灣文物及古董展、台灣及紐西蘭商品展、台灣民俗技藝表演、新桃源掌中劇團、台灣衫走秀、台灣旅遊展、綺麗台灣攝影展等。

Johnson 在百忙中於11月10日接受本刊記者專訪時透露，台灣文化節在星期六、日兩天舉行，他在星期一就收到國家黨國會議員黃徐毓芳（Pansy Wang）女士一封詞意懇切的信，稱讚人數不多的台灣僑社，成功地舉辦了這麼大型的活動，展現了以前所沒展現的能力。另一位在星期日到場的國家黨國會議員 Richard Worth 也向 Johnson 叮嚀說，明年一定要早點通知他，讓他能事先安排好行程，以便在開幕日出席。

活動才剛結束，很多參展的公司行號就在問，「明年的台灣文化節何時舉行？」因爲他們都想早點預訂攤位，以免向隅。反應這麼熱烈，是因爲今年到場的參觀者實在太多了。Johnson 說，用「人潮洶湧、水洩不通」來形容，一點兒也不爲過，尤其是戶外「台灣食品展」的部份。他指出，有不少人在第一天都沒辦法買到東西吃，因爲人潮實在太擠了。到了第二天就學聰明了，趕在上午十點以前就去買。就他所知，有一位香港太太第二天一早就去「家鄉」食品攤買了前一天沒買到的二十條香腸和二十個粽子。他說，他自己在第二天下午活動結束後所吃到的一條「淡水蝦卷」，就是他太太在上午九點多買到的，那也是他在兩天活動中所吃到的唯一台灣小吃。

那麼到底有多少人到場參觀？人數又是如何算出來的？Johnson 說，因爲這次活動進場沒收門票，因此人數估算是根據所發出的節目單數量和使用 Eftpos 的次數。根據初步統計，第一天約 23,000 人，第二天約 25,000 人，合計 48,000 人，遠超過原先預估的人數。

舉辦一場這麼大型的活動要花費多少？是賺還是賠？前者的答案是紐幣十萬元整。Johnson 說，這個數目與先前的預估相同。詳細的帳目會在將要出版的手冊中列出，供大家參考。至於是賺還是賠？他說，因有些收入與原先的預估有落差，初步估計約短少八千元。但是，他強調，舉辦台灣文化節一直是他個人的心願。這次經費不夠，他一定會自己貼，「這樣以後接辦的人才能繼續衝。」

談到籌備的經過，Johnson 說，活動計劃在一年前就提出，今年一、二月間正式開始作業，找場地、與各社團連繫、接洽參展公司行號與表演團體等等，最後一個月可算是緊鑼密鼓的階段。他個人在最後一星期就專注於各項硬體設備的安排。其間總共召開了七次籌備會。現在整個活動雖已順利告一段落，但還要在近期內召開一次檢討會。

這位紐西蘭台灣商會的現任會長指出，雖然這次台灣文化節是由台灣商會與台灣華夏協會共同主辦，但是如果沒有其它 64 個社團、政府單位、公司行號及個人等的全力支持，是不可能這麼成功的。

他說，在這次籌辦過程中，感到最窩心的是台灣人的大團結。在七次籌備會中，或有爭論，但沒有吵架。對於某些團體或個人有時或稍有得罪，大家也沒有計較，仍然出錢出力，全心全意幫忙，他要藉這個機會向大家表示衷心的感謝。

除了台灣小吃及靜態的展覽外，Johnson 也對於兩天排得滿滿的精彩表演，感到十分驕傲。他說，最難能可貴的是，大部份的團體參加表演都是義務、不領酬勞的，卻有職業水準的演出。他特別表示，主辦單位難免有招待不周之處，還得請大家包涵。他透露，參與義務演出的人員約有四百人，而活動現場的志工則有 150 人。

在結束訪談之前，Johnson 也特別感謝台灣同鄉會對此次台灣文化節的大力贊助。台鄉會除了有賴繁吉與謝熙民兩位先生的作品參與「綺麗台灣攝影展」之外，另外還特地從台灣聘請「新桃源掌中劇團」專程來紐，爲文化節作兩天四場的演出。

新桃源掌中劇團

由劉進春先生所創立的新桃源掌中劇團，這次是第二次來紐演出。第一次是在 2000 年 6 月時，參與台灣華夏協會慶祝端午節的盛會。台鄉會謝水發理事長當時擔任台灣華夏協會理事長。

由於戲藝功夫深具特色，該團經常獲得台灣政府的獎勵獎項，文建會就曾邀請他們到各地演出，或到文化中心傳授布袋戲的技藝。

最近幾年，該團也曾先後應邀出國，到美國、加拿大各地公演。由於演出皆是台灣本土文化風貌，因此廣受歡迎。今年五月，該團更前往美國作「北美區亞洲文化節——台灣傳統週」的巡迴公演。

這次新桃源在紐西蘭台灣文化節的四場演出，讓各族群的朋友有機會欣賞到最具傳統特色的台灣鄉土藝術。該團這次的演出均爲布袋戲偶的特技表演，包括現場毛筆寫「台灣加油、Taiwan Go ！ Go ！ Go ！」、角力、騎馬射箭、轉盤、脫笠、杖劍、砍樹、吐火、吹氣球、變臉、老人走路、弄棒、舞龍與舞獅等。在場觀眾看得興致盎然，事後更有許多人津津樂道、讚嘆不已。

舞台總監

布袋戲是在戶外演出，室內的表演又是如何呢？本刊記者特別走訪文化節的舞台總監王玉芬小姐，一探究竟。

王小姐是專業舞蹈家，舞台經驗豐富。一見面，她就說，這是首次有這麼多台灣社團在舞台上合作，兩天的表演進行順利，很值得慶幸，也很感謝大家對台灣文化節的支持。看她說話的神情，一副神經緊繃後鬆了一口氣的樣子。

除了第二天在「台灣衫」的服裝秀客串了一下以外，她說，她在兩天的演出時間內，都在後台當「管家」，管理各表演團體的報到、準備、進場、退場，以及節目進行的順暢等事宜。另外，她也需常與音響師、燈光師、主持人進行協調。她指出，兩天內共有二十五個團體參與表演，後台隨時有上百人在場，在忙亂與緊張中，可能不自覺地得罪了人自己都不知道。

她特別提到，第二天的演出比原預定的時間稍有延誤，不得已，只好要下午演出的某樂團 cut 時間。看她重述了當時著急地從後台向舞台上的樂團喊 cut 時的模樣，記者忍俊不住地笑了起來。

要怎樣安排這麼多團體，在兩天中不間斷的舞台演出呢？王玉芬小姐說，這項事前的準備工作，進行了兩個月，不斷地打電話聯絡協調。有的年輕朋友正好碰上考試，只能來表演一天；有的團體只能在某個時段演出。要安排與配合各個團體的演出時間，並要「台灣文化節」的主題貫穿整天的演出，是這次身爲舞台總監最大的挑戰。

這位年青舞蹈家指出，舉辦文化節提供了本地台灣僑界一個很好的歷練與合作機會，期盼今後大家再接再勵，使台灣的文化藝術能在海外生根發芽。

（原載《台鄉通訊》第七期，2006 年 11 月）

記彭明敏教授在奧克蘭的一場座談會

約 150 名台灣鄉親出席了十月二十六日下午假中區大酒樓舉行的一場「台灣政情」座談會。主講人是前台灣總統府資政彭明敏教授。彭教授此次係來紐西蘭參加十月二十七至三十日舉行的亞太自由民主聯盟（Asian Pacific League for Freedom and Democracy）第五十二屆年會。彭教授目前爲聯盟秘書長。

在場的其他主講人包括澳洲昆士蘭大學的邱垂亮教授、台灣淡江大學的戴萬欽教授、和紐約聖約翰大學的陳泰明教授。這場座談會由民進黨大洋洲黨部主委蔡鑽廷主持。

彭教授首先作引言指出，二十年來的台灣民主發展過程，自 1986 年民進黨成立算起，1987 年解嚴、1990 年廢除勘亂動員條款、1996 年總統直選、2000 年政黨輪替，到現階段出現的混亂脫序現象，顯示台灣的民主正面臨考驗。他強調，台灣民主的未來要看台灣人民是否有決心去維護，而未來的三次選舉：2006 年 12 月 9 日的北高兩市的市長選舉、2007 年年底的立委選舉、2008 年 3 月的總統大選——將有決定性的影響。

這位於1964年擔任台灣大學教授期間，因發表「台灣人民自救宣言」而遭國民黨政府逮捕監禁的國際法學者指出，其實台灣的民主過程不是只有二十年，也不是沒流過血。他說，早在1919年日本統治時代，即有「台灣議會設置請願」運動。而二次大戰後國民黨政府在台灣所施行的戒嚴和白色恐怖時期，都有流血事件發生。

彭教授引用西方學者的話說，民主的過程就是嘗試（try）、犯錯（error）和改革（reform）。獨裁者倒了，第一階段的民主化難免混亂，甚至於失敗，但是，唯有繼續努力，民主化的成功才能永久。

接著發言的邱垂亮教授，推崇彭教授爲「台灣民主之父」。邱教授強調，「民主是人類最重要的普世價值。」他認爲，台灣的民主發展比其它的亞洲國家，如日本、泰國等，還要好。「日本雖然是民主國家，但長期以來一直是自民黨一黨獨大；而泰國前一陣子還發生了軍事政變。」他說，他有信心，台灣不會有軍事政變，這是民主的第一步，而且台灣的「制度建構」沒問題。現在的問題是「沒有幾個政治人物有民主修養。」他特別指出，前些日子主導紅衫軍的那些政治人物，無視國家的民主體制，鼓動群眾擾亂社會秩序，影響國家形象，是台灣民主的負面。但是，他期勉大家不要氣餒。「民主的永續發展要靠大家繼續打拚。」

現任亞太自由民主聯盟副秘書長的戴萬欽教授發言時，稱許彭教授領導該聯盟，有如舊瓶裝新酒，使台灣的民主發展在國際上更受到重視。他指出，彭教授行事低調，不追求掌聲，總是默默地耕耘，是學術界難得的典範。戴教授分析說，民進黨六年來的執政，對於民進黨本身是很好的學習經驗，因爲民進黨有很好的民主理念，但缺少執政的經驗。他認爲，過去六年多來，台灣主體意識一直在加強，「生命共同體」意識已超越族群，也就是說，「凡事只問是非，不問族群。」他說，這是台灣民主發展的正確方向。

從美國來的陳泰明教授指出，彭教授不僅是「台灣民主之父」，而且在很多領域，如太空法（space law）等，是先趨者（pioneer），擔任總統府資政期間，也是表現最好的一位，總是在國際間替台灣發聲。他透露，「台灣研究」在國際上漸受重視，有好幾所大學，如哈佛大學（Harvard University），就設有台灣研究所，研究台灣的文化、社會、宗教、合作管理（cooperation management）等。他說，他個人對台灣民主化的前途有信心。

四位教授各作了引言後，隨即開放鄉親提問。發問的題目從「爲何廢總統府資政與國策顧問？」、「2008 年的總統大選」、「台灣人的價值觀」到「台灣意識的形成」……等。

彭教授回答說，資政與國策顧問的聘用是根據「總統府組織法」，一年一聘。在 2006 年 5 月應有新聘，但因立法院於 2005 年凍結了該項預算，因此陳水扁總統就「沒聘」資政與國策顧問，「不是廢除」。

在場的鄉親都很關心 2008 年的總統大選。彭教授說，國民黨爲反對而反對，像軍購案在立法院被擋已經超過六十次；而前些日子紅衫軍的抗議完全不顧法制，一副「你死我活」的態度。萬一他們取得了政權，眞叫人擔心台灣會走向何方。邱教授也指出，像國民黨最有可能的總統候選人馬英九，自己是學法律出身的，但所做所爲不遵守法制，如果台灣人民不擦亮眼，台灣會出問題，民主會倒退。

戴教授則認爲，要等到今年十二月九日北、高市長選舉開票結果揭曉，才能知道馬英九是否有希望成爲國民黨的 2008 年總統大選候選人。他說，台灣輿論變化快，選舉結果很難預測。

至於「如何建立台灣人的價值觀」，彭教授指出，台灣人的傳統特點很多，如土直（不虛偽）、不愛出風頭、吃虧也吞忍、默默打拚等。台灣人要自己思考，那些特點要發揮，那些要改進，然後在家庭、學校及社會發揮影響力。他強調，「發展台灣人的價值觀非常重要」。

談到「台灣意識的形成」，彭教授回顧了一段台灣近代史。台灣在一八九五年割讓給日本後，成爲日本在亞洲的第一個殖民地，因此日人大力建設台灣，發展農業、設立醫學校（彭父為第一屆畢業生）、興建鐵路、推動法治等。但日治時期台灣人自認是中國人，非常反日。二次大戰後，中國國民黨政府接收台灣，台灣人欣喜若狂，認爲回到了祖國的懷抱。但是台灣與中國有五十年沒有接觸，加上當時中國政府官員的貪污腐化、軍隊沒紀律，以致於在 1947 年發生了「二二八」的悲慘事件。「最愛中國的台灣人」在二二八事件後絕望，也覺悟到，同一種族不一定

與彭明敏教授合影（2006 年 10 月）。

要屬於同一個國家，「建構一個國家」是基於「共同命運的意識」，這也是「台灣意識」形成的開始。

彭教授指出，台灣人一直沒有機會執政，到了2000年陳水扁當選總統後，才有了政黨輪替，但是國家政策的推動卻是困難重重。民進黨政府對於「推動龐大的官僚系統」沒有經驗，加上一般民眾天真過份的期待，是近幾年來民進黨政府備受批評的主因。他說，美國每次換總統時，隨著更換的官員有五千人；在台灣，則只換四、五百人。數百人要在龐大的各級官僚系統內推動各項政策，是非常不容易的。何況，有些事也無法對外公開說明。他提到，在擔任資政期間，有次曾氣沖沖地跑去找陳總統，經過溝通瞭解後，他個人氣消了，但陳總統的說明不能公開，一般國人就只能誤會到底了。

在座談會結束前，彭教授強調，人民有權利批評或抗議政府的各項施政，但凡事不能違法。無論如何，民主法制是台灣立國之本。

（原載《台鄉通訊》第七期，2006年11月）

正常人沒有悲觀的權利
——藍約翰與奇異果樂團的啓示

由住在台灣高雄的多重殘障鼓手藍約翰所創立的「奇異果樂團」，於二月初來到紐西蘭北島，做了一星期六場的巡迴演出。雖然「生命鬥士」藍約翰因突發性胃出血，於一月十六日病逝，致未能同行，但是至今都沒機會大哭一場的藍媽媽，爲了繼續傳承兒子在世時所展現的堅強生命鬥志，忍住心底的悲痛，仍然帶領十一名團員，按照原先的計畫，來到這個奇異果的國度。

陳良男僑務委員特地邀請「奇異果樂團」，於二月六日下午前往其位於 Clevedon 的農莊，與台灣鄉親相聚。

團長藍媽媽告訴在場約 100 名台灣鄉親說，母子兩人一起走過藍約翰 43 年在人世間與死神博鬥的崎嶇路。從四肢癱瘓萎縮、顏面神經受損、雙目失明，到語言功能障礙。面對病魔不斷的折磨，約翰還是對上帝有信心，一直很勇敢、很努力地善用自己的生命。

他曾前往美國學陶藝五個月，其間廢寢忘食、幾乎喪失生命，但是他萎縮變形的雙手，卻塑出老師們所稱許有「活命」的作品。他並將陶藝作品在美國義賣，所得美金十萬元全數捐出，協助殘障及弱勢團體。

約翰一直活得很認眞。譬如，他學講話，剛開始一次只能說一分鐘，後來慢慢地增加，最後能一次講到三十分鐘。他死後，全台灣好像都受到震撼，讓爲人母的覺得這個兒子沒白養。

榮譽團長兼主持人蔡福財老師，介紹奇異果樂團每一個團員，給在場的鄉親認識。每一位團員，包括蔡老師自己，都有某種程度的肢體殘障，或雙目失明，或腳截肢，或失去四隻手指頭……等，但是每個人都有自己的特殊才華，或能彈吹奏樂器，或歌聲優美動聽。

蔡老師請大家想一想，一般人有某一種肢體殘障，就會覺得生活不便而痛苦不堪。而藍約翰是多重殘障，但他卻能整天歡歡喜喜，彷彿是天使的化身，帶給了別人喜悅。他以積極、樂觀、認眞的態度，面對人生的挑戰，鼓舞了所有的人。

曾是台灣電視名嘴的副團長陳英燦先生說，約翰是鼓手，一定要手腳並用，以他殘缺的四肢，如果沒有非常堅強的生命意志，如何能奏出動人的樂章？看到藍約翰與奇異果樂團的表現，讓人覺得，「正常人沒有悲觀的權利」。

燦哥指出，台灣其實是一個「殘障國家」（disabled country），在國際上很多場合看不到台灣的國旗。約翰有一次到日本開會，讓台灣國旗飄揚於會場。回國後，很驕傲地跟他說，那是「弱勢拚外交」。

曾在美國客居二十年的燦哥，對於移居海外的台灣鄉親所經歷的酸甜苦辣，很能感同身受。他提醒大家，要常常「舉頭看台灣」。凡事以台灣爲大前提，個人或政黨間的歧見就不算什麼了。他演唱了一首膾炙人口的台語歌曲「回鄉的我」，與在場鄉親分享他的心情。

奇異果樂團也以「望春風」等數首台灣歌謠，來慰藉鄉親們的鄉愁。交織著淚水與歡笑的聚會，在晚餐後劃下了句點。

（原載《台鄉通訊》第八期，2007 年 2 月）

台鄉會謝理事長婉謝僑務榮譽職

日前，本刊記者獲悉，台灣同鄉會謝水發理事長榮膺僑務榮譽職，打電話向他道喜。想不到，謝理事長竟淡淡地回說，「謝謝你，但是我已經婉謝了張富美委員長的美意，把聘書退回去了。」

記者在錯愕之餘，腦海裡不禁浮起了一個大大的問號，脫口而出問道，「爲什麼呢？」

謝理事長告訴記者，早在 2000 年當他剛接任台灣華夏協會理事長職務時，當時的台灣駐紐西蘭代表林鐘大使，即曾力勸他出任僑務榮譽職。經數日長考後，他婉謝了林大使的好意。第二次是 2002 年時，當時駐奧克蘭台北經濟文化辦事處的劉融和處長，也曾力邀他擔任僑務榮譽職。他照樣予以婉謝。這是第三次，他秉持個人一貫的認知與考量，還是不願接受此一殊榮。

「聽到新任駐紐西蘭代表陳忠大使在餐會中宣佈此事，不久後接到了聘書，我深感突兀。雖然個人不願接受此榮譽職，但還是很感謝張委員長的厚愛。」謝理事長委婉地表示。

談到此處，謝理事長說，他個人相當以世界台灣同鄉會聯合會（簡稱「世台會」）爲傲。他指出，世台會成立三十三年以來，每年開年會，從未曾向台灣政府申請過經費補助。相對於每年都向政府申請補助的其它社團，世台會爲母國台灣所做的努力與貢獻，絕不遜色。各地僑社實有必要好好思考一下，接受台灣百姓的辛苦錢，是否合乎公平正義的原則。

他說，他個人認爲，爲僑社服務不必要一定與僑務榮譽職畫上等號。

謝理事長強調，他個人對張富美委員長十分敬佩，尤其她經常單槍匹馬，遠赴各國宣慰僑胞。他也期許自己和

謝水發理事長（中）。

台灣鄉親繼續努力，使紐西蘭台灣同鄉會能更成長茁壯。

（原載《台鄉通訊》第九期，2007 年 3 月）

二二八事件六十周年追思會

約兩百名台灣鄉親，於二月二十八日上午十時齊聚奧克蘭東區台灣基督長老教會，參加 228 事件六十周年追思音樂及演講會。這場追思會是由民進黨大洋洲黨部、奧克蘭支黨部及紐西蘭台社等三個團體共同主辦，協辦團體包括台僑協會、台灣同鄉會與台灣婦女會等。

追思會在黃振益長老的祈禱聲中開始。他追悼六十年前不幸遭國民黨政府屠殺的台灣同胞，也爲受難者遺屬六十年來的受苦感到不捨。他祈求上帝繼續看顧台灣以及台灣人民。

民進黨奧克蘭支部現任主任委員蔡昭麟先生，以主辦單位的身分，感謝鄉親們踴躍出席這場追思會。他期盼大家去了解 228 事件的眞相以及發生的原因。他說，如果中國國民黨不知向台灣人民認錯道歉，就讓它成爲永遠的在野黨。蔡主委也代讀了新任台灣駐紐西蘭代表陳忠大使對於 228 事件的悼念。

這次追思會的聚焦點是林明香老師的小提琴獨奏。在演奏開始前，林老師說，前幾天忙著搬家，導致兩支手臂酸痛不堪，但是他自己仍然對演出有信心，因爲他深信二二八受難者的英魂會幫助他。他更指出，2004 年台灣總統大選，陳水扁總統所贏的選票比例是 0.22857%，當年就是二二八事件五十七周年，眞正是「天佑台灣」！

林老師演奏的第一首曲子，是台灣近代最傑出作曲家蕭泰然的作品《不通嫌台灣》。林老師將歌詞唸給在場的鄉親聽，因爲蕭泰然就爲了這首歌，而被中國國民黨政府列入黑名單。

（1）咱若愛祖先，請你不通嫌台灣。土地雖然有較隘，阿爸的汗，阿母的血，沃落鄉土滿四界。

（2）咱若愛子孫，請你不通嫌台灣。也有田園也有山，果子的甜，五穀的香，付咱後代食未空。

（3）咱若愛故鄉，請你不通嫌台灣。雖然討賺無輕鬆。認眞打拚前途有望，咱的幸福未輸人。

蕭泰然最爲國際音樂界所稱頌的作品，是專爲 228 事件所作的《1947 年序曲》。而當天所表演的第二首曲子是《台灣頌》。這是近兩年來海內外台灣人聚會時經常會聽到的曲子，是以山地曲調爲其主題旋律，具有濃濃的台灣味。

會場的來賓肅靜地聆聽。林老師內心澎湃的感情流露，透過他圓融純熟的小提琴演奏技巧，深深撼動了在場每個人的心。

接著進行專題演講。許允棟先生主講的題目是「二二八事件能喚起台灣人覺醒嗎？」他指出，228 事件讓台灣人產生了對政治的畏懼、對歷史的逃避。今天台灣人要做的應該是，堅定捍衛「台灣國家主權」、「建立台灣主體性」，而維護「民主、本土」則要永恆警醒及活力運用。

在下一個演講者開始前，台灣基督長老教會的詩班上台獻唱了一首聖詩《有時咱經過美麗清靜河墘》（When Peace Like A River）。

緊接著，池育文女士從文化的角度，以「歷史的回眸與展望，殖民（1895-1945）、再殖民（1945-1987）與後殖民（1987-），從呂赫若與張文環說起」爲主題，探討了228 事件對台灣人所產生的影響。池女士的結論是，「政治是表象，文化才是根基。」她認爲，解嚴以後的台灣展現的是「開放的本土精神，寬容的多元文化。」

這場追思會最後在全體來賓合唱《福爾摩沙頌》的歌聲中落幕。

（原載《台鄉通訊》第九期，2007 年 3 月）

台灣原住民與毛利人在奧克蘭博物館會親

當奧克蘭博物館的特展 Vaka Moana（未曾公開的世界上最偉大的探險故事）說明，許多南太平洋島民的祖先「南島語系民族（Austronesians）」是在四千年前，從台灣開始地球上最偉大的航海探險時，一個台灣原住民團體的到訪，使這項特展更具特別意義。

這項特展是從 2006 年 12 月 9 日開始，預定於 2007 年 4 月 1 日結束。它以 DNA（去氧核糖核酸）的證據說明，南島語系民族是從台灣出發，從事其在地球上最大的海洋「太平洋」的探險之旅。現今，幾乎所有南太平洋的島嶼，包括紐西蘭的南、北兩島，都有其後人居住，成爲地球上分布最廣的族群。當歐洲探險家於五百年前乘船航抵太平洋島嶼時，他們對於太平洋島民的高明航海技術感到震驚。學者專家的研究認爲，南島語系民族在太平洋島嶼的探險與定居，是經過深思熟慮，而且有計畫的行爲，絕非是意外或偶然。

一百多位台灣鄉親於 2 月 24 日上午在博物館後方剛完成不久的新館，見證了「台灣原住民原緣文化藝術團」與他們的毛利表親「會親」的歷史性時刻。「原緣」是僑務委員會 2007 年農曆春節台灣文化訪問團的大洋洲團，由鄭東興副委員長率領，於 2 月 23 日飛抵奧克蘭，展開兩星期在紐西蘭與澳洲的七場巡迴表演，奧克蘭是第一站。

鄉親們於上午九點半即在博物館大門外，等待「原緣文化藝術團」的到來。當「原緣」團員搭乘的遊覽車抵達時，大家都興奮地抱以熱烈的掌聲。博物館館方人員，隨即引導穿著台灣原住民傳統服飾的「原緣」團員進入大廳，進行正式的歡迎儀式。只見雙方以毛利人「鼻碰鼻」的傳統迎賓禮行見面禮。有表親關係的台灣原住民與毛利人，他們簡短隆重的會親儀式就在台灣鄉親們的熱情見證

台灣鄉親在奧克蘭機場歡迎原緣文化藝術訪問團（2007 年 2 月 23 日）。

下完成。

館方早就在當日的活動節目表上，列出上午十點半「原緣」歌舞表演。在演出前，館方先邀請台灣鄉親們參觀 Vaka Moana 特展。展覽的各種資料都稱許，太平洋島民的南島語系民族祖先是偉大的航海家。他們有豐富的航海知識與技術，加上無以倫比的勇氣，才能在那麼古早的年代（比歐洲的航海家早 3,500 年），航行於太平洋，並在各島嶼定居下來。

看過了這項特展，在場的鄉親們都以身爲台灣人爲榮。

「原緣」的表演進行了二十五分鐘。首先是擊樂，以神木之鼓擊樂及舞蹈，演出福爾摩沙的日出與森林的呼喚。第二個節目是阿美族的鬥舞，展現台灣原住民青年的勇猛強健。接著是阿美族的飲酒歡樂歌。其它的兩個節目是排灣族的獵人戰舞和鄒族的祭儀之歌。

隨後，館方人員帶領「原緣」到博物館前廳，觀賞每日定時演出的傳統毛利歌舞。

從台灣來的與在紐西蘭的南島語系後人，就在彼此的歌舞表演中，找到了共有的先人傳承。

（原載《台鄉通訊》第九期，2007 年 3 月）

Hunua農莊主人的有機建築與農耕

站在農莊的最高處，可以眺望北邊的大海。走在似乎綿延不盡的竹林、松木林、紅木林、黑木林、柏木林裡的步道上，吸著散發在林間的芬多精，遠離塵囂，心靈可以受到完全的洗滌。步道途經七個大小不一的瀑布，最大的一個暱稱「黑百合」，水從十五米高的峰頂終年不斷奔瀉而下，水流之大足以興建一座小型發電廠，供自家使用。兩條小溪在農莊交會，竟日溪水潺潺，貫穿緊臨的美麗自

然生態保護區。

久聞台灣鄉親許秋明先生一家，就住在 Hunua 地區一處這麼山明水秀的農莊，過著有機的生活，一直心懷嚮往。近日幸遇許先生，經盛邀，敲定日期，於是前往造訪，一探究竟。

冬日的午後，溫煦的陽光頻頻露臉，讓我們一行六人精神抖擻。台灣同鄉會謝水發理事長是識途老馬，游振煌理事是駕駛高手，兩人配合得天衣無縫，因此我們非常順利地準時抵達許家的農莊。

車子從蜿蜒的馬路駛進農莊的車道，只覺視野一片開闊，地形起伏交錯，林木穿插，蔬果花草等植栽分佈，錯落有緻，層次分明，令人賞心悅目。

主人許秋明伉儷熱烈歡迎我們，並引領我們先參觀農舍四周的景觀。許先生一邊不厭其煩地為我們詳細解說，一邊採摘看到的 mandarin、guava 等有機水果，讓我們品嚐，也拔了好幾根檸檬草，準備讓我們帶回家。令人印象最深刻的是墊高的菜圃，讓女主人 Lily 種菜時，不用辛苦地彎腰蹲下，是許先生體貼太太的傑作。

在室外，寒風陣陣，但一進入室內，立刻溫暖如春。男主人解釋說，是屋頂內裝設了一種 HRV 保溫通風系統（heat reserve ventilation），既能吸進戶外的新鮮空氣，將熱氣留在室內，又能排出濕空氣，使室內維持乾燥與溫暖。

他說，自從裝了這套系統後，就幾乎用不到除濕機和暖氣機，算得上既省電又環保。

談到環保建築，本身是建築師的男主人告訴我們，現在所住的新農舍，是六年多前才蓋好的。爲了蓋這棟能呼吸的房子，特別選用乾燥木材，而非一般經化學防腐處理的木材。地板下鋪有約一尺高的保麗龍板，然後加上熱水管的地熱設備。

此時，女主人 Lily 表示，其實再怎樣想辦法加熱使房屋溫暖，都不如房屋選對方向。他們的房屋坐南朝北，再加上東西兩面的大窗戶，竟日都能享受到溫暖的陽光。她說，傳統所謂的風水，是有科學根據的。好風水所講求的能量與氣，就是大自然的光線與空氣。因此，一棟房子如果光線充足、空氣流通，應該就可說是有好風水了。

從我們所坐的位置，向任何一面窗望出去，都是景色如畫，但就是沒看到一般農莊會有的牛或羊群。男主人說，他在 1996 年底買進此五十畝農莊時，是有四十隻山羊、四十隻綿羊及三十頭牛。先前的農莊主人，也傳授他如何幫山羊洗腳及剪指甲、爲牛結紮……等技術。

頭一個碰到的難題是，母牛可能因乳頭脹痛，不肯給剛出生的小牛吃奶。前農莊主人說，這樣下去小牛會餓死，得把牠抱出來，用人工餵奶。於是分派工作，他自己騎摩托車，許先生負責把小牛抱起來放在摩托車上，Lily

只要站著觀望，注意牛群的動靜即可。不料，許先生一抱走小牛，所有的牛阿姨、牛叔伯、牛兄弟姊妹，全都跟過去，Lily 一看，緊張得手足無措，許先生見狀，只好立刻投降，放走小牛。受此驚嚇後，夫婦兩人乃下定決心與牛朋友說再見，以每頭 400 元的代價割愛。

許先生說，他們買進農莊後，沒有馬上住進來，只當週末農夫。因爲山羊的腳指頭會長濕疹，每個週末都得用消毒水爲牠們洗腳，而且山羊會因腳指甲腫脹而跛腳，也得爲牠們剪指甲。每次剪完四十頭山羊的腳指甲，回到家後，雙手累得幾乎拿不動筷子。相較之下，綿羊就好養多了，但綿羊相當重，又不馴服，因此不好抓。

不過，養羊有苦也有甘。到了剪羊毛的日子，男主人快樂地哼著歌，將四十頭山羊所剪下的五包羊毛載到 Pokeno 的羊毛店出售。店老闆說，要現金或拍賣均可，但拍賣價格較高，於是留在那兒等拍賣。六個月後接到通知說，一共賣了 110 元，又隔了三個月才收到支票。後來輪到綿羊剪毛，學乖了，將兩袋綿羊毛載到較近的 Pukekohe 賣，要現金。店老闆拿出兩張二十元的鈔票，正好就是四十隻綿羊的剪毛費用。

經歷了這段慘痛辛酸史後，許家也放棄養羊了。

Lily 說，當初購買農莊是爲了修心養性之用。曾經有師父來住過五十一天打禪七，效果不錯，深覺農莊的「氣場」未受破壞，是設立道場的好所在。但後來因政府各項規定至爲繁瑣，難於配合，道場因而改設它處。到了 2001 年時，孩子長大了，於是全家移居農莊，改朝有機建築與農耕的方向來經營農莊。

怎麼過有機生活呢？ Lily 的答案是，從家庭的環保做起。例如，少用不能溶解的塑膠袋；凡物儘量回收使用，以使垃圾減量；儘量不用化學清潔劑或殺蟲劑。她說，她自己做堆肥（compost），一共有三桶，當做到第三桶時，第一桶的堆肥已可使用，放在菜圃裡，不斷有各種菜種子長出來，令人驚喜。她戲稱，這些種子是「菜圃的不速之客」，也是回收的附帶好處。她也養了蚯蚓，其排洩物就是蔬菜的上好天然肥料。此外，她更種植了薄荷、檸檬草、薰衣草等植物，可以拿來當天然的芳香劑或驅蟲劑。

她堅持，室內不用化學清潔劑，菜圃、花圃不用殺蟲劑。她用自做的 EM（effective microrganism）活酵菌來清理廚房、擦地板。菜圃當然會有蟲害問題。她對付有殼及無殼蝸牛的方法，是將菜圃四周弄乾淨，讓牠們無處躲。至於成群的白蝶，就等寒流來時，讓牠們自生自滅。目前，菜圃最大的禍害是 possum，對牠們尙無計可施。

在農莊住了六年多，有什麼心得願與大家分享呢？Lily 說，這段農莊歲月，沉澱了她的心，讓她「找到了人生的尊嚴，也從大自然得到了很大的回饋。」她深深體驗到跟大自然的互動，以及大自然的慷慨；也學到，只要願意付出，所得到的回饋會更多；更懂得要學會去照顧大自然。

這位農莊女主人表示，我們個人勢單力薄，但可以加入認養森林保留地的基金會，或專門種樹的協會，爲大自然盡自己的一分心力。她說，紐西蘭國家雖小，但能與南太平洋的島國分享財富；也有不少紐國人士有無私的胸懷，慷慨捐輸，像 Mr. John Logan Campbell 捐出了 Cornwall Park 以及 Mr. McLeans 捐出了 McLeans College 的土地，都是讓人非常敬佩的好榜樣。

談到農莊已經易主，不久的將來就要搬離，Lily 有萬般的不捨。她說，先生和女兒都有花粉過敏症，兩票對一票，農莊就這麼忍痛割愛。她形容，這農莊好比是她自己親生的孩子，沒能力扶養，送給他人。唯一值得安慰的是，新主人很珍惜這塊土地，有心也有能力去完成許家未完成的景觀規劃。尤其是不作開發，最讓她放心。

太陽下山了，我們帶著滿滿的有機知識，揮別許家農莊，但想到女主人的不捨，卻也不免有幾許惆悵。

（許秋明伉儷專訪報導，原載《台鄉通訊》第 12 期，2007 年 6 月）

公私兩忙的美麗女強人
——陳姿穎女士

緊鑼密鼓籌辦台灣文化節

本刊記者依約到現任台灣華夏協會理事長陳姿穎女士（Susan）府上作專訪，見到她忙著收拾，堆在訪談所在餐桌上的各式文件，頓時明白，原來她正在家裡辦公。她解釋說，這陣子一直忙著2007年台灣文化節的籌備工作以及自家連鎖店「快可立」（Quickly）新店的開張，只能趁著在家的時候，處理一些相關文件。

談到現正緊鑼密鼓進行中的台灣文化節籌備事宜，Susan指出，今年的台灣文化節將於10月20到21日，在Greenlane的ASB Showgrounds舉行，是由台灣華夏協會與台灣商會主辦，並有其它台灣主要社團鼎力相助。此外，爲了讓文化節的籌備事項與經費能獨立作業，特別成立了「福爾摩沙基金會」（Formosa Trust），目前已完成登記，並開始運作。

身爲文化節籌委會的主任委員，Susan強調，她要利用這次訪談的機會，懇請我們的台灣鄉親，發揮一貫強大的團結力量，以台灣文化節的各項活動爲舞台，將台灣介紹給本地各界人士，加深他們對台灣本土人文特點的體驗，也加強下一代僑民對母國的信心與熱愛。她信心滿滿地說，「這是推廣台紐兩國之間文化交流與經貿關係的好機會。我們一定要讓本地各界人士對台灣更加刮目相看。」

今年的台灣文化節琳瑯滿目，精彩可期，有室內、室外及動、靜態的各式展示與表演，包括整整兩天不重複的台灣民俗藝術節目表演、台紐商品及旅遊展、台灣文物展、台灣美食示範、台灣風味餐點及飲料的販賣等。

看著 Susan 說話時沉穩堅定的表情，想到文化節籌備工作的千頭萬緒，記者不禁讚嘆她是「女強人」，才能扛起這麼重的擔子，以及承受隨之而來的各種壓力。她謙虛地表示，當上台灣華夏協會的理事長，以及台灣文化節籌委會的主任委員，都不是她所「預期的」，但既然接下來了，就要盡力而爲。

任兩僑團負責人

Susan 於今年三月十日所舉行的交接典禮上，接下了台商會會長的職務，想不到在緊接著的餐會中，當上到第三道龍蝦菜時，卻感到一陣陣的暈眩，只好到餐廳的房間休息，但情況愈來愈糟，持續頭痛而且嘔吐，最後是到醫院急診，坐著輪椅回家。她自己推斷是，前一陣子連續忙著大女兒訂婚、台商會到基督城開會、燈籠節擺攤、台商會高爾夫球賽等一連串事，過度勞累，以致體力不支。

接著三月二十四日台灣華夏協會要召開年度大會，改選理監事。Susan 說，因爲黃柏誠理事長人在國外，她身爲副理事長，義不容辭，只好抱病聯絡開會事宜，希望相挺到會員大會結束後，能卸下在台灣華夏的職務，專心於台商會會務以及自家的事業。

然而，黃柏誠理事長最後決定不尋求連任，多位前後任理監事鑒於 Susan 對於台灣華夏的業務比較熟悉，即情商她在會員大會開放參選理監事時登記，並進一步接下理事長的職位，使大會能圓滿完成。

在兩個禮拜的時間內，接任了兩個社團負責人的工作，自己的身體狀況又時好時壞，Susan 說，她不知道自己是怎麼撐過那段日子。台灣華夏協會新舊理事長交接那天，她不顧醫生的警告，抱病出席，幾乎走不動。也就在當天交接儀式後，僑界前輩周樹木僑務顧問當面告知，原台商會第一副會長吳昌霖願意分攤重擔，接下台商會會長的職務。Susan 說，她當時心中除了感謝之外，更覺卸下了心頭的重負。

心理壓力解除了大半，身體卻徹底垮了。她說，那天回到家後，立刻臥床休息，但接下來好幾天都頭暈不斷，無法下床，到了四月十六日大女兒結婚大喜的日子，勉強出席，但撐到儀式結束後即先離開，有朋友形容她當天走路的樣子，就像是太空人漫步一般，飄飄浮浮的。這之後，就徹底在家休息，前後大約一個月，體力才慢慢恢復。

創立台灣婦女會

跟多數的台灣移民一樣，Susan 及先生林建華是爲了三個孩子的教育，於十五年前放棄在台的事業，舉家遷居奧克蘭。剛開始幾年，Susan 主要是在家照顧孩子，後來才慢慢結識其他鄉親，也加入社團工作。

在奧克蘭的台灣僑界，Susan 從 2000 年 6 月創立台灣婦女會以來，就是大家耳熟能詳的名字。但鮮少人知道，當初台灣婦女會創立的辛酸艱苦歷程。

她回憶說，她原先是參加中華婦女會，輪到該她當會長時，竟有人霸王硬上弓，搶著當會長，完全不顧社團的規章與倫理。另一方面，她想到，台灣僑團以「中華」爲名者，會有來自中國的朋友想加入，有名不符實的困擾，於是乃決定另外籌組以「台灣」爲名的婦女會。沒想到，各方阻擾排山倒海而來。台灣婦女會就在這種爺不疼娘不愛的情況下誕生。

值得安慰的是，在 Hyatt 大飯店所舉行的成立大會會場，不僅花海一片，而且現場就有八十多位創會會員出席，更有多位貴賓上台致詞勉勵，讓 Susan 深感溫馨。Susan 說，因爲創立艱難，她更堅定決心，要好好打響這個以「台灣」爲名的婦女社團名號。

問她如何度過那段受煎熬的日子，Susan 說，她很感謝一路陪她走過來的家人及好朋友。她把那段經歷當作是「老天給我的考驗」，也當作是「消前世的業障」。如今事過境遷，她已學會以感恩的心，凡事往前看，往正面去想。

家庭事業「快可立」

Susan 指出，多年來積極參與社團活動，雖然不斷地辛苦付出，但冥冥之中也有意想不到的收穫。她的家庭事業「快可立」就是其中最大的回饋。

每當婦女會在園遊會擺攤義賣募款時，她的另一半一定會去當義工，幫忙炸鹽酥雞、蝦捲、甜不辣等。久而久之，他對廚房工作不但不排斥，偶而興致來了還會下廚爲家人做菜，因此當孩子們抱怨爸爸每天「英英美代子」，坐沙發的時間太久，想替他找事做時，開餐廳成了最佳選項。

而選擇開「快可立」餐廳更是各項機緣所促成的。兒女在大學時代，都曾在咖啡廳打工。兒子有一年暑假從台灣回來後，對台灣的珍珠奶茶讚不絕口，因此極力慫恿父母親開一間有賣珍珠奶茶而且迎合年輕人口味的餐廳。開過家庭會議，做了市場調查，Susan 夫妻倆人更回台考察，最後以五萬美金權利金的代價，買下了「快可立」在紐澳地區的專賣權。

紐澳地區第一家「快可立」餐廳，於 2002 年底在奧克蘭市區 Atrium on Elliott 的 foodcourt 開張。林爸爸專管廚房，前面櫃台的十個年輕員工，則由大女兒與兒子雇用管理。雖然開張初期正逢暑假，青年學子較少，但仍有盈餘。等到後來大學開課後，生意更蒸蒸日上。Susan 的家庭事業就這麼起飛了。

「快可立」餐廳在全世界一共有兩千多家連鎖店面，是個有好名聲的台灣品牌。開張之前，Susan 與另一半林先生，都得回台上課受訓；開張之後，總公司更派人來奧克蘭實地視察。所有的店面設備及食材全部由台灣直接進口。Susan 說，這麼嚴格的條件，都是爲了「快可立」這塊招牌。

「快可立」設在 477 Khyber Pass Road, Newmarket 的新店即將開張，比原先預定的時間慢了約一年半。談到延誤這麼久的主要原因，Susan 指出，一方面是市政府處理店面裝修的申請太慢，耽擱了三個多月；另一方面是房子本身太老舊，地板、污水排水道、防火警報器等都需整修換新，施工期長達半年多。她說，希望讀者看到本專訪報導時，Newmarket 的新店已開張迎接洶湧的顧客潮。

（原載《台鄉通訊》第 14 期，2007 年 8 月）

「三兄弟」是汽車修護的全能好手

台灣同鄉會的張燕山理事，某日打來電話，像「報佳音」一般，興沖沖地要求本刊記者到「三兄弟汽車修護廠」作專訪。他說，「有台灣人開汽車修護廠，是我們鄉親的福氣，一定要讓大家知道。」

這的確是美事一樁。記者於是立刻與許老闆聯絡，敲定時間。接著，在游振煌與黃奇銘兩位理事的護駕下，一行三人浩浩蕩蕩地出發。

「三兄弟汽車修護廠」位於奧克蘭東區，與 Ti Rakau Drive 垂直的 Harris Road 上。我們的車子按照門牌號 154-160 開進去，是一個呈馬蹄形的工廠區，Unit 1 是最裡面的一間。按照地址很容易就找到了，停車也相當方便。

踏進寬敞的廠房，記者感覺到，這家台灣鄉親經營的汽車修護廠，比其它同類的廠房乾淨多了，可能是沒做鈑金與噴漆的緣故。三個兄弟伙伴的午餐時間正接近尾聲，他們所享用的都是自己太太所做的愛心便當。

本來很希望三個兄弟都能接受訪問，但現實情況不允許，仍有那麼多部車子待修，所以我們就在辦公室內專訪老大許蟄杰，而老二許得修與妹婿林志堅就在廠房忙著。

許家兄弟原在台中經營「吉修汽車」多年，於 1993 年以「商業移民」項下的「汽車修理技術」移民來紐。經過三年的休養生息，九六年在自家車庫重新出發，隔年 1997 年買了現在的廠房，今年正好屆滿十周年。

談到當年移民的動機，許老闆說，除了考慮到孩子們的教育問題，另外一個主要因素是「爲了逃避在台灣的忙碌生活」。他指出，生意好相對地壓力也大，忙到出國前夕，車子還是修不完。更糟糕的是，自己有了職業傷害，長期工作過度，手臂幾乎抬不起來。所幸，經過那三年徹底的休息後已完全復原。而修護廠也一直嚴守「週一到週五每日上午九時至下午五時的營業時間，與週末兩日休息」的制度。

就是因爲這種「節在做」（zat le zor）的工作原則，「三兄弟汽車修護廠」十年來就是名副其實的只有三兄弟，老闆兼員工，而且從未做過商業廣告，客戶的成長完全是靠口碑。

許家自祖母時代開始，即是虔誠的天主教徒，而今日許家兄弟的成就也與天主教會息息相關。

六歲即不幸喪父的許家老大，度過比一般人更困頓的童年與青少年歲月，初中畢業後雖然直升高中，家裡卻無力讓他升學，直到入伍當兵前，才在天主教會於台中縣烏日鄉所辦的「力行汽車修理補習班」唸了一年，因而奠定了日後事業的基礎。當兵回來後，白天在「力行」汽車修護廠工作，晚上在私立「明道中學」補校就讀。之後，更自逢甲大學夜間部機械系畢業，是汽車修護行業中少有的大學畢業生。

許老闆回憶說，從當兵回來到大學畢業前一年自行開業，這中間七年，他白天在「力行」汽車修護廠工作，晚上讀書，可謂理論與實務並行兼顧，受益良多。他指出，台灣有很多大汽車修護廠的老闆是「力行」出身的。尤其是，主持修護廠的外籍神父講英文，聘自航空公司的機械專家也講英文，又採用英文版的教科書，再配上當時公路局的汽車修護手冊，對他個人而言，不論是在台時有外籍客戶，或日後移民來紐從事汽車修護業，都有絕對的助益。

談到移民來紐以及十年前開設汽車修護廠，許老闆說，兩件人生轉折的大事都相當順利。移民手續最後一關的面談，進行不到五分鐘就結束了。申請開設汽車修護廠也沒遇到什麼困難，一方面向國稅局申請，另一方面各項工具與設備通過 MTA（Motor Trade Association）的檢查，成爲 MTA 的會員後，就正式開業了。

汽車修護行業在台灣與紐西蘭有什麼差別嗎？答案是，不論是學校的教學或工廠的實務工作，Kiwi 的分工很細，台灣則是全科通才。例如，鈑金與噴漆是一體的兩件工作，在這裡是由兩個人分別先後做，但在台灣則由一個人全包。

因爲「三兄弟」在台灣已累積了二十多年的汽車修護經驗，因此在本地所提供的服務也是全面性的，包括各種機械與電機方面的故障排除。許家三兄弟不做汽車買賣，但願提供買車方面的諮詢服務，諮詢收費也會給鄉親打折優待。

許老闆強調，汽車的修護，品質最重要。「事關人身安全，馬虎不得。」他說，寧可請客人隔天再來，而不願趕工。也因爲這種「安全第一」的敬業精神，「三兄弟」爲每輛車平均所花的服務時間，比別的修護廠久，例如別人費一小時，他們可能要多二十分鐘。他指出，這個行業全靠技術與經驗，而收費則視所用的時間而定。

一般不太懂車的開車族平常應該注意那些事項呢？許老闆提供了下列數點：（1）注意停車地面上是否有滴水、滴油（尤其是有顏色的）現象。（2）經常察看儀表板及溫度表，看是否有亮燈或溫度太高的情形。（3）注意車子在路上有否發出怪聲。（4）注意汽車引擎有否變大聲或出怪聲。（5）注意車燈是否全亮。

此外，許老闆也特別叮嚀說，車子每年至少要做一次定期保養。他說，只有通過 WOF 的檢驗是不夠的，因爲

WOF只是保障車子在路上不拋錨；而且WOF檢驗不打開檢查，只是目測，因此如果沒有定期保養、好好檢查，就不可能確實知道車子有什麼毛病。

聽到許老闆這麼一說，記者想到自己的老爺車WOF期限快到了，趕緊把握這個機會跟他約好時間作保養及WOF，勉強算是台鄉通訊爲「三兄弟」拉到的第一筆小生意。

（原載《台鄉通訊》第15期，2007年10月）

「鄉音」演出台灣歌仔戲

約六百位台灣鄉親與 Kiwi 友人，於十月十三日下午，在奧克蘭 Greenlane Christian Centre 共度了一段很有「台灣味」的午後時光，一起欣賞由鄉音文化藝術推廣協會所演出的台灣音樂劇與台灣歌仔戲。

「鄉音」李明芬會長於音樂會開始前致詞時表示，紐西蘭是一個多元文化的國家，有西洋歌劇、粵劇、京劇等的演出，但還缺少台灣歌仔戲。因此這次特別推出一小時，經過精心改編的台灣歌仔戲經典名戲《梁山伯與祝英台》，作為這場音樂會的壓軸。

音樂會由「台灣人的腳步三部曲」音樂劇揭開序幕。以五十二碼布手繪製作完成的三幅布景：「台灣農村的三合院」、「台北 101 大樓」、以及「紐西蘭國會大廈」，配上 11 首台灣歌謠，全劇演出從鄉村到都市到紐西蘭的故事，台下的鄉親跟著唱和著熟悉的歌謠，回味大家共同的經驗往事。

本地毛利幼兒園小朋友的歌舞表演，天眞無邪、自然逗趣；日本的 Sakura No Kai 合唱團演唱了四首大家耳熟能詳的日本歌曲，獲得了觀眾熱烈的掌聲。另外，很難得的是，陳宏志老師用樹葉吹出了四首美妙的歌曲：《奇異恩典》、《搖嬰仔歌》、《望春風》、《愛拚才會贏》，台下觀眾跟著唱，興致高昂，欲罷不能，安可聲不斷，全場因此再唱一次《愛拚才會贏》。

壓軸的台灣歌仔戲《梁山伯與祝英台》，這次只演出全劇的一半，在第六幕「安童哥買菜」的詼諧生動氣氛中謝幕。由客家美女陳瑞珠所扮演的安童哥有精彩專業的演出，令觀眾印象深刻。

這場別開生面的音樂會就在《講一聲再會》的歌聲中落幕，大家期待來日再相會。

（原載《台鄉通訊》第 16 期，2007 年 11 月）

王翠蓮女士遺愛人間

台灣同鄉會周進南副理事長的夫人王翠蓮女士，於2007年10月19日病逝台北，享年46歲。

王女士生前默默行善，不欲人知。她自年輕時代，即知節省零用錢，作公益樂捐。對於那些爲生活所迫而在街頭叫賣的小孩，尤其是台灣原住民孩子，更是關愛有加。

移民來紐後，王女士與丈夫、女兒共同在BBC華人電台（AM990）主持「下午茶」節目多年，提供此間鄉親豐盛的精神食糧。此外，她平日亦熱心協助其他的移民媽媽融入紐西蘭社會。

王女士贊助公益的工作一直持續不斷，包括捐助慈濟、1999年台灣921大地震受災戶、2004年台灣72水災受災戶等。也擔任過女兒就讀學校Sommerville Intermediate的募款委員，更贊助世界展望會（World Vision），認養了三個他國的小孩。

王女士精於廚藝，尤其是各式茶點糕餅，親友最愛到周家享用下午茶。而她親手用有機食材所做的杏仁餅乾，總是義賣會的熱門項目。

爲了紀念她的雙親王垂珠先生與陳秀鳳女士，王女士曾拿出紐幣二十萬元，設立「珠鳳蓮教育慈善基金」，以每年孳息所得，贊助台灣原住民教育基金會。「珠鳳蓮基金」曾在 2006 年初贊助台灣同鄉會紐幣三千元。

周家父女兩人——周進南先生及其千金周倩妃小姐，有感於王女士生前所愛，特於 2008 年 1 月間共同挹注紐幣二十萬元，使「珠鳳蓮基金」成爲紐幣四十萬元的教育慈善基金，並擴增其受益對象，包括 World Vision、Ronald McDonald House Charities、South Auckland Hospice、台灣原住民教育基金會、紐西蘭台灣同鄉會等。

王女士於正當盛年時離開人世，令人不捨。而她的愛心典範，尤令人懷念！

（原載《台鄉通訊》第 17 期，2008 年 2 月）

林正偉（Jack Lin）第一位台紐人牙醫博士（DClinDent）

紐西蘭第一位台紐人臨床牙醫博士（doctor of clinical dentistry）於 2007 年 12 月 8 日出爐。林正偉醫師（Dr. Jack Lin）也是第一位亞裔紐西蘭臨床牙醫博士，同時也是奧塔哥大學（The University of Otago）第一屆臨床牙醫博士班的十一位畢業生之一。

他的專科項目是根管治療，就是台灣通稱的「抽神經」。

這位現年 32 歲的牙醫博士謙虛地表示，會有上述「第一」的頭銜，除了三年的辛勤耕耘外，學制的變更是其中的主要因素。他解釋說，他於 2005 年進入奧塔哥大學就讀第一屆三年制的牙醫碩士班（原為兩年制），兩年後學校開設三年制的牙醫博士班，於是在第三年轉讀博士班，因此成爲第一屆牙醫博士班的畢業生。

談到此處，陪同林醫師接受本刊記者專訪的林太太呂汶燕（Kathy Lin）女士，說了一段有關牙醫師稱呼的趣事。牙醫學士稱爲醫師（doctor），但牙醫碩士則稱爲「先生」（mister）。Kathy 說，當初 Jack 要去讀碩士班，她曾開玩笑地抱怨說，多讀三年，還得從 doctor 降爲 mister，實在不公平。還好現在從博士班畢業，總算仍稱爲 doctor ！

Jack 出生於台北市，於 1990 年底國中畢業後來到紐西蘭，先在語文學校讀了兩個月，隨即於 1991 年進入北岸市最有名的 Rangitoto College 就讀，第一年同時念 Form 4 與 Form 5，亦即數學、科學等課程在 Form 5 的班級上課，而歷史、社會與英文等則在 Form 4 的班級上課。順利讀完 Form 7 後，於 1994 年進入奧塔哥大學攻讀健康科學（health science），次年進入牙醫學系，於 1998 年畢業。

爲什麼選擇念牙醫系呢？ Jack 說，他原先曾考慮讀工程（engineering）方面的學系，但覺得自己的數學不夠好，而他的拿手科目是生物和化學，媽媽認爲，他的手很巧，很適合牙醫這個行業，就這樣作了抉擇。

社會上有一種觀念，認爲讀牙醫系是因爲上不了醫學系才退而求其次。Jack 說，這種觀念與事實不符。以他班上的六十三個同學爲例，其中只有兩人是上不了醫學系而來唸牙醫系的，其他六十一人都是以牙醫系爲第一志願。

另外，他大學那一班有九個台紐人同學，創了新紀錄；亞裔同學有三十二人，剛好過半數，也是新紀錄；在紐西蘭出生的同學只有十七位。而那一班也是奧塔哥大學牙醫系有史以來成績最好的。

Jack 特別提及，他在 1996、1997 及 1998 接連三年的暑假都回台灣，到台北長庚醫院實習，獲得寶貴的臨床經驗，對他日後執業有絕大的助益。

大學畢業後，Jack 前往澳洲昆士蘭省的 Rockhampton Hospital 當了一年住院醫師，於 2000 年回到奧克蘭，在 Browns Bay 與 Birkenhead 兩地的牙醫診所工作，後來於 2001 年 9 月買下 Browns Bay 的那家診所。

Kathy 補充說，買診所時他們兩人尚未結婚，經過商量後，她辭掉在旅館管理公司的工作，改去管理牙醫診所。該診所有四張椅子，共有五位醫生駐診，在同行中算是規模不小的。同年年底，兩人攜手步上紅毯。

當時只有 26 歲的 Jack，在幾個月之間，什麼都有了，覺得生活很安穩，但同時也靜極思動，開始思考是否要繼續深造，成爲專科醫師（specialist）。答案是肯定的，但要專攻那一項專科，就不是那麼容易決定了。

Jack 指出，他在大學時代的暑假期間到台北長庚醫院實習時，著重於牙周病與口腔外科；執業以後，則漸漸對根管治療產生興趣。鑑於當專科醫師是一輩子的工作，一定要有興趣，因此他用了將近三年的時間，確認自己想讀的專科項目是根管治療。

要繼續深造的主意一定，一切又得從頭開始了。2003 年底賣掉診所，2004 年在奧克蘭 Ponsonby 區的 White Cross A&E 上班，另一方面也開始申請學校，目標是奧塔哥大學與澳洲的墨爾本大學。在出發去墨爾本面試的前一天，收到奧塔哥的錄取通知並立即回覆要去就讀；到了墨爾本也老實告知面試官要去奧塔哥就讀的決定。

Kathy 說，回顧這段過程，可以看出，Jack 與奧塔哥比較有緣。要不是一天之差，很可能就去墨爾本就讀了，因爲兩百多人申請，只有四人獲得面試的機會。不過，跟澳洲的緣份還是沒斷。Jack 說，博士班畢業後，奧克蘭和雪梨都有診所與他接觸。現在，他已決定前往雪梨。

他指出，紐澳兩國都缺根管治療專科醫師。紐西蘭全國只有十九位，其中六位在奧克蘭；有五百多萬人口的大雪梨地區，也僅有二十多位。而最理想的比例是每十萬人就有一位。爲什麼根管治療專科醫師這麼缺乏呢？他笑著說，根管治療可說是一般牙醫師的「最不愛」，牙齒神經很細微，要非常細心、很有耐心地去找。他說，當初有個同學得知他要專攻根管治療時，忍不住說，「你瘋了？」可見做這行是吃力不討好。

根管治療專科醫師的病患，是由一般牙醫診所推介轉診的。平常一般牙醫師也做根管治療，碰到比較棘手的情況，就轉介給專科醫師。Jack 說，專科醫師其實是專門收爛攤子的，同時也負有教導一般牙醫師的責任。一般牙醫師的技術能改進，專科醫師的工作量才能減輕。因此，專科醫師接到轉診的病患，通常得給其牙醫師寫三封信：

（1）謝謝轉診病患，並告知何時診視。（2）病情評估報告。（3）治療過程與結果。

Jack 強調，唸了博士班，就更欽佩那些留在學校的教授。因此，未來如果有機會，他願意每週一天，義務到牙醫系教書，作爲回饋。此外，不論是一般牙醫師或專科醫師，持續的進修（continual education）非常重要，一方面學習新技術及認識新儀器，另一方面與同行之間有交流的機會。Jack 說，他一直都固定每個月有一次與同行朋友的聚會，而平常在診所，他也會毫無保留地指導其他牙醫師。

談到讀書也會上癮，Jack 說，他未來也許會考慮去修讀一些牙醫以外的課程，如商業與企業管理等。記者問他「有沒有攻讀哲學博士（PhD）的打算？」他回答說，PhD 偏重研究工作，未來如果要繼續深造，他會先考慮介於臨床牙醫博士與 PhD 之間，比較偏重臨床的牙醫外科博士（DDS, doctor of dental surgery）。

Jack 不諱言，無論就學或執業，壓力都很大。他透露，一位跟他很要好的大學同班同學，在畢業後的第二年自殺身亡，給他很大的衝擊。從此以後，他漸漸體認到「忙裡偷閒」的重要性。因此，在攻讀博士的三年期間，他也抽空學會了打高爾夫球，算是博士學位以外的另一大收穫。

其實，Jack 興趣廣泛。他在大學時代即爲滑雪好手，跑遍紐西蘭南北島各大滑雪場。另外，他也愛好旅遊及攝影，曾担任奧塔哥大學橄欖球隊的正式攝影師。未來，他想學射擊、開船、開飛機等。Kathy 聽到他想學開飛機，立刻接口說：「這點回家再商量。」

這位年輕的牙醫博士是個幸運兒，從開診所到博士班畢業，一路走來，都有賢內助 Kathy 相隨。他們兩人都坦言，現在學業告一段落，工作之外，增加家庭成員將是他們最優先的考量。祝福他們！

（原載《台鄉通訊》第 17 期，2008 年 2 月）

諾福克島（Norfolk Island）四日遊映象

平日出門常會見到諾福克島松（Norfolk Island pine）挺拔突出的身影，因此對於此種松樹的原鄉，一直有幾分好奇。五月初，趁紐航的一些 air dollars 快過期前，把握機會，前往諾福克島一探究竟。

紐航每星期有兩班次從奧克蘭直飛諾福克島。我們搭乘的是星期日早上的那班，另一班是星期三晚上。飛行時間大約是一小時四十分。

原以爲學校假期剛結束，不會有很多乘客。沒想到飛機還相當滿。而整架飛機一百多名旅客當中，竟只有我們兩人是東方臉孔。更不可思議的是，在島上停留四天期間，我們所碰到的東方人，就只有中餐館的老闆夫婦兩人。

旅館派有專人來接我們。車子開離機場沒多久就是當地的鎮中心（town centre），馬路兩旁大多是店面，有旅館、餐館、免稅店、紀念品店、旅遊資訊中心和小型超市等，還有草地保齡球場。轉眼間旅館就在眼前，車行前後不到十分鐘。

諾福克島坐落於紐西蘭北島的西北方，雖然距離紐西蘭較近，卻是澳洲的國土，面積很小，約相當於一個巨大型農場，全島可開車的馬路總共約一百公里。

在旅館辦妥租車手續後，我們立即上路到鎮中心，打算買些土產水果好好品嚐一番。走進小超市，水果架上只看到還很青硬的牛油果（avocado），只好空著手走出。接著找到一家小果菜店，趕在老闆鎖門前衝進去。這家店除了較熟的牛油果外，還有一些小芭蕉。我們沒有選擇的餘地，就買了這兩樣水果，心裡卻不禁暗暗擔心，往後幾天沒什麼其它水果可吃的日子。

還好，天無絕人之路，第二天出外散步時，竟發現路旁有幾棵番石榴（guava）樹，樹上有一些成熟的果實。這幾顆番石榴樹，就成為我們在島上停留期間的水果來源之一。最意外的是，我們所採到的番石榴，竟是小時候常吃的紅肉拔兒，可謂他鄉遇故知。

諾福克島是1774年英國庫克船長（Captain James Cook）所發現並命名的。隨後即有英國移民來此進住。到了十九世紀於1825到1855的三十年間，該島改用來關英國與澳洲的犯人。1856年後的移民則是從皮特肯恩島（Pitcairn Island）上遷徙過來的，他們是從前英國軍艦 The Bounty 號叛變者的後代。而一九九〇年代後期的考古挖掘更發現，玻里尼西亞人（Polynesians）曾於一千年前居住於島上，但他們何時以及何故離開，卻不知道。

因爲有這樣特殊的歷史背景，島上的歷史遺跡成爲觀光客必看的景點，包括當年監獄的遺址、皮特肯恩移民村、各式各樣的小博物館等。島上也有多樣化的休閒度假活動，如游泳、釣魚、潛水、騎馬、森林浴、射擊、網球、高爾夫球、草地保齡球等。

我們先參加一個全島半日遊活動。小旅行車到各旅館接客人，集合出發的時候是兩部小旅行車，合計三十人。我們的司機導遊 Allen 一面開車，一面介紹沿途景點。他首先介紹諾福克島的歷史及現況，讓大家對整個小島有個概括的印象。他自己是襁褓時隨父母從瓦努阿圖（Vanuatu）移居島上，與另一車的司機導遊 John 是從小一起長大的同窗朋友。John 則是道地的皮特肯恩移民者的後代。我們的車子也經過他們兩人的母校，是島上唯一的學校，從小學到高中，約有三百多人。大家對於島上有多少人口都很好奇，得到的答案卻不一致。我們綜合各家的說法，推估約一千八百人。

兩部車的三十名遊客清一色是紐、澳兩國人士，半日遊下來，尤其是經過喝茶休息聊天，大家都成爲熟稔的朋友。往後數日，無論在街上或餐館碰到，都會相互招呼問好，並交換度假心得。此外，經過這半日遊覽，我們對於往後數日該自己開車去那些地方看些什麼，已大約有了譜。

島上有兩家旅行社提供各式各樣的旅遊，其中最熱門的是，前往四戶人家分別享用前後共四道菜的「累進晚餐」（progressive dinner）。四道菜包括餐前點心、前菜、主菜與甜點。也是兩部小旅行車載著三十名紐、澳人士去享用這別出心裁的晚餐。有趣的是，一起吃晚餐的其他二十八位遊客，竟然沒有與我們共同參加半日遊的熟面孔，讓我們因此又多認識了一些人。

四戶人家的房屋各有千秋，每家男女主人都親切招待我們，並介紹各自的家庭史與住屋興建史。四戶人家唯一的共同點就是，房屋的地板或牆壁的木板皆採用諾福克島松樹。其中一位男主人還秀了幾句諾福克語，那是十八世紀的英文與大溪地語的混合。如 Norfolk Island（諾福克島），諾福克語就是 Norf' k Ailen。

大夥兒一起吃飯，免不了聊到紐、澳兩國的關係。一位澳洲太太說，紐西蘭真了不起，國家小、人口少，卻有各種傑出的人才。我不禁笑問說，紐西蘭這麼好，澳洲人想不想併吞紐西蘭？其他幾位澳洲人異口同聲說 No。其中一位還說，像這樣出來度假旅遊，如果沒有紐國人可互相調侃說笑，那有樂趣可言？吃過甜點，女主人彈著電子琴，讓大家點歌來唱，三十個人或哼或唱，其樂融融，深有紐澳一家親的溫馨氣氛。

諾福克島與紐澳兩國關係密切。在島上碰到的，除了本地人外，就只有紐澳兩國人士。超市所賣的鮮奶，是每星期三的紐航飛機空運去的。另外，布里斯本、雪梨與墨爾本都有班機直飛島上。

島上歷史悠久而且建築典雅的聖巴那巴斯禮拜堂（St. Barnabas' Chapel），自十九世紀中期開始興建時，即與紐、澳、南太平洋島國等有密切的關係。當地的植物園更是一位紐西蘭女士多年胼手胝足經營的成果。島上有國家公園，最高峰皮特山（Mt Pitt）海拔 316 公尺高，開車或步行皆可抵達。

我們參加了一項兩小時的初級騎馬活動。馬場女主人來自基督城，移居島上已有五年。她說，在移居島上之前的十三年中，她來了十二次。她很有耐心，一一協助我們一行五人上馬，以步行的速度走過農場、樹林，欣賞了馬路邊所看不到的自然美景。而最讓人窩心的是，她特別安排我們中途下馬休息，一對和藹可親的中年夫婦，已在大樹下用樹枝燒好茶，並準備了可口的點心，供我們享用。大家邊吃邊談，大樹旁則是我們六人所騎的馬，低頭啃著青草，那場景像極了電影中墾荒者在野外燒茶的鏡頭。那對夫婦還將我們上馬前脫下來的背包帶到現場，讓大家有機會照一照自己的馬上英姿。我們繼續上路後，他們又把我們的背包帶回馬場。這麼貼心的服務，大概只有諾福克島才有吧。

騎馬途中喝茶休息。

紐航星期三的班機是晚間十點半才起飛，讓我們有充份的時間在登機前看電影和吃晚餐。那場電影一共只有五個人觀賞。而入夜後的鎮中心，馬路上幾無人跡，倒是各家餐館顯得生意興隆。島上人口稀少，沒什麼治安問題，我們把租來的車子加滿油後，開到機場的停車場，把車鑰匙放在駕駛座的腳踏墊下，就算還車了。

在島上停留四天，與碰到的各方人士聊天，才發現我們的假期是最短的，其他人平均停留約一到兩星期。不過，對我們而言，像這樣在一個鄉村小島無事忙（busy doing nothing）也算是一種另類經驗。

（原載《台鄉通訊》第 19 期，2008 年 6 月）

王亮權博士（Steve Wang）
——生物醫學研究領域的明日之星

現年 28 歲的王亮權博士（Steve Wang）於去年榮獲奧克蘭大學病理學博士學位（Phd in Pathology），並將於今年十月間前往美國費城（Philadelphia），加入頂尖的全國健康研究所（National Istitutes of Health, NIH）研究行列，繼續其在生物醫學領域的研究工作。

鑑於癌症是多年來人類死亡的第一大主因，Steve 在奧大博士班就讀的六年期間（2002-2007），研究的重心就是有關抗癌的策略（anti-cancer strategies）。他的博士論文是探討如何用藥，一方面來打掉輸送養分的腫瘤血管，使腫瘤萎縮；另一方面同時刺激身體的白血球，使能發揮免疫系統的功能，以產生抗癌的作用。

Steve 透露，這種藥的研究已有十多年的歷史，現在已進入臨床實驗的第三期，也是最後一期，他衷心盼望能早日見到具體的成果。他說，抗癌有多種策略，包括手術、化療、放射線、基因、標靶、免疫治療等。他到美國要做的研究是基因治療。

談到即將赴美一事，他有點興奮也有所期待，因爲，

NIH 是全世界數一數二的醫學研究中心。他指出，NIH 隸屬美國健康與人類服務部（the U.S.Department of Health and Human Services），是美國聯邦政府內，專門從事各類醫學研究的機構，已有一百多年的歷史。

NIH 本身有 27 個研究中心，每年用於醫學研究（medical research）的經費超過美金二百八十億，其中的 83% 是用於 3,000 多所大學、醫學院、研究機構等三十二萬五千多名研究員的研究工作。

這位年輕台紐人博士的研究工作是在費城的賓州大學（the University of Pennsylvania）。他說，他最大的夢想是有朝一日能擁有自己的實驗室及研究團隊。進 NIH 是夢想實現的第一步。

現在 Steve 努力的目標，與十年前相比，是很大的轉折。在台灣嘉義市出生長大的他，於 1992 年唸國中一年級時移民紐西蘭，先在 Intermediate School 讀了一年，接著進 Pakuranga College。高中畢業後，因父親與外祖父都是醫生的緣故，也立志學醫，於 1998 年到奧塔哥大學（the University of Otaga）唸健康學（health science），一年後因無緣進入嚮往的醫學系與牙醫系，於是轉回奧克蘭大學（the University of Auckland）讀生物醫學（biomedical sciences），於 2001 年以榮譽學士（First Class Honours）畢業，接著直接攻讀博士學位，於 2007 年底順利榮獲 PHD 學位。

其實，Steve 在攻讀學士學位的最後一年，還曾到澳洲申請唸學士後牙醫系，卻因一位教授太遲寄出成績單，而再次與牙醫系擦身而過。Steve 回憶說，他那時的心情可說是沮喪到極點，但也是在那時候，他重新檢視自己的興趣，而決定攻讀生物醫學博士學位。

喜歡用手做東西的 Steve，當不成醫生，卻在生物醫學領域找到了自己的一片天。他指出，因爲在大三與大四都做暑期工讀（summer studentship），激發了作實驗的興趣，因此在攻讀博士的六年期間，生活雖然緊張忙碌，內心卻覺得很充實。他兩度分別於 2005 年與 2007 年，榮獲「Eli Lilly Award」，給他很大的鼓舞。「Eli Lilly」獎是紐西蘭腫瘤學會（New Zealand Society for Oncology）所頒發，每年有三位得獎人，分別是醫生、教授級研究人員、碩士或博士班研究生各乙名。

近幾年來，Steve 每年都在學術年會上發表研究報告，也有數篇論文刊登於學術期刊，更在歐洲取得了一項抗癌藥物的專利。

在忙碌的研究工作之餘，小提琴是 Steve 的最愛。雖然遲至十三歲才開始學習拉小提琴，但是這項樂器卻是陪伴他成長最貼心的夥伴。他在高中時代 1995 年曾加入馬努考交響樂團（Manukau Symphony Orchestra）半年。後來在大學就讀時加入奧克蘭交響樂團（Auckland Symphony

Orchestra），於 1999-2000 年間擔任小提琴第二部副首席，於 2001-2008 年間擔任第一小提琴手。

Steve 特別指出，他參加的奧克蘭交響樂團是業餘的樂團，有別於專業的奧克蘭愛樂交響樂團（Auckland Philharmonic Orchestra）。平時每週一晚上練習，表演前每週得練三晚，一年有六次的演出。他指出，樂團內有各行各業的人才，能夠與其他的團員合作，一起奏出動聽的音樂，是人生一大樂事。他說，他的一位指導教授也是該樂團成員。

擁有五支小提琴的 Steve 說，他最愛的是那支「加農砲」（cannon）名琴的仿製品。他不僅向本刊記者出示小提琴照片，並且不厭其煩地說明這支名琴的來歷。「加農砲」是十八世紀義大利製琴師約瑟夫・瓜奈里（Joseph Guarneri）所製造。瓜奈里所製造的小提琴，品質精良，工藝水準高超，是今日世界上唯一能與斯特拉第瓦里（Stradivari）媲美者。義大利籍的小提琴一代宗師帕格尼尼（Niccolo Paganini）大部分時間使用一把 1742 年的「瓜奈里」小提琴，他將這支琴命名爲「加農砲」，意指其如加農砲一般宏亮的音響效果。帕格尼尼於 1840 年去世後，遺囑將「加農砲」捐贈給熱那亞市（Genoa），「加農砲」這支琴遂成爲義大利國寶。

這位業餘的小提琴手談到他所鍾愛的樂器時說，雖然他的「加農砲」是仿製品，但在他的心目中卻是無價之寶。他指出，這支琴很特殊，因爲木板厚，剛開始聲音很沉悶，但經過他兩年的使用，聲音已變成非常美妙。

「加農砲」小提琴（仿製）。

看著 Steve 神采飛揚地談著他對生物醫學研究工作與對小提琴的熱愛，回首他多年前當不成醫生的挫折，不正是「塞翁失馬，焉知非福」這句名言的最佳寫照！

（原載《台鄉通訊》第 20 期，2008 年 8 月）

台紐人的音樂響宴

今年九月四日晚，Epsom Girls Grammar School 的藝術中心座無虛席，掌聲熱烈。「2008 年台紐青少年音樂觀摩會」贏得在場觀眾的滿堂喝采。事後，更有本地 Kiwi 朋友致函主辦單位「紐西蘭台灣同鄉會」，稱許音樂觀摩會精彩（great）、了不起（amazing）。

本次活動由叔伯阿姨輩所組成的「台灣合唱團」揭開序幕。他們演唱了兩首曲子《草螟仔公》與《伊是咱的寶貝》，帶出了這場音樂會的台灣本土特色與「疼台灣」的心情，也觸動了在場台紐人觀眾的心弦。

緊接著，楊雯涵以小提琴演奏十九世紀西班牙小提琴家與作曲家 Pablo de Sarasate 的作品《吉普賽舞》（Zigeunertanz）。雯涵今年以第一級榮譽的成績完成奧克蘭大學的音樂碩士課程。她的伴奏是青年台紐人鋼琴家劉冠霖。兩位年輕有成的音樂家合作搭配，讓在場的觀眾體驗了吉普賽舞的特殊曲風。

邱幸儀的客家歌謠《月光光》獨唱，是她個人的精心創作，曾榮獲台灣「2005 年客家歌謠創作」銀牌獎。她的歌聲甜美、咬字清晰，以客家語的歌聲娓娓道出對月光的懷想。

家住 Katikati 的 Cindy Tsao 是奧克蘭大學音樂系的新鮮人，自小即熱愛鋼琴演奏，獲獎無數。她演奏波蘭作曲家蕭邦的即興曲，將十九世紀浪漫時期燦爛的鋼琴技巧與和諧的曲調充分展現。

陳重光的二胡獨奏曲《戰馬奔騰》，讓觀眾大大開了眼界。他靈巧的手指在那只有兩根弦的樂器上，奏出萬馬奔騰保衛家園的磅礡氣勢，讓全場觀眾嘆爲觀止。重光現年十五歲，說得一口流利的台語，在台灣就讀小學時即爲學校漢樂團的首席。

Bruce Tsai 是這場音樂會年紀最小的演奏者。他年僅十三歲，曾在多次小提琴比賽中展露頭角。他剛在今年 Auckland Grammar School 的弦樂組比賽中得獎。他演奏的曲目是義大利小提琴家與作曲家 Vittorio Morti 最膾炙人口的作品 Czardas。

「甜蜜家庭」以五種西洋樂器——薩克斯風、鼓、小喇叭、伸縮喇叭、小號，合奏兩首台灣歌謠《青蚵仔嫂》與《四季紅》，耳熟能詳的曲調讓觀眾產生了共鳴。

Roentgen Ng 與 Ken Yu 是好朋友，都就讀 Auckland Grammar School。兩人四手聯彈莫扎特的 C 大調奏鳴曲，觸鍵乾淨俐落，而且充分流露兩人的音樂性，將莫扎特音樂優美的弦律、豐富的情感與完美的和諧，表現得淋漓盡致。

中場休息時，舞台上特地播放賴繁吉先生的「台灣風情攝影展精選專輯」，將台灣各地風景介紹給在場觀眾欣賞。

下半場的第一項表演是這場活動的唯一舞蹈節目。由Southern Stars所表演的現代日本舞，充滿了東瀛味，但配樂則是中年以上的台灣鄉親所耳熟能詳的《素蘭小姐要出嫁》，因此令人倍覺親切。

鋼琴自彈自唱的Campbell Rehu，是這場音樂會中唯一的非台紐人表演者。他在彈唱Laughter in the Rain之前，特地說明，他與其他表演者的共同處是，他也是Kiwi。

十六歲的Mo Hong Tzou鋼琴獨奏舒曼（Robert Schumann）的Novelletten Op2，將這位十九世紀浪漫時期德國音樂家的優美弦律特質與想像力發揮無遺。他將參加今年在Whangarei舉行的表演藝術比賽。

汪君芬的「台灣民謠組曲」獨唱，深深撫慰了在場台紐人的鄉愁。君芬自彈自唱五首台灣歌謠：《六月茉莉》、《天空落水》、《白牡丹》、《阮若打開心內的門》、《望春風》。其中的《天空落水》是廣受歡迎的客家歌謠。君芬目前是台灣合唱團的鋼琴伴奏。

這場音樂會唯一的長笛表演者是黃耀民（Luke Huang）。他表演的曲子是法國女音樂家Cecile Chaminade的小協奏曲作品107號。耀民多才多藝，也擅長吹蘇格蘭風笛。

Marco Schneider 的外形不像台紐人，因爲他的爸爸是德國人。Marco 目前是 Auckland Grammar School Symphony 與 United Youth Orchestra 的首席。他的小提琴獨奏是舒曼的作品 105 號第一奏鳴曲。

上半場開始時以小提琴獨奏《吉普賽舞》的楊雯涵，以兩首台灣歌謠《河邊春夢》、《秋怨》爲這場音樂會畫下了美麗的句點。

兩位女主持人（張瑩姿與張玉立）以親切流利的話語（瑩姿的台、客、華語，以及玉立的英語）貫穿全場，使這場音樂會顯得無比溫馨。

（原載《台鄉通訊》第 21 期，2008 年 10 月）

鍾依霖：「鑽石」絕不使用味精

日前，偕同一位有「味精症候群」的朋友到「鑽食美食館」吃午餐。點菜時，她習慣性地問說，「哪一道菜比較沒使用味精？」這時，親自出來招呼客人的「鑽石」執行總裁鍾依霖女士，立刻俏皮地套用「鑽石」在《台鄉通訊》所刊登的廣告詞，「鑽石關心您的健康，絕不使用味精。」

鍾女士解釋說，她自己也深受「味精症候群」之苦，因此經營餐館後，秉持著「給客人吃的菜自己也要吃」的原則，所有的菜色，除了注重「營養均衡」外，「少鹽、少油、無味精」就是「鑽石」的特色。

「那要用什麼辦法來代替味精呢？」答案是，玉米雞與蘿蔔、高麗菜用紗布合包起來，用慢火燉煮熬湯，取其湯來做菜。「爲什麼不用豬或牛的大骨頭熬湯呢？」「因爲要考慮到有些客人不吃豬肉或牛肉。」

聽了這一番說明，我們放心地大快朵頤，不必擔心像以往，在外用餐後，回家總是口渴難耐，猛灌茶水或可樂。

也因爲有這樣的特色與堅持，這幾年鍾女士所經營的「鑽石」，吸引了不少固定而且長期的客人。其中有一位綽號「三百碗」，是幾乎天天來報到的客人。因爲一年365天，扣掉休息的52個週日，是不折不扣、最忠實的客人。

客人五花八門。有人每次進店就說「一樣的菜」，原來他已連續吃「紅糟飯」半年了；對門的同業「永發」飯店，如有客人要吃「鑽石」的菜，打電話過來，就有「端過街」的服務；Mt Eden路「喜鵲海鮮酒家」的大廚也喜歡到「鑽石」交關；更有洋客人是遠從Hastings和Wellington來的。

「鑽石」標榜「台灣口味」，店門口就寫明了這四個字。鍾女士說，台灣是我們的根，僑民在外絕不能忘本，因此她的餐館以強調「台灣口味」的特色爲榮。她也堅持孩子在家要說母語，她的三個孩子（兩女一男）也因而都有三聲帶（英語、台語、華語）。她的下一個目標是讓孩子們學鍾家的母語——客家話。

鍾女士的先生姓施，所以有許多人叫她「施媽媽」。前些年，她活躍於此間台灣僑界。於2003至2005年間擔任中華婦女會會長；2005至2006年間擔任台灣華夏協會常務理事：2006至2007年間擔任台灣僑民協會會長；現在是「鑽石」的老闆、董事長。

哪一個頭銜是她的最愛？她笑著說，「鑽石大飯店的執行總裁」。她強調說，會有上述幾個頭銜，都是無心插柳的偶然，不是去爭取來的。

鍾執行總裁於 2005 年 8 月 1 日正式接掌「鑽石」。在這之前，只是玩票性質的在此餐館打工，每週三天，每天四小時。因此，當她跟老公商量要接掌「鑽石」時，施先生大表反對，理由是，當初是怕太太生活無聊，才讓她出外打工，而不是要她經營餐館，把全部的時間精力都投入。還好，鍾媽媽全力支持。她說，「鑽石」已經營十年，有不錯的基礎，可接下來做。

施先生雖然反對，但還是不忍心置太太的事業於不顧。太太接掌「鑽石」後，他比誰都認眞，成爲執行總裁身邊不可或缺的左右手。鍾女士開玩笑說，「丈夫就是一丈之內管得到的夫。」

她深有所感地說，「賺多賺少是小事，最重要的是，『鑽石』已成爲全家凝聚力的所在。連就讀 Form 7 的兒子放學後，也會自動到店裡幫忙。」她又說，「其實，接下餐館，也是要讓孩子們知道，我們也在爲生活打拚。」

施家夫婦現已不必操煩孩子的事。兩個女兒皆已學有所成。老大學醫，現住雪梨；老二則在本地 ESR 研究機構上班。夫婦兩人因此能同心協力，專心經營「鑽石」。

鍾女士說，她期許自己要「做什麼像什麼」，珍惜現在把握今天。日子是要往前看，而不是留戀於過去的風光歲月。她出身台北女師專音樂科。她說，鍾家的人幾乎都是「師」字輩，牧師、醫師、教師等，因此自小就是循規蹈矩的。

在訪談的過程中，雖然不是正常的用餐時間，卻一直有客人進進出出，看起來生意蠻好的。不過，本刊記者特別注意到的是，與數年前相比，鍾女士明顯苗條了許多、年輕了不少、生活更忙祿、身體更健康。她說，這就是經營「鑽石」的最佳附帶收穫，是用金錢買不到的。

臨走前，撲鼻的麵包香，讓我們又多坐了一會，品嚐鍾執行總裁親手做的、沒放膨鬆劑的全麥麵包。問她，是不是考慮也賣麵包？她的回答是否定的。她說，麵包是給自家人吃的，不外賣，不然對面的麵包店會抗議。

爲了讓台灣鄉親有口福吃到「鑽石」的全麥麵包，又不會惹到麵包店鄰居，本刊記者想到了一個兩全其美的辦法，就是用預訂的方式，一天前打電話預訂，第二天到店取貨。鍾執行總裁點頭說，「可以試試看。」

親愛的台灣鄉親，想吃不放味精的食物和不放膨鬆劑的全麥麵包，就找「鑽石美食館」！

（原載《台鄉通訊》第23期，2009年4月）

熱比婭與台灣鄉親相見歡

流亡海外的新疆維吾爾族人權鬥士，也是世界維吾爾代表大會（World Uighur Congress）主席，熱比婭·卡德爾（Rebiya Kadeer）女士，於10月12日至15日訪問紐西蘭。

被台灣馬政府拒絕入境簽證的熱比婭，在飛抵奧克蘭的當天晚上，就來到台灣會館與近百位台灣鄉親見面，受到熱烈的歡迎。

熱比婭說，維吾爾族長期受到「中國暴力統治」，而現在中國竟誣指她是恐怖份子，實在令人難過與憤怒。她不能保持沉默。

對於台灣馬政府因受到中國壓力而不准她入境，熱比婭說，她希望台灣與中國能維持「和平友好」的關係，但前提是台灣一定要保有民主與自由。

中國爲了抵制高雄電影節播放熱比婭的紀錄片《愛的十個條件》，不讓中國觀光客到高雄觀光。熱比婭說，此事實在可笑。她問，台灣沒有中國觀光客來到之前，經濟發展何等傲人；台灣人會因爲少了一些中國觀光客就餓死嗎？

熱比婭指出，維吾爾族人所追求的只是「和平與正義」，她只是說了實話，中國就這麼怕她。從這一點即可看出，中國非常心虛。

這位勇敢的人權捍衛者說，她一定會繼續爲維吾爾族人打拚。她也表示，雖然最近去不成台灣，但能在紐西蘭與台灣鄉親會晤，也等於到了台灣。她一再向在場台灣鄉親對她的支持表示感謝。

（原載《台鄉通訊》第26期，2009年10月）

第36屆世台會年會在阿根廷

大會側記

這次代表紐西蘭台灣同鄉會前往南太平洋彼岸的阿根廷，參加世界台灣同鄉會聯合會（簡稱「世台會」）第36屆年會，是一趟心靈的清新、奮發之旅。

一年多來，台灣國內馬政權的急速傾中、經濟衰退、主權流失、司法不公等，讓海外台灣人鬱悴憂心。因此這次世台會特以「堅定信念、突破難關」爲主題，以海外台灣鄉親一向堅定無比的民主、自由、人權、和樂等信念，共同探討如何重整腳步，勇敢面對前所未有的新挑戰，繼續爲台灣的前途打拚。

懷著相同的使命感，兩百多名來自世界各地的台灣鄉親，於9月25日至27日，在阿根廷首都布宜諾斯艾利斯（Buesnos Aires, 以下簡稱「布市」）齊聚一堂，互相打氣，分享彼此的經驗。

會議期間，有前考試院長姚嘉文、旅日作家黃文雄、前駐巴西代表周叔夜、與旅居加拿大的林哲夫教授等蒞會發表演講與主持座談會。綜合他們的分析與看法，我們得到下列幾點結論：

◎馬上任之初，美國以爲馬的傾中政策，似足以緩和台灣與中國過去的緊張對立情勢。但馬的「傾中」背後顯然潛藏了把台灣奉送給中國的陰謀。如此一來，不但將危及美國的西太平洋防線，而且亦將損及日本的國防安全與經濟發展，同時更將波及整個亞太地區的和平與安全。因此，美國對於馬未來進一步的動向已提高警覺。

◎過去一百多年來國際形勢的變化顯示，任何國家的政策若不符合主流發展趨勢，再大的帝國也會崩解。中國共產黨一直行專制極權統治，不思開放人民享有民主自由，其未來發展必遭阻力。單以過去一年來，其國內人民的抗爭活動累計高達兩萬八千多起，即可預料，如果其國內情勢繼續惡化，其境內的資本必將加速逃離中國，其人民亦將爭相出走。

◎只要台灣的民主自由體制得以持續，其魅力與實質條件必繼續優於中國。過去十幾年來，中國以其便宜的勞工成本吸引了世界各地企業前往投資設廠，使中國成爲世界的大工廠。但中國的專制體制與壓迫人權等問題，與西方所珍視的民主自由價值格格不入，已在最近幾年來一再突顯出來；加上其勞工成本已不再便宜，導致歐美日的資本開始自中國撤離。如果中國持續其高壓極權統治，其崩解必將加速形成。

參加第 36 屆世台會年會（2009 年 9 月 26 日）。

聽過了演講，參加了座談會，我們原本鬱悴的心情立即開朗了許多，內心深處也自然而然升起了一股奮發之氣。

旅遊探勝

年會結束後，大夥兒即展開旅遊行程。

阿根廷的地理位置與天然景觀，跟紐西蘭有幾分神似。兩國皆地近南極，而且農、漁、牧業資源豐富，不過阿國的面積比紐西蘭大很多，是世界第八大，人口四千萬，三分之一集中在布市大都會區。

阿根廷在1816年獨立之前是西班牙的殖民地，大多數人民為義大利裔與西班牙裔，說西班牙語。會說英語的人很少，這對於不會說西班牙語的觀光客很不方便。有一天晚上，我們一行20人到布市一家很大的義大利餐廳用晚餐。坐定後看著那位經理送來的西班牙文菜單，面面相覷，後來他終於弄清楚，我們這些台灣人會講英語，立刻改送來英文菜單，並且很親切地說，要派一位會說英語的侍者來接受點菜。這位會說英語的侍者來了之後，跟我們的溝通也有困難。費了好大的工夫，也勞駕了好幾人輪番上陣，才完成點菜的工作。還好，皇天不負苦心人，那天晚上我們所吃到的披薩，比義大利本土的更棒，啤酒更是我們到這把年紀覺得最好喝的一次。

布市幅員廣闊，有些建築相當宏偉氣派，完全是歐洲的風格；有一條大馬路更可媲美巴黎的香榭里榭大道；大眾運輸工具，如地鐵、公車等設施，也相當完備。不過，外來的觀光客很容易感受到阿根廷的貧富差距很大。五星級的大飯店和shopping mall裡面的高級精品店等，對照貧民區的路邊小販，呈現相當強烈的對比。阿根廷原本是南美洲第一富國，但在1980年代中後期經濟情勢惡化，曾一度出現百分之五千的通貨膨脹率。這幾年經濟趨穩，但多數觀光業者仍以美金計價，到餐廳和商店消費，也可以美金付帳。

我們參觀了一處位於市區內的墓園。這墓園與一般的墓地外觀完全不同，範圍廣大，裡面一棟棟成排的墓房比鄰而居，棺材都放在墓房裡，外觀雕塑典雅各富其趣，狹窄的道路僅容行人通行，很像台灣老式的聚落。導遊特別帶我們去看 Peron 夫人 Evita 的墓房，她的墓房前遊客特別多。導遊告訴我們說，這是個阿根廷幾百年來名人貴族及富人過世後的葬身之處。墓地昂貴，非等閒之輩所能負擔。

另外，布市北方的普拉達河流到 Tigre 鎮時，因為地勢突然平坦，水流變慢，從上游帶來的泥沙於是在入海前，久而久之淤積成一大片廣闊的三角洲。三角洲現在已形成一個大島，島上林木茂密、地勢大部分僅高於海平面一公尺到兩公尺之間。雖然如此，仍有人在島上河邊構築別墅，作為渡假之用。我們乘坐觀光船繞行於該島的四周河道，看到兩旁的渡假屋、水上警察局、水上雜貨店、水上郵差、水上巴士等，非常別緻。整座島上沒有公路，船是唯一的交通工具。有人問導遊，一棟渡假屋售價多少，答案是大約美金四萬元。有人立即回應說，「不貴嘛！」導遊說，售價的確不貴，但這些河邊渡假屋常會淹水，所以每年的維修費相當可觀。有位鄉親為此做了一個很貼切的結論：「有錢當買肉，無錢當摃豆油。」

當然，我們也不會錯過阿根廷頂頂有名的探戈秀（tango show）。秀場有專車到旅館接送客人。門票還包括有酒的晚餐。阿根廷人的晚餐是名副其實吃得很「晚」，有些餐廳的外面還特別寫著晚上八點才開始營業。探戈秀的晚餐是九點半才開始，等到看完秀，回到旅館，已經過了半夜12點。阿根廷與烏拉圭的探戈舞步性感撩人，這種源自當地勞工階級的舞蹈，是拉丁民族浪漫熱情的象徵之一。這種非常獨特的探戈，包括舞蹈與樂曲，剛於今年9月30日當我們還在阿國旅遊期間，被聯合國科教文組織認定爲全球「無形的文化遺產」。

位於阿國南端的Calafate是我們離開布市後的第一個行程。此地有舉世聞名的Perito Moreno大冰河（glaciers），景觀特殊。此兩萬年前所形成的冰河將阿根廷湖的湖邊陸地與湖中小島的陸地連接，面積廣闊達250平方公里。此冰河因深入湖底，其下半部長期浸於湖水中，因此約十年會發生一次冰河大崩垮。我們所看到的是高出水面的部分，介於55公尺與80公尺之間。

第一天，我們搭乘遊艇欣賞阿根廷湖，沿途所看到的冰河有各種寶石般的色彩，非常美麗！航行中也看到了無數已崩下或正崩垮中的大冰塊。冰崩時，其聲如雷，扣人心弦。第二天，我們乘坐巴士遊覽阿根廷湖邊的國家公園，從另一角度去觀賞Perito Moreno大冰河。公園內有一沿著大冰河築成的步道，讓遊客近距離欣賞大冰河。沿途有人等著看冰崩，一旦大冰塊崩垮，如雷的冰崩聲加上歡呼聲，響徹雲霄。因爲隨時會有冰崩的現象，因此不准遊客在冰河上面行走。

我們的另一站是伊瓜蘇（Iguazu）大瀑布。此瀑布位於阿根廷、巴西與巴拉圭三國的邊界，與北美的尼加拉瀑布及非洲的維多利亞瀑布齊名。就像尼加拉瀑布，加拿大那邊比美國那邊壯觀一樣，伊瓜蘇瀑布之廣闊得從巴西那邊才能見識到。我們的旅館在阿根廷境內，因此一大早，我們先乘巴士過橋進入巴西國境。此時全車的鄉親才發現，持紐西蘭護照者不需事先申請巴西簽證；而我們這兩位紐西蘭人也很詫異，美、加兩國的鄉親不但要花美金 130 到 150 元申請簽證，而且還需附上銀行存款證明。連導遊拿著我們的紐西蘭護照時也說，「This country is good!」

進入巴西的伊瓜蘇國家公園後，參觀流程由小火車和酒精汽車接送去搭橡皮艇開始。應大家的要求，我們搭乘的那艘橡皮艇三度穿越了瀑布水花，比別艘多一次，每次當瀑布的水花從天而降噴灑到我們時，一陣陣水聲夾雜著尖叫聲，非常刺激。雖然穿著雨衣，衣服還是濕透了。接著，我們去走公園內的步道，沿路看著接連的大大小小總計 275 條左右的瀑布，彷彿沒有盡頭，此時才眞正體驗到伊瓜蘇瀑布令人嘆爲觀止的寬廣氣勢。導遊說，我們運氣不錯，之前曾一連下了兩週的雨，因此我們看到的瀑布水流量又急又大。連來自加拿大多倫多以尼加拉瀑布爲傲的鄉親，也不得不承認，伊瓜蘇瀑布的確是世界第一。

我們於下午回到阿根廷境內的國家公園。阿國境內也是有小火車接送遊客到伊瓜蘇瀑布的各個景點。我們坐到某站下車後，接著步行走過建於河面上約一公里長的曲橋，抵達伊瓜蘇瀑布最聞名、水流量最大最湍急的「魔鬼的咽喉」（Devil's Throat）上方，再一次近身體驗大瀑布那排山倒海而來、雄偉壯麗的氣勢。

離開伊瓜蘇時，上了飛機坐定後，即沉沉睡著。不久，隔鄰坐著來自西班牙的女士將我們搖醒，手指窗外，我們引頸望去，只見叢林中一大片白色的「天溝交落水」。這臨去的一瞥，還是讓人嘆爲觀止。

這次去阿根廷，因爲飛機航班的關係，我們是所有與會鄉親中最早到與最晚離開的，因此在布市比別人多停留了兩天（前後各一天）。因爲有這樣的機緣，我們接受了比較多當地台灣鄉親的照顧，讓我們銘感在心，也讓我們這次的旅程倍覺溫馨。

（原載《台鄉通訊》第 26 期，2009 年 10 月）

Hokianga與Northland歷史景點巡禮

2009年底，我們夫妻倆參加了一個團員全部是Kiwi資深公民的旅遊團，前往Hokianga與Northland作五日遊，度過了一個不同於往昔的聖誕假期。

因爲是資深公民團，旅行社特別安排在出發與回來時，有「到家接」與「送到家」的服務。遊覽車從奧克蘭玫瑰花園前的Kingsgate Hotel出發，從各地來的團員就在旅館前集合。交談之後，才發現有遠從Taupo、Tauranga、Rotorua等地來者；有在前一晚抵達奧克蘭，在旅館住一夜者；也有當天一早搭國內班機來者。一行28人，只有我們倆是亞裔臉孔。

車子經由海港大橋，走一號公路，然後轉12號公路，於中午時分抵達「馬達果希琥珀松博物館」（Matakohe Kauri Museum）。下車進入博物館後，先聽專人爲我們簡介博物館展覽內容，然後才解散各自去參觀、用餐。雖然對我們倆而言是舊地重遊，但這次有專人簡介，讓我們有機會溫故知新，對這博物館有更深入的了解，覺得不虛此行。

午餐後，遊覽車繼續沿著 12 號公路往北走，經過 Dargaville 及 Waipoua 森林，於下午四時許看到了 Hokianga 港，抵達目的地 Omapere 與 Opononi。這兩個海邊聚落靠得很近，Omapere 海邊有較大型的旅館 Copthorne。我們住的是 Opononi Hotel。抵達旅館後，我們才恍然大悟，爲什麼先前旅行社說，我們這團已滿額，但實際上只來了 28 人。因爲這家旅館只有 20 間客房。我們 28 人一來，旅館就客滿了。

Opononi 因海豚 Opo 而聞名。Opo 係於 1955-56 年夏天光臨 Opononi 海岸邊，與在岸邊游泳的孩童嬉戲，深受孩童喜愛。奇怪的是，這隻海豚在次年夏天即不見蹤影，令人不勝唏歙！爲紀念這隻海豚，當地村民就在旅館前的馬路邊豎立了紀念碑。

第二天上午，我們乘船遊覽 Hokianga 內港，由當地一位毛利青年 Kohu 擔任導遊。他說，Hokianga 爲毛利語，是「return place」的意思，意指毛利人的祖先 Kupe 離開此地回 Hawaiki。根據傳說，Kupe 於西元 960 年率領第一批族人乘船抵達此地。後來，一些最早期的歐洲移民，也是從 Hokianga 港登陸。

我們乘坐的船先駛到港灣的進口處，看到北頭是一大片白色砂坵，而南頭則是約三、四十公尺高的岩岸。Kohu 解釋說，每次毛利人的船開到此處，一定會爲「一路平安」祈禱，所以至今未曾發生過船難；相對地，歐洲人的船不行此道，因此迄今已發生過數十次船難。這位毛利青年強調，船進入 Hokianga 港時，應向毛利人的祖先 Kupe 致敬，因此他特地獻唱三首毛利歌曲。Kohu 有一副好歌喉，充滿感情的歌聲，讓我們這些不懂毛利語的遊客也爲之動容。

我們倆趁機跟 Kohu 拉關係，告訴他，我們是台灣人，而毛利人的祖先是四千年前離開台灣，最後落腳紐西蘭。聽我們這麼說，他顯得半信半疑，所幸有另一位團員適時補充說，DNA 的證據證實，毛利人的確來自台灣。Kohu 不敢怠慢，立刻接口說，「那你們倆不就是我的阿伯跟阿姆囉？」全船聽到的人都笑成一堆。

我們的坐船在 Hokianga 港灣內轉了一圈，最後停靠在 Rawene 小鎮的碼頭。離碼頭約 500 公尺處有 James Reddy Clendon 於 1860 年代所建的 Clendon House。Clendon 的家人在此居住了百餘年之久。

Clendon 是一位貿易商，認識很多英國人與毛利人，因此主張雙方最好能夠和平相處。他的努力斡旋促成了雙方簽訂懷當義條約（Waitangi Treaty）。也因爲如此，他的聲望愈來愈高，最後甚至經美國政府任命爲美國派駐紐西蘭的首任領事。

接著，我們坐遊覽車去參觀建於 1839 年的「孟禔古宣教所」（Mangungu Mission House）。由於該宣教館前有一大片寬廣的草地，所以 1842 年 2 月 12 日當天，有兩千人聚集此處，共同見證了懷當義條約的第三次（也是規模最大的一次）簽約典禮。

這棟宣教館曾於二十世紀初，經由海路搬到奧克蘭的 Onehunga 區，於 1970 年代再搬回原址。我們團員中有一來自 Onehunga 的老先生說，這棟房子仍跟他兒童時期的記憶一模一樣。

第三天是聖誕節，當我們享用早餐時，司機先生權充聖誕老公公，送給每人一包禮物。大夥兒雖然已七老八十了，收到禮物時依然童心未泯，「嘴笑目笑」，非常開心。

這天的行程是到 Waipoua 琥珀松森林拜見號稱「森林之王」（Lord of the Forest）的 Tane Mahuta。當地導遊特地爲我們介紹此森林的生態歷史與對毛利人的意義。接著，他更站在已有兩千多歲的 Tane Mahuta 前面，以優美的歌聲，傳達他對宇宙大自然的敬虔之意。

當晚的聖誕大餐在 Copthorne Hotel 舉行。在享用自助餐前，每桌先上一大盤龍蝦，讓大家有意外的驚喜。餐點非常豐盛，有烤火雞、牛排、羊排、火腿、生蠔、大蝦、各式沙拉、水果、聖誕布丁、蛋糕、奶油蛋白餅（pavlova）等等。許多團員表示，我們這一團比平常的團貴了 12%，不過聖誕大餐這麼豐盛就值回票價了。

第四天，我們離開 Opononi，前往東邊的島嶼灣（Bay of Islands），第一站是懷當義。雖然每一位團員對於「條約館」（Treaty House）以及「毛利公廨」（Maori Marae）都已非常熟悉，但大家仍跟著當地導遊再次重溫紐西蘭的開國史。

下午，我們參觀了紐西蘭現存最古老的木造建築物——建於 1819 年的「吉利吉利宣教所」（Kerikeri Mission House）。宣教所旁邊，迄今仍營業中的「石造商店」（Stone Store）則是紐西蘭最古老的歐式石造屋，建於

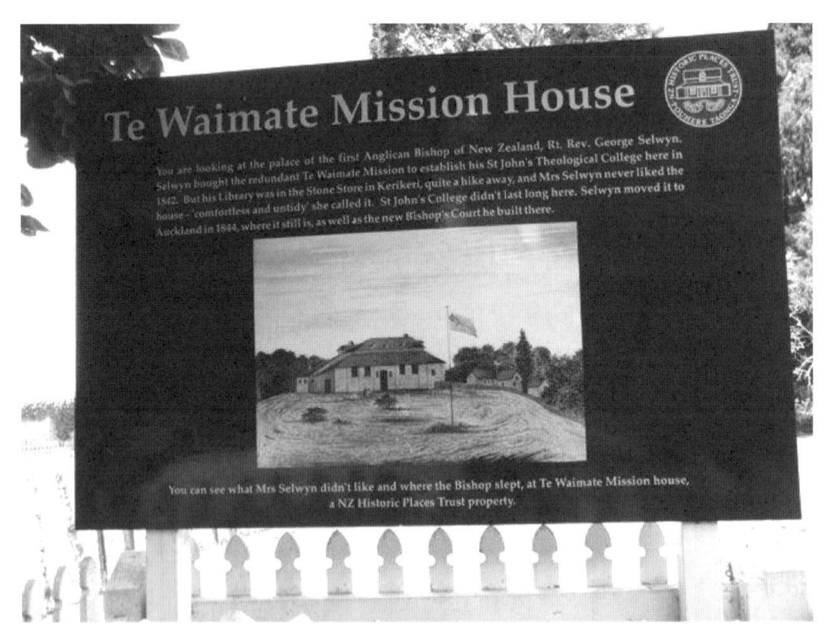

歷史景點——Te Waimate 宣教所。

1832-36年。接下來的參觀點是建於1832年的「外馬地宣教所」（Te Waimate Mission House）。外馬地宣教所是懷當義條約的第二次簽約地點，也是紐西蘭從事農耕的先驅所在，更是歷史名人達爾文（Charles Darwin）於1831年來紐西蘭進行動植物考察期間曾住過的房子。該宣教所附近環境悠靜，頗具英格蘭的農莊景觀。

在Paihia的旅館住了一夜後，我們即踏上歸途。沿途順道參觀Kawakawa鎮內有名的廁所。那是奧地利名建築師Frederick Hundertwasser於1970年代間遷居當地後，爲回饋當地所設計建造的。廁所的色彩與光線充滿活力，且建材都使用回收材料。當然，我們也沒錯過Whangarei的瀑布與時鐘博物館。

當天的下午茶安排在有名的Puhoi Pub。該棟兩層樓建築已有超過百年的歷史。進到裡面，只見四周牆壁上掛滿了百年來客人所留下的各式物品，如銅板、紙鈔、鴨舌帽、T恤、旗幟等，令人發思古之幽情。當天正逢星期假日，天氣晴朗，涼風送爽，Pub外面座椅高朋滿座，客人邊喝咖啡、茶或啤酒邊聊天，有說有笑。這麼多人齊聚一地的Pub，讓我們對熱鬧的鄉村酒吧，大開眼界！

團員中有位老先生Cycil，特地爲我們倆介紹Puhoi地區的開發史。他說，Puhoi的主要居民是Croatia籍的移民，他們大約從1960年代開始從事葡萄酒之製造。在此之前，紐西蘭人只喝啤酒。Cycil 還說，在鄉下地方，Pub 是住民經常聚會之處，更是休閒生活的好去處，因此 Puhoi Pub 能歷經百年而不衰。

回到奧克蘭，旅行社的工作人員已在場安排好要送每位團員回家的車輛，在互道珍重再見聲中，大家期待未來能再同遊。

後記：這次與這些年長者一起出遊，對我們倆而言，是一趟學習成長之旅。他們當中，有的年齡已足當我們的父母；有的行動不便，需靠枴杖或推車；有的是鰥寡者，有的是住養老院者；也有紐西蘭前總理的家人等。難得的是，他們都很獨立，每次集合都相當準時，待人也很和善，也樂於將他們的歷史知識與人生智慧與我們分享，讓我們倆受益良多。

（原載《台鄉通訊》第 27 期，2010 年 2 月）

西歐四大城自由行

今年三月間，趁回台之便，我們夫妻倆與另一對夫妻好友約好在倫敦會合，一起作爲期半個月的自助遊。他們的兒子 Tony 在倫敦上班，事先爲我們預定在倫敦、馬德里、巴賽隆納與巴黎等四大城的旅館。這些旅館位置適中、舒適溫馨、價格合理，讓我們在旅途中每天疲憊的身心能得到充分的休息，也因此這次的自助遊能夠順利、盡興。

倫敦

抵達倫敦次日，Tony 即權充導遊，帶著我們四個資深公民去見識這大英帝國的樞紐。第一站是到 Ritz Hotel 喝下午茶。雖名爲下午茶，其實是我們的午餐，因爲我們所預定的是第一場時段，上午 11 時半到下午一時。Ritz 的下午茶享有盛名，每場皆座無虛席；更有嚴格的服裝規定。爲此，兩位男士特地千里迢迢，從紐西蘭一路帶著全套的西裝、襯衫、領帶與皮鞋前來。席間，茶酣耳熱，有人試圖脫掉西裝外套，卻見侍者立即過來關照說，基於 Ritz 的服裝規定，用餐時請務必穿著西裝外套。

喝過下午茶後，我們立刻回旅館換上便裝，去逛鼎鼎有名的 Harrod' s 百貨公司。該公司本來就是倫敦最大最氣派的百貨公司，更因其老闆就是已去世的英國黛安娜王妃的男友之父，而使其名氣更爲大噪。附近是購物商圈，無論地鐵站或馬路皆是人潮洶湧。

接著，我們在下午六點前趕到「倫敦眼」（London Eye）。那是位於英國國會附近、泰晤士河邊，一座吊著不同高度纜車的巨大摩天大輪。搭乘纜車之前，遊客先拿到一副眼鏡，欣賞一部短短的三度空間影片。影片中的車輛或飛鳥彷彿正對者你衝過來，或飛到你眼前，讓你幾乎伸手可及，非常刺激。緊接著，遊客在地面搭乘纜車，然後緩緩升高，市區街景也逐漸由大變小，視野也愈來愈遠。不久，日落西山，市景變爲萬家燈火，閃閃爍爍，倫敦的夜景像是萬顆璀璨的寶石，眞是美極了。

這天的節目非常緊湊，晚上七點半，我們趕抵劇場，欣賞膾炙人口的音樂劇「獅子王」（Lion King）。

倫敦居民稱爲 Tube 的地鐵四通八達，堪稱便利，甚至通達 Heathrow 國際機場。但我們要前往「溫莎堡」（Winsor Castle）與劍橋兩地時，則須再轉乘其國內線火車。前往兩地換乘的火車站也不同。

進入溫莎堡須購買門票，但有免費的導覽耳機可用。很巧的是，帶領我們的堡內導遊是一位來自 Kerikeri 的老先生。他鄉遇 Kiwi 特別高興。離去前，他很親切地跟我們談了一會兒。

英國最有名的大學是牛津與劍橋，我們前幾年曾參觀過牛津，因此這次特地到劍橋，去體驗徐志摩詩中所說的「康河」（Cam River）。年輕的船夫邊撐著竹篙，邊介紹河邊的各學院。雖然早春的寒風依然凜冽，康河卻是小船穿梭不斷，是平靜校園中最熱鬧之處。

Tony 要請我們在 Chelsea 區的一家台灣餐廳吃晚餐，筆者自認知道那家餐廳，（因為前次來倫敦我們就住在 Chelsea 區的旅館，去過那家台灣餐廳），因此就告訴 Tony，我們四個人可自行前往餐廳與他會合。

當我們輾轉搭地鐵，好不容易踏入那家餐廳時，卻不見 Tony 蹤影，經 Tony 的媽媽用手機連絡，方知他已在附近的另一家台灣餐廳等我們。我們尷尬地向這家名爲 Formosa Restaurant 的老闆娘道歉，她非但不介意，還親切地指點我們如何到另一家名爲 Taiwan Village 的餐廳。我們怎麼也想不到 Chelsea 區內會有兩家台灣餐廳，而且兩家僅相距一個地鐵站。

Tony 是這家 Taiwan Village 餐廳的常客，跟老闆娘很熟，而 Tony 的媽是烹飪老師，兩位女士因此一見如故。等到餐廳的其他客人離去後，身兼大廚的老闆也加入大夥兒談話的行列。「他鄉遇故知」，大家都有說不完的話，我們一直聊到夜深才離去。

馬德里

從倫敦搭飛機，兩個多小時即抵達馬德里。但從通過護照查驗到提領行李，卻是漫漫長路，中途還搭乘火車，折騰許久，算是讓我們見識了馬德里機場之大。

離開機場前，我們在詢問處問了一些有關搭車、用餐與旅遊的資料。當問完後，正要離開時，Tony 的爸爸發現，他背包內用鏈子拴住的皮夾子已不翼而飛，內有他們夫妻兩人的台灣護照及一些現金。這如同晴天霹靂，讓人一時不知所措，所幸放在 Tony 媽媽皮包內的紐西蘭護照安然無恙。大家最後決定，先到旅館安頓好後再做打算。大家都知道，西班牙的扒手非常猖獗；想不到的是，我們還未出機場就遭殃了。

Tony 的爸媽一夜難眠，徹夜商討對策，第二天上午立刻到旅館附近的警察局報案。那天是星期六，警察局卻非常忙碌。在我們等候時，不斷有人進進出出。

輪到我們時，先填寫一張報案表格，並列出遺失物品清單。因在場警員皆不會說英語，最後是請我們進入局長辦公室，在電話中與一位講英語的女警溝通。她詳細問明了相關細節，之後她再與局長交談幾句後，局長即印出一份報案內容的拷貝本交給我們。

我們所住的旅館在 Atocha 區，位置很好，同一條街上就有麥當勞餐廳及其他各式餐廳，傳統市場、麵包店、便利商店等近在咫尺，對街就有地鐵站，到火車站、Prado 美術館與 Sofia 現代藝術中心等，步行幾分鐘即到，非常方便。

由於這樣的地緣關係，加上 Tony 的媽媽深諳西班牙菜，因此我們在馬德里停留的四天三夜中，有幸飽嚐了道地的海鮮飯、海鮮湯以及西班牙人稱爲 Tapas 的各式小酒菜。

火車站是一棟外表看似古老的歷史性建築，內部設施卻相當現代化。我們去買馬德里到巴賽隆納的火車票，到了售票口，那位女士聽到我們跟她說英語，竟然一直揮手，示意我們離開。看來她是半句英語也聽不懂，而我們的車票又非買不可，於是只好用全世界通用的阿拉伯數字跟她溝通，寫出日期、時間、目的地及人數給她看，然後她則寫出多少錢。雖然彼此言語不通，買賣還是做成了。

馬德里有 22 處各式各樣的博物館，我們就近參觀了最有名的 Prado 與 Sofia。Sofia 的館藏是較爲現代的美術作品，其中以畢卡索的 Guernica 最爲膾炙人口。Prado 的收藏是從 12 世紀的西班牙繪畫開始，也有歐洲其他國家（如義大利、德國、英國、法國）的作品，但以西班牙的

Velazquez（1599-1660）與 Goya（1746-1828）兩位大畫家的作品最爲豐富。館外並有他們兩人的雕像。畢卡索年輕時曾在 Prado 美術館內模繪 Velazquez 的畫作，結果畢卡索後期抽象畫的靈感，就來自這些模擬作品。

另外，我們還參觀了西班牙皇宮，旅遊簡介將它列爲馬德里最爲典雅的建築之一。這是 18 世紀菲力普五世在位期間所建造的，原計畫要蓋一棟傲視歐洲各國王宮，有 2800 個房間的西班牙「凡爾賽宮」。後來經費不足，規模也大爲縮小。但這棟高聳的白色建築，至今依然顯得尊貴氣派，其座落地是馬德里的首選，因地勢高，是觀賞落日餘暉的最佳去處。西班牙皇室現不住在此皇宮，只在正式大典時才會出現。目前，僅有 50 個房間對外開放參觀。

西班牙皇宮。

巴賽隆納

從馬德里到巴塞隆納，坐火車約三小時又十五分鐘，車廂新穎，座位寬敞舒適，比記憶中法國的 TGV 或是後來乘坐的歐洲之星（Eurostar）有過之而無不及。在目前西班牙景氣不佳，甚至淪爲「歐豬四國」（指由 Portugal, Italy, Greece, Spain 四國國名第一個字母所合成的 PIGS）的時刻，有這麼好的火車，倒是出人意料之外。

我們買了市區觀光巴士兩天票，可隨時在沿線各站上下車，非常方便。巴塞隆納是瀕臨地中海的海港都市，曾舉辦 1929 年世界博覽會與 1992 年奧運會，加上西班牙名建築師高第（Antoni Gaudi）的建築以及其他知名的教堂、博物館等，觀光資源非常豐富。整個城市擠滿了來自世界各地的遊客，連我們所住的旅館也是客滿的。

單單高第的十處建築作品，就讓人看不完。我們在整整兩天內只參觀了三處：聖家堂（Sagrada Familia）、奎爾公園（Park Guell）、米拉之家（Casa Mila）。看著有百餘年歷史的聖家堂，及其目前正在繼續進行的工程，對於高第能將詩歌、宗教、動植物學、天文學等融於一爐，創造出其獨特的建築風格，不由得興敬仰之心。

我們當然不會錯過畢卡索美術館。此館擁有全世界最豐富的畢卡索作品（3,500 件），按創作年代分列，讓人對這位西班牙大師的畫作之演進，能有完整的瞭解。

在這麼令人留連忘返的城市，扒手卻是遊客揮之不去的惡夢，我們有數次與扒手擦身而過，所幸沒有成爲其手下的受害者。

我們四人走在人潮洶湧的馬路上，Tony 的媽媽落單走在最前面，左右兩邊立刻各有兩位小姐靠緊她，幸虧她警覺性高，那些扒手小姐無法得逞，立刻搭計程車逃之夭夭。Tony 的媽媽事後回憶說，若非她早已看出蹊蹺，恐已成爲其囊中物。她說，凡是遇到空著手沒帶皮包，又是幾個人一夥的，就要特別小心。

有一次，當我們在某站牌等觀光巴士時，車子一停，車掌小姐立刻跳下車，一個個問我們這些準備上車的人，皮包是否安好無恙，弄得大家一頭霧水，卻也立刻猜想到，是不是剛剛在車上有人皮包不見了！

筆者夫妻單獨前往參觀位於山丘高處上的某博物館，戶外有兩段自動電扶梯可搭乘。當我們所搭的第一段電梯抵達時，即有五位國中年齡的孩子迎接我們，說他們是幫兒童殘障救助協會出來募款，希望我們能捐款。我拿出皮包，掏出了一些零錢給他們。接著，他們堅持要我在一張表格上塡寫姓名、國籍、捐款金額等。當我正在塡寫時，卻有一隻手伸過紙張板的底下，往我背在前面的皮包下手。我立刻出手打她的手，同時叫說，「What are you doing there?」她顯然嚇了一跳，回答說，「I just want you to sign.」。碰到這種利用人的善心來行竊的惡劣行徑，眞讓人心情壞透！

巴黎

我們從巴塞隆納飛回倫敦，隔日再搭歐洲之星（Eurostar）到巴黎。隔著海峽的兩國首都，相距就是兩個多小時的火車車程，但倫敦 St. Pancras 車站的井然有序，相對於巴黎北火車站的熱鬧吵雜，充分顯現兩國民族性的不同。

對我們四人而言，巴黎都是舊地重遊，因此決定好整以暇地欣賞花都。剛好旅館房間有簡易的廚房設備，我們就到旅館附近的超市採購食物，自己準備晚餐與早餐。Tony 的媽媽說，「這樣做，感覺好像我們就住在巴黎。」

也許是年紀大了，這次沒像年輕時，在半夜跑去香榭里榭大道喝咖啡。不過我們還是再度去拜訪羅浮宮與聖母院。

羅浮宮別來無恙，只是展覽品的擺設位置有些改變。例如，達文西的作品，包括《蒙娜麗莎的微笑》，本來都擺在同一個房間。現在，因爲蒙娜麗莎的盛名，想看的遊客太多，原有的房間過於擁擠，館方於是單獨將《蒙娜麗莎的微笑》移到另一間較大的房間，而達文西的其他作品則另放在別處展出。我們參加了一個館方所提供的英語導覽，這位女導遊講英語經常夾雜著法語發音，因而導覽效果有些打折扣，讓人更懷念上回碰到的那位英語字正腔圓的導遊。

參觀聖母院當天正好是星期日，整天有七堂望彌撒進行，前面廣場等著要進入參觀的遊客大排長龍。1163 年開始興建的聖母院，係於 1185 年舉行首次望彌撒。現在每年有超過一千萬來自世界各地的遊客前來參觀。聖母院最讓人嘆爲觀止的是其南北兩側的彩繪玻璃，以及世界數一數二的管風琴（風琴管共有 7,800 根）。我們不是天主教徒，但是再次目睹這座基於虔誠信仰所打造出來的藝術瑰寶與宗教殿堂，內心仍不由得一陣感動。

後記

這次自助旅行的起點與終點都是倫敦。我們託 Tony 爸媽的福，有 Tony 鼎力協助，使得這趟西歐四大城之旅，成爲名副其實的「輕鬆快樂自由行」。

（原載《台鄉通訊》第 28 期，2010 年 4 月）

資深台紐人的環保產品

今年夏天的奧克蘭乾旱嚴重，原本觸目所及的青青草地變成了遍地乾黃。很巧的是，當記者開車前往位於 Flat Bush 劉宅的途中，卻逢數月來的第一場大豪雨，久旱甘霖，這正是劉家企業在《台鄉通訊》的廣告詞「Free Water」！也是上天所賞賜的甘霖！

卅三年前由台灣彰化移居紐西蘭的劉金助與劉俊谷父子二人，在一年多前成立了一家公司，名爲「Super Fern Enterprise Ltd」，專門從台灣進口品質優良的不銹鋼板，在本地 EastTamaki 區加工製造儲水槽，成爲目前紐西蘭「獨一無二」的不銹鋼儲水槽製造廠商。

大奧克蘭地區水費昂貴，居民所付的水費是「用水費」加「下水道廢水處理費」；如每月用水 100 元，加上 75% 的廢水處理費 75 元，一共得付 175 元。有不少鄉親認爲，夏日時節爲了在自家後院種菜所付的水費，用來買青菜還綽綽有餘。

劉爸爸說，用儲水槽接收由屋頂流下的雨水，用來澆灌花草蔬菜，是既省錢又環保的作法；而使用「不銹鋼」儲水槽，更是健康的保障。

他進一步解釋說，現在市面上的儲水槽以塑膠產品居多，但塑膠水槽長期在陽光曝曬及氣溫高低變化的影響下，不僅會有龜裂漏水的問題，而且容易產生對身體有害的化學物質。

談到此處，劉爸爸拿出 Organic NZ 雜誌 2010 年 5-6 月這期給記者看。裡面有一住在 Helensville 的讀者，Colleen Rees，寫信給該雜誌編輯，談到她原有的塑膠儲水槽已開始龜裂漏水，希望能獲得有關不銹鋼產品的資料。

這位 Rees 女士等不及雜誌編輯的答覆，自己就先買了劉家的不銹鋼儲水槽。劉爸爸說，她對不銹鋼儲水槽可說是「一見傾心、用了開心」的最佳典型。後來 Rees 女士主動打電話給該雜誌編輯，告知他不銹鋼儲水槽的諸多優點，並且請他與劉家聯絡，所以該期雜誌才有 Super Fern 不銹鋼儲水槽的免費廣告。

該期雜誌出版上市後，來電詢問不銹鋼儲水槽的電話增加了許多，因此劉家兒子俊谷（英文名 Paul）就更忙碌了。Paul 指出，一般而言，Organic NZ 的讀者比較重視環保與健康，因此雖然不銹鋼儲水槽的售價比塑膠產品貴，但是權衡它耐用、可回收、環保、衛生、健康等優點後，他們覺得長期而言選購不銹鋼製品反而便宜。

Paul 強調，劉家的每一個不銹鋼儲水槽在出廠時都做過漏水測試，以確保品質，並且保用 25 年。劉爸爸說，「台灣人的事業，事關台灣移民的聲譽，不能漏氣。」

Super Fern 公司的另一系列產品是各式用於廚房與淋浴的濾水器及水質測量器。一般大眾對廚房用濾水器比較熟悉，對於淋浴用濾水器（shower water filter）卻相當陌生。劉爸爸說，淋浴用濾水器是用於減除氯、氫硫化物、微生物及溶於水中的重金屬（如鉛、水銀、鐵等），可減少淋浴用水對頭髮與皮膚的傷害，是相當實用的產品。

劉家於 1977 年來到紐西蘭是偶然的機緣，當時紐國尚未開放移民，而劉爸爸在台灣彰化也有很不錯的事業。他有自己的公司，承做各種機械模子，如織帶機、織襪機、針織機等。劉爸爸說，當年他是到 Lower Hutt 探訪任職於紐國能源部的大舅子（劉媽媽之兄），剛好威靈頓有一家大公司 William Cable 急需他這種人才，立刻聘用他。劉家就這樣移民紐西蘭，並且一直住在 Lower Hutt，直到 2000 年才搬到奧克蘭。

在 Lower Hutt 的起初數年，劉爸爸前後受聘於兩家公司上班，後來就自行創業，做以前的老本行，也是承做各種機械模子、石膏模等。他深具工業設計的才華，加上在台、紐兩國的豐富經驗，因此能在大威靈頓區撐起自己的一片天。

小兒子 Paul 在大學時攻讀電腦，畢業後原在電腦公司上班，後來聽從父意改行做建築，現在是有執照的房屋營造商（builder）。劉家在 Flat Bush 的住家就是 Paul 自己蓋的。而原有的電腦知識更是隨時可派上用場。劉家公司的兩個網頁（www.superfern.co.nz 與 www.superstainless.co.nz）就是 Paul 的傑作。

劉家的房子自己蓋，訪談所在的房間內看得到的傢俱也是自家的作品，做工與材質皆屬上乘，讓記者親身見證了劉家在《台鄉通訊》的一句廣告詞「房屋整修新建均拿手」。

經營與環保有關的企業之同時，劉家的農莊生活也非常環保、有機，因此劉爸爸雖然滿頭白髮，但面色紅潤，外表看起來比實際年齡年輕許多。問他有什麼秘訣，答案很簡單，「要動、要做」。

訪談中所吃到的點心之一是劉家自種的無花果（fig），好吃極了，記憶中從沒吃過這麼新鮮可口的無花果。「有食更有拿」，臨走前，劉媽媽還準備了一盒讓記者帶走。這次訪談就在充滿環保、有機的幸福感中劃下句點。

（專訪劉金助與劉俊谷父子二人，原載《台鄉通訊》第 29 期，2010 年 6 月）

「皇家」麵包糕點台灣鄉親最愛

今年四月以來，在奧克蘭的台灣鄉親間傳遞最多的好消息就是，原在 Royal Oak 區的「祝福麵包蛋糕店」，已遷到 City，以「皇家精緻蛋糕工坊」的新名重新開張。

日前，記者特地前往「皇家」新址一探究竟。Lorne St 上的地標是「市立中央圖書館」（Central City Library）與「奧克蘭美術館」（Auckland Art Gallery）。皇家所在的 5C 是在 Wellesley St East 與 Victoria St East 之間的這一段。

第一印象是門面寬闊美觀，法文招牌 La Couronne 在屋前門簷上閃閃發亮，頗有花都巴黎的氣息。走進店內，各式精緻的西式糕餅琳瑯滿目，而香噴噴的台式麵包、台灣傳統茶點、酸梅湯、五香茶葉蛋等，更是令離鄉已久的台紐人垂涎不已。

老頭家李瑞權說，由「祝福」到「皇家」，是李家兩個兒子接棒的新階段。取法文店名 La Couronne，就是這兩位年輕人「李平耀與李平順」的主意。平耀學餐飲，平順學烘焙，都是專業科班出身，加上父親的親手調教，因此「皇家」一開張就打響了名號。

本來，記者爲李家父子三人拍了一張很不錯的照片，但是應他們的要求，沒有在此刊登。李家父子不想曝光，他們認爲做生意還是低調些比較好，記者只好恭敬不如從命。

李家於 1998 年移民來紐，三個月後「祝福」就在奧克蘭 Royal Oak 區開張。自十四歲即踏入糕餅業的李老闆說，他結婚後在南投自行創業時，即以「祝福」爲名，一直延用到今年四月一日，才由「皇家」取代。

談到新店名，也有一番曲折。李老闆說，原先用「皇家」的英文名 Royal 去辦理登記，卻未獲准。因而兩個兒子才決定改用法文名 La Couronne（指皇冠）登記，而中文名「皇家」則保留使用。

「皇家」座落於市區的精華區，難得的是，店面與後面廠房的面積合起來即高達四百平方公尺。顧客只能感受到店面的開闊寬敞；其實看不到的廠房是店面的好幾倍大。李老闆透露，店面與廠房的整理裝修，整整費時七個月。

跟以前的「祝福」比起來，今日的「皇家」店面更大，產品更多樣，當然員工也更多，廠房設備也陸續添購中。記者在場感受到的是，一片欣欣向榮的景象。

李老闆對於自家將近一百種台式與西式的麵包糕點如數家珍。他強調，麵包都是每日當天新鮮出爐的，絕對不賣隔日貨。週一至週五每天出爐兩次：早上十點與下午三點；週六與週日則只在早上十點出爐一次。

這位老頭家說，糕餅業是良心事業，因此，不論「祝福」或「皇家」，所有的產品都絕不添加防腐劑。此外，爲了確保麵包的品質，所有的內餡都完全自做。

置身穿梭於「皇家」的眾多產品中，感覺每一樣都讓人垂涎，一時之間要決定買些什麼竟成爲很困難的抉擇；也因此更羨慕在市區的學生與上班族，能隨時吃得到「皇家」每天新鮮出爐的麵包及別地方買不到的台灣糕餅。

「食好湊相報」，希望三不五時到市區辦事或逛街的台灣鄉親，要記得抽空到「皇家」採購一些有故鄉風味的糕餅，以稍解鄉愁！

（原載《台鄉通訊》第30期，2010年8月）

《台鄉通訊》五周年認親結緣正當時

歡迎大家今也日來參加「台灣同鄉會十七周年暨《台鄉通訊》五周年慶祝餐會」。與人上歡喜的是，下暗在座的鄉親攏是咱的會員、咱的支持者、咱的贊助者，攏是咱家己人。上遠的是位陶郎加（Tauranga）駛車來的廖純義跟吳馨玉翁也某。

講是慶祝餐會，實際上應該是感謝餐會。台灣同鄉會在這要向在座的鄉親說多謝，感謝大家這濟年來的支持，尤其是對《台鄉通訊》的贊助。

《台鄉通訊》是 2006 年謝水發教授接任同鄉會會長以後，伊帶頭出錢出力開始發行的。頭二年是月刊，每個月出一擺，2008 年開始改做雙月刊，到現在是第五年。

咱攏曾聽過一句話講，「若要害一個人，就叫伊去辦報紙亦是雜誌。」對同鄉會來講，發行《台鄉通訊》是大挑戰，因爲同鄉會無經費，嘛沒接受任何政府的補助。所以，《台鄉通訊》完全是靠鄉親的廣告贊助跟個人的捐款。五年來，看到每一期《台鄉通訊》攏順利出版，實在眞感恩。因爲有這濟鄉親出錢出力，台灣同鄉會才會當長期出版這本雜誌，免費送與咱的鄉親看。

在這兒，我順便要做一個廣告，就是咱有需要的時陣，儘量去給咱的鄉親交關。親像咱下暗的餐會，就在咱鄉親所經營的羊城小館舉行；咱若要轉去台灣，就愛去「佳麗寶」找周太太買紐西蘭特產。平平錢要與人賺，咱就愛與家己的鄉親賺。

下暗有另外一項代誌要給大家報告。我頂個月有去英國倫敦參加第37屆世台會年會。這屆年會的主題是「團結、行動、救台灣」，主要是討論今年11月27的五都選舉。其中東吳大學的羅致政教授有分析講，五都的人口合起來佔全台灣的60%，所以五都選舉是眞重要的關鍵，會使講是與台灣人一個機會對馬英九政府做「不信任投票」。而且全世界的人嘛在注意，因爲由這擺選舉的結果會當看出，台灣人是不是同意馬英九要跟中國統合的做法。

咱鄉親自2008年5月以來，講到馬英九政府的所作所爲，就眞受氣，有時嘛眞驚惶，心情眞鬱悴。但是無論咱焉怎罵、焉怎受氣，伊攏無要插咱，無就怪講，一切的不對攏是民進黨執政八年所造成的！這種總統，咱豈猶更有法度忍受？咱若無法度忍受，咱就愛行動，咱愛用選票來制裁伊，咱愛與全世界的人攏知也，「台灣人無要做中國人。」

在9月17蔡煌瑯立委來奧克蘭演講的時辰，伊講，

歡迎
蔡煌瑯
台灣立委余天先生
紐西蘭台灣同鄉會
周年認親結緣正當時

「愛趁今也猶會赴的時辰來救台灣。」伊更講，「要救台灣，無需要武力革命，無需要拿刀動槍，只要買一張機票，轉去投票。」

在這兒，我要跟咱鄉親共同勉勵的是，咱用作義工的「歡喜心」來做台灣的義工。咱大家今也日會當在紐西蘭做台灣的義工，嘛是上帝所賞賜的一種恩典，一種福報。咱愛珍惜這種福氣，咱大家做夥打拚。感謝大家！

（編按：有 120 多位台灣鄉親出席了 9 月 27 日假羊城小館舉行的「台灣同鄉會十七周年暨《台鄉通訊》五周年慶祝餐會」。爲了讓當晚向隅的鄉親也能分享台灣同鄉會的感謝與期許，特將蔡逸價會長的台語致詞全文刊登。）

（原載《台鄉通訊》第 31 期，2010 年 10 月）

南島十日自由行

日前，筆者夫妻兩人接受好友謝教授及其公子 Simon 盛邀，乘坐他們父子的駕車同遊南島十日。相對於謝家父子有多次駕車遊南島的經驗，筆者夫妻兩人雖曾數次去過南島，卻是首次體驗這趟從奧克蘭開車出發至南島，來回共計 4,044 公里的長途旅程。在此特將其中的部分見聞與鄉親讀者分享。

第一日 Auckland → Wellington → Blenheim

約上午九時從奧克蘭出發，走 1 號公路，轉 2-27-1-32-41 等公路，再接回 1 號公路，在下午 5 點半前抵達威靈頓碼頭，搭 6 點 25 分的渡輪至 Picton，接著開車到 Blenheim 過夜。

第二日 Blenheim → Kaikoura → Christchurch

先到 Kaikoura 吃龍蝦與賞鯨。龍蝦新鮮味美，大家的經驗應該大同小異；賞鯨則際遇有別。有時海浪大，賞鯨船不出海。我們這次運氣甚佳，天氣不錯，當天出海的每艘船都看到鯨魚。

買票時，那位毛利先生特地叮嚀，要好好保管繳費收據。他解釋說，如果看不到鯨魚，可退款 80%。

我們那艘船準時出發，約一小時後看到第一隻抹香鯨（sperm whale），船即停留在海面上，讓遊客仔細欣賞牠在浪濤間翻跟斗的英姿。過了一會，船即轉移陣地，加速前進，去找尋別的鯨魚。沒多久，卻聽到船上廣播說，有位遊客在甲板上跌倒，撞到頭部，船須趕緊返航，送他就醫。回程途中，我們看到另外兩隻鯨魚，此時船上又廣播說，因救人要緊，不能停下賞鯨，此次行程縮短，每位遊客可選擇免費參加另一次賞鯨或退費 40%。

數年前，我們在加拿大 Halifax 出海賞鯨，什麼也沒看到，也沒聽說有什麼退費的辦法。相較之下，Kaikoura 的業者實在是厚道。

夜宿基督城。

第三日 Christchurch → Queenstown

在離開基督城前，我們先前往 2 月 22 日地震受損最嚴重的市中心。整個市中心，以 Canterbury 大教堂爲中心點，東西南北各五條街的範圍，全都封鎖，有士兵站崗，不得進入。我們在外圍道路繞了一圈，見到路旁仍有不少斷垣殘壁，市中心的慘狀就不難想像了。Motel 的老闆說，市中心約有 80% 的建物受到嚴重損害，他認爲在原地重建困難費時，也許在別區重建市中心較容易些。

這天的路程是先走 1 號公路，接著由 79 號公路轉 8 號公路，路過風景優美、人煙稀少的 Lake Tekapo 與 Lake Pukaki，然後經由 Cromwell 進入皇后鎮。

第四日 Glenorchy&Paradise

參加一項生態之旅。旅程從皇后鎮 Lake Wakatipu 的源頭 Glenorchy 開始，先搭巴士到更北邊的 Paradise，然後徒步穿過一山毛櫸原始森林，抵達 Dart River 岸邊搭 jetboat。

Jetboat 是此旅程的高潮，船先沿著 Dart River 往北，直到與 Mt Aspiring National Park 的交界處，接著回頭往南，到與 Lake Wakatipu 的交界，然後在 Glenorchy 上岸。jetboat 總計一共行駛了 64 公里長。

這個號稱紐西蘭最驚險刺激之旅的整個過程皆有專人詳細解說，我們好像上了一堂生態歷史課，成果豐碩。此區早已由聯合國教科文組織（UNESCO）列爲世界遺產，其間有媲美 Milford Track 的登山步道，附近的 Mt Earnslaw 是毛利人的歷史勝地，更是電影「魔戒」（The Lord of the Rings）一片中的場景。

第五日 Doubtful Sound

早上七點由皇后鎮出發，到 Manapouri 搭 9 點 45 分的船。Lake Manapouri 是紐西蘭第二深的湖，是前往 Doubtful Sound 的必經之處。小鎮位於湖的東南邊，船行 45 分鐘後，在湖的西邊上岸，上岸處是 Manapouri 水利發電廠所在地，一九六〇年代興建電廠時，築有一條紐西蘭最貴的公路通往 Doubtful Sound。

巴士帶著我們走過這條公路，然後搭船遊覽紐西蘭最美麗的峽灣。峽灣內風平浪靜，但船一駛到 Tasman Sea，風與浪即爭相爭鋒發威。讓遊客體驗了海面的威力後，船即返航。

回程的巴士帶遊客進入隧道參觀 Manapouri 發電廠。此發電廠建於地下 180 米處，於 1969 年完工啓用，是抽取 Lake Manapouri 的水，利用湖面與發電廠渦輪的垂直 200 公尺落差發電，發電後的水則排出到 Doubtful Sound。

此發電廠位於 Fiordland National Park 內，是開鑿堅硬的花崗石岩層而建成者，工程艱鉅，立有一碑紀念爲建造此發電廠而犧牲的工人。

第六日 Queenstown → Wanaka → Haast → Fanz Josef

離開皇后鎮後往北走，先到 Wanaka，接著走 6 號公路繼續北上，經過 Lake Hawea 與 Lake Wanaka，以及經列爲世界遺產的最美公路 Haast Pass。不久，6 號公路往西行到 Haast，然後沿著西海岸（West Coast）往北走。

我們在 Knights Point 稍作停留觀景，那時已是黃昏，sandflies 猖獗異常，我們一時大意，忘了關車門，這些惡蚊即入侵車內，我們四人雖努力奮戰，卻仍個個掛彩，往後幾天，每天都得冰敷、擦藥。

夜宿 Franz Josef。

第七日 Franz Josef → Greymouth → Westport

上午就近去 Franz Josef 冰河，來回走了約兩小時，是這次旅程中步行最久的一次。接著沿途在 Ross（有金礦）、Hokitika、Greymouth 等地稍作停留。Greymouth 是西海岸最大的城鎮，也是馳名的穿越南阿爾卑斯山的高山火車起訖點，東邊的起訖點在基督城。

Franz Josef 冰河。

在抵達 Westport 前，令

人印象最深刻的是位於 Paparoa National Park 海邊的 Pancake Rocks。這些石灰岩（limestone）與沙岩（sandstone）經幾千萬年海風與海浪的侵蝕，形成非常獨特的景觀。

夜宿 Westport。

第八日 Westport → Nelson

先走 6 號公路，然後轉接 60 號公路，在 Takaka Hill 唯一的 Café 用餐，吃到最美味的蕃薯派。女主人非常熱心，提供我們附近地區當天下午的天氣與旅遊資訊，讓我們不用走冤枉路。

離去前，竟然碰到一位台灣小姐走進 Café 問路。交談之下，知道她是台南人，已來南島打工度假（working holidays）四個月。看她年紀輕輕，開著一輛老爺車，單槍匹馬在異國闖蕩，眞是勇氣可嘉。

我們聽從 Café 女主人的建議，先前往位於 Kahurangi National Park 的 Pupu Springs 遊賞，那是毛利人的聖地。接著到 Golden Bay 的 Abel Tasman Memorial，從那兒遠眺我們原本要去的 Farewell Spit。當時天氣欠佳、視線不好，反而從照相機的觀景窗還看得清楚些。

此處會有 Abel Tasman 紀念碑，是因爲他是第一個發現紐西蘭的歐洲人，他的船隊曾想在 Golden Bay 登陸，但因故未成。

夜宿 Nelson。

第九日 Nelson→Blenheim→Picton→Wellington→Wakanae

這天的重頭戲是拜訪酒莊。Malborough 地區因陽光充足，已成爲紐西蘭最大的葡萄酒產區。我們走 6 號公路，在抵達 Blenheim 前的路段，大小酒莊接連不斷。道路兩旁的葡萄園整齊美觀、賞心悅目。我們先去了幾家小酒莊（boutique wineries），可惜皆未開門營業；後來去了 Villa Maria 與 Brancott Estate 才達成品酒與買酒的願望。

南島之行到此已近尾聲。我們搭下午 6 點 5 分的渡輪離開 Picton，三小時後抵達威靈頓，接著開車到 Waikanae 的 motel，正好是晚上十點。

第十日 Waikanae → Lake Taupo → Auckland

走 1 號公路經陶波湖，在 Tirau 接 27 號公路，接著沿著 2 號與 1 號公路，在晚上七時前回到奧克蘭。

後記

此次南島之行所經之處，盡是國家公園與森林公園。不論是高山或平原、陸地或海面湖泊，各式美景自然天成，加上嚴謹的環保措施，紐西蘭堪稱是世界上數一數二的美麗國家。我們能安居在這塊山明水秀的土地上，是何其有幸！

（原載《台鄉通訊》第 33 期，2011 年 4 月）

「順泰」引進台灣食品的先鋒之一

常會聽到一些移民前輩說，九〇年代中期以後才移民紐西蘭的台灣鄉親，跟他們比起來，實在幸福多了。爲什麼？因爲隨著亞裔移民的大幅成長，在很多亞洲食品雜貨店都買得到，大家「每日思思念念」的台灣食品。而「順泰食品貿易公司」的劉文雄與劉賴滿夫婦，就是造福鄉親的台灣食品進口先鋒之一。

順泰食品的所在地 Bishop Lenihan Place，位於奧克蘭東區的大馬路 Ormiston Road 旁，交通便捷，是新開發的商圈。劉家係於 2008 年購置此建坪 550 平方米外加 29 個停車位的產業，一半作倉儲，另一半作食品展示廳。

劉太太阿滿謙虛地說，順泰會有今天的成果，其實是「無心插柳柳成蔭」。

劉家算是早期的台灣移民。爲了孩子的教育，於 1989 年帶著兩個年幼的兒女來到奧克蘭。對於最初幾年的移民生活，阿滿有相當美好的回憶。她說，那些日子，孩子上學、先生打球，她自己則去 AIT（現為 AUT）唸英文，與老師、同學間有相當好的互動，生活充實，感覺上蠻融入

Kiwi 的生活文化。

阿滿出身員林的蜜餞世家，順泰是她娘家父親的商號，後由姊姊與姊夫一家接手。起初是姊夫希望將「順泰蜜餞」銷到紐西蘭，阿滿義不容辭，拿著娘家託人帶來的蜜餞，到處請人試吃。各方反應不錯後，於 1998 年開始以散裝貨櫃進口，再批發給各亞洲食品雜貨店賣。

談到當年移民生活的這個大轉折，阿滿說，對自家「順泰蜜餞」的絕對信心，以及先生、孩子和娘家姪女的支持與鼓勵，是劉家成爲紐西蘭台灣食品進口商的兩大原動力。

剛開始是以自家的車庫充當倉儲。2000 年以後，亞洲移民陸續增加，對於台灣食品的需求量也愈來愈大。由於每個月有自己的專屬貨櫃進來，需要更大的倉儲空間，劉家就到外面租倉庫，由一間漸次增加到六間，一直到 2008 年買了現址，才有了自家固定的倉儲。

進口的台灣食品也隨著需求的成長而跟著多元化。阿滿說，她喜歡開發新商品。因爲娘家從事蜜餞生產事業，她自小就對各類食品有濃厚的興趣，因此碰到客戶建議某項產品，她就會盡力回台灣去找，然後進口來紐西蘭。尤其後來也有數位台灣鄉親從事相同的行業，進口的食品難免會有雷同，開發新產品就更形重要了。

順泰食品現址有多間廚房設施，可以經營餐飲廣場

（foodcourt）。阿滿說，各式台灣小吃是海外鄉親的最愛，她的夢想是有朝一日能在「順泰」現址將台灣小吃發揚光大。聽她娓娓道來這個願景，記者也覺得既興奮又期待。

談到此處，劉文雄先生從外面回來了，他熱情地招呼我們，並且很快地端出一盤熱騰騰的芋泥包子，讓人不禁食指大動。

看到大家吃得津津有味，劉先生解釋說，這是他們獨家代理的「奇美」冷凍食品，是 2008 年才開始進口的，口碑一直很好，也常是劉家自己餐桌的主食。

「順泰」進口的台灣食品，遍佈紐西蘭各大城市，奧克蘭以外，如但尼丁（Dunedin）、基督城（Christchurch）、威靈頓（Wellington）、北帕莫爾斯頓（Palmerston North）與陶朗加（Tauranga）等地，都可以買得到。

看來，台灣食品在紐西蘭是很有「人氣」的。但是，劉先生指出，對台灣的出口廠商而言，與外銷日本、美國、加拿大等地比較，紐西蘭的市場規模是很小的。他舉例說，某單項產品外銷美國一次就有數個貨櫃；而外銷紐西蘭是好幾種產品共用一個貨櫃。基於這個現實因素，有時碰到季節性缺貨，如農曆春節期間，紐西蘭的消費者就得等比較久了。

劉家夫妻兩人聯手同心，打造了今日頗具規模的「順泰食品貿易公司」。阿滿回憶說，起初數年，兩人是老闆兼夥計，也就是台語所說的「校長兼撞鐘」。十幾年來，隨者業務的成長與歲月的添增，才漸漸僱用員工，現在一共請了五個人幫忙。

外表仍然年輕有勁的劉家夫妻兩人早已進入空巢期，兩位兒女皆已完成學業，獨立自主，現定居雪梨，兒子從事重金屬樂器的貿易，女兒則爲醫生。毫無後顧之憂的夫妻倆，公司業務就是他們的生活重心。

談到這幾年全世界景氣欠佳所帶來的衝擊，劉先生說，景氣不好逼得消費者省吃儉用，再加上同業之間的競爭，因此公司的利潤明顯受到了影響。

不過，劉家夫婦對於經營「順泰食品」仍是信心十足，而且樂在其中。員工是週休二日，他們倆則是連週末也到公司上班，週間的五天更是每天工作十二小時以上。阿滿說，公司有五位員工就等於是爲這個社會提供五個工作機會，而且也讓在紐西蘭的鄉親吃得到台灣食品。她開心地說，光想到這些，就覺得蠻有成就感的。

看到她這麼有敬業精神，記者不禁對劉先生說，「您前世一定有做什麼好代誌，才能娶到這個秀外慧中、內外兼備的牽手。」

在專訪結束前，劉文雄伉儷同聲強調，在海外創業實在艱難不易，「順泰食品」由衷地感謝鄉親及各商家 10 多年來的支持及愛護，往後會繼續努力去尋找更健康的產品來服務鄉親。我們在此也祝福順泰在未來的發展能更上一層樓。

（原載《台鄉通訊》第 34 期，2011 年 6 月）

中美洲哥斯大黎加與巴拿馬見聞記

前言

世界台灣同鄉會聯合會（簡稱世台會）於2011年9月23日至25日在中美洲哥斯大黎加首都聖荷西（San Jose）舉行第三十八屆年會。約四百位來自世界各地的台灣鄉親於會後浩浩蕩蕩地同遊哥斯大黎加與巴拿馬兩國，在此特將其中的部分見聞與鄉親讀者分享。

我們同行的四位台紐人是所有與會鄉親中路途最遙遠、機票最貴者（大約是台美人的兩倍）。我們搭乘智利航空（LAN）從奧克蘭飛抵智利首都聖地亞哥（Santiago），在機場等了13小時後，轉搭巴拿馬航空（Copa Airlines）到巴拿馬市（Panama City），然後再轉機到聖荷西，全程共費時33小時。

在巴拿馬機場候機室打盹時，隱隱約約聽到另一方向有台語的交談聲，趕緊過去探個究竟，原來是巴西台灣同鄉會的吳會長及團員，他們一共是八人。於是兩國12人同機飛往聖荷西。一抵達出關，即有哥斯大黎加台灣協會的鄉親熱情親切地接機，讓我們每個人心頭就像哥國的氣溫一樣暖暖的。

這次大家踴躍與會，住宿與開會都不成問題，但旅館的餐廳無法同時間容納400人用餐，因此午餐得另闢一場所，晚餐得分批進行。大會後的旅遊行程，也得分成兩大組交叉進行，而且每個人都有個別的識別卡與詳細的旅遊行程資料。這麼複雜繁瑣的工作，全由世台會的程會長與張副祕書長兩人承擔執行。程會長笑說，經過這次的歷練，她們兩人將來可以改行經營旅行社。

哥國為中美洲的花園

哥國國名 Costa Rica，爲豐庶海岸之意，地處亞熱帶，風景優美，有「中美洲花園」之美譽，土地面積大約是台灣的一倍半，人口接近四百萬，其中台灣鄉親約500戶。九月是當地的雨季，濕熱的氣候與台灣非常相似，幾乎每天午後都有「西北雨」。

聖荷西是哥國首都，但市區規模不大。大會結束當日，我們到距市中心約一小時車程的 Doka 咖啡園參觀及午餐；接著轉往 La Paz 瀑布花園，參觀蝴蝶館與蜂雀（hummingbird）園。蜂雀是美洲特產的鳥。

另外，我們在哥國的自然生態悠閒之旅有兩處：北部 Guanacaste 省太平洋海邊的 Playa Conchal 與中部 Arenal Volcano Area 溫泉區。前者住的是海濱渡假村，範圍很廣；村內有網球場、高爾夫球場、健身房、游泳池、表演舞台、不同風格餐廳等，整日有 Shuttle 巴士不斷穿梭其間。後者住的是世界數一數二的溫泉渡假村。在泡溫泉時，可看到 Arenal 火山口冒著煙。但這不算什麼。有幾位台美人說，他們幾年前來此，泡湯時竟親眼目睹火山爆發的璀璨美景，讓人既羨且妒。

哥斯大黎加的「台灣友誼大橋」。

特別值得一提的是，在我們前往 Playa Conchal 的途中，經過哥國最長的一座橋，名爲「台灣友誼大橋」，是 90 年代李登輝總統在任時爲哥國建造的。隨團的哥國導遊說，哥國人民對台灣頗有好感，對其政府放棄台灣，改與中國建交，完全不解，而且事前全不知情。

搭機出狀況

從聖荷西飛往巴拿馬當天，有 26 位鄉親遇到特殊狀況。這次要前往巴拿馬旅遊的鄉親，都早在今年五月初就買了這段機票，而且是集中在上午六時與八時這兩航班，以便能趕上在巴拿馬市午餐與市區觀光。沒想到在 check-in 八時的航班中，櫃台突然宣佈說，八時的航班已滿，請我們改搭下午兩點半的班機，理由是機位超賣（overbooking）。

包括我們四位台紐人在內的 26 位鄉親，只好全站在櫃台前抗議，由程會長與航空公司談判。當談判陷入膠著時，正好有位原來熟識的哥國鄉親前來。會說西班牙語的他使談判順利了許多。最後的結果是，我們改搭上午 9 點 50 分的班機先往北飛到宏都拉斯（Honduras）的首都 Tegucigalpa，然後才南飛巴拿馬。抵達巴拿馬市已是下午兩點半，Copa 航空公司派了兩位工作人員招呼我們通關，更派了一部車載送我們到原本要吃午餐的運河餐廳（Restaurant Mirafloure）用餐。但市區觀光就被犧牲了。我們 26 人只好自我解嘲：有得有失，多了宏都拉斯，少了巴拿馬市。

事後從各方了解才知道，Copa 是中美洲的獨家航空公司，機票貴、服務差。從聖荷西飛巴拿馬，飛行時間一小時，單程機票美金 500 元。這次厄瓜多台灣同鄉會的侯會長從首都 Quito 飛到聖荷西開會，單程機票是美金 1000 元。機位超賣更是家常便飯。有人前一晚在該公司網站確認並且劃了位，當天還是上不了飛機。幸好我們這次是大團體，談判籌碼較高；要是散客，大概只能逆來順受了。經過此事件，機票貴服務又差的 Copa，成了我們印象中的「可怕」航空公司。

巴拿馬運河

巴拿馬（Panama）國名爲物產豐富之意，全國面積大約是台灣的兩倍大，人口約 250 萬，其中台灣鄉親約 150 戶。首都巴拿馬市高樓林立，號稱是拉丁美洲的摩天大樓之都。這個國家因運河而馳名全球。

於 1914 年通航的巴拿馬運河，80 公里長，是貫穿美洲大陸最狹窄處的巴拿馬地峽，溝通太平洋與大西洋的水閘式運河，大大縮短了兩大洋間的航程。美國東西岸間的航程，走這條運河，要比繞道南美洲合恩角縮短約 13,250 公里。

船隻通過水閘時需先關閉前後兩端的閘門，以便高於海平面 26 公尺的湖水以動力流入。等閘內水漲船高後，船隻即由左右岸上的有軌電動牽引車，以繩索引導，牽引車同時也在船隻兩側引導前行，避免擦撞水閘側壁，牽引車之數目視船隻大小而定。據稱，每艘船不論東行或西行每次費時約 7 ～ 8 小時，加上排隊時間共需約 15 小時。

運河因寬度不夠，不能通行航空母艦和巨型油輪，所以巴拿馬政府目前正在進行擴建工程，預計 2014 年完工，屆時將有更多的巨輪能穿越其間。

我們先在巴拿馬市參觀太平洋這邊的望花水閘（Miraflores Locks），然後另一天再搭乘火車到大西洋岸的柯隆市（Colon City），參觀那邊的卡登水閘（Gatun Locks）。在卡登水閘時，當大夥兒聽到「歡迎台灣遊客」的廣播時，不禁大聲歡呼。在巴拿馬停留的五天期間，除了運河，我們還參觀了森林景觀區、地熱、印第安原住民村等。

巴拿馬的治安不佳。在我們抵達前不久，發生了五位華裔青年遭綁架殺害之事，因此主辦單位對於大家的安全不敢掉以輕心，每輛遊覽車都有警衛或當地鄉親隨行，以策安全。另外，原來預定的逛柯隆免稅區行程也只好取消了。

不過，巴拿馬政府倒很照顧外來遊客。每人一入境，即給予 30 天免費醫療保險。更出人意料之外的是，這保險後來還眞的派上用場。我們這組兩輛遊覽車的鄉親去參觀印第安原住民村時，不經意地跟著當地的孩子去涉溪，碰到大雨山路很滑，有幾人跌倒受傷，回巴拿馬市後去醫院檢查治療，完全免費。

回程轉機的小插曲

我們四位台紐人回程仍經智利聖地亞哥轉機。這次候機時間較短，只有四小時。不意，在智利航空（LAN）的轉機櫃台辦 check-in 手續時，卻發生了一段令人焦慮的小插曲。LAN 職員拿了我們的護照與機票，敲了好半天的電腦後卻說，「找不到你們的訂票資料，所以你們得另買四張從聖地亞哥到奧克蘭的機票，或者與賣票給你們的旅行社聯絡查詢。」這眞如晴天霹靂，我們幾乎同聲叫說，「這絕對不可能，我們這四張票早在今年五月初就付錢買好了。」

那位職員只好繼續敲電腦、打電話，折騰了半天，好不容易才說，她找到了我們其中的一張票；她再接再厲，又找到了第二張；最後找到了另兩張。她前前後後總共花了兩個小時，我們四人就在櫃檯前，心情七上八下地從頭站到尾。最後問她，「爲什麼有這種烏龍事？」原因很簡單：電腦系統出了問題。

這次整個旅程的最後一段，終於讓我們很順利地飛抵奧克蘭，進關時聽到了移民局官員的一句「Welcome home」時，心中有說不出的舒坦。

（原載《台鄉通訊》第 36 期，2011 年 10 月）

春節竹苗客家民宿與古蹟巡禮

今年農曆春節假期，對我們八十五歲的老母親來說，意義最為重大。這是近三十年來首次，她的四個女兒及女婿同時在台灣，一起陪她過年。為此，住在台灣的兩個女兒早在去年八、九月間即開始規劃一趟三代一起出遊的行程，目標鎖定在竹苗地區的客家聚落，住宿則以民宿為優先考量。

農曆大年初一當日，我們一家三代十一人分別開著三部車，從嘉義出發。大夥兒先在嘉義市區的麥當勞餐廳用過午餐後，才悠閒上路。第一天的目的地是苗栗縣南庄鄉的「容園谷景觀渡假山莊」。中山高的路況還不錯，只有中部地區下交流道處有堵塞的情況。但一轉到鄉間道路時，卻走錯路，耽誤了一些時間，還好仍來得及在「容園谷」喝下午茶。

容園谷

路過南庄鄉街道時，但見人潮洶湧，還有警察指揮交通。但車子一離開市街，轉往鄉間小道後，卻是一大片青翠寧靜的景觀。我們抵達「容園谷」時，正下著毛毛細雨。在佔地兩公頃的山坡地中，見到高處佇立著一棟遊客住宿樓房，而我們喝下午茶的咖啡廳則是在停車場附近的另一獨立建築。其間林木扶疏，有步道、水池等，視野遼闊。遠眺更見四周山巒環繞，也聽得到溪流的潺潺水聲。這彷如世外桃源的景觀，是園主積二十年功夫的精心傑作，園中的一草一木都是他本人所親自栽種。置身園中，不由得讓人讚嘆園主的用心巧思與大自然的孕化。

而爲了讓留宿客人能徹底遠離塵囂，「容園谷」內沒有電視，也收不到手機訊號。

晚餐是女主人親自調理的一桌宴席，是客家菜、台菜與西式料理的綜合傑作，細緻可口，加上我們自備的美酒，大夥兒吃得不亦樂乎！偌大的餐廳完全爲我們一家人專用，無拘無束，快樂自在。老母親最高興，頻頻舉杯，要大家好好享用這美酒佳餚，後來更隨興高歌一曲《醉規瞑》。兒孫輩不讓老人家專美於前，也一一輪流表演，或唱歌或說笑話。大夥兒笑鬧不斷、樂趣無窮。後來碰到園主，當我們爲晚餐的喧嘩吵鬧向他致歉時，他不但不以爲意，反而說，很感謝我們一家人帶來的快樂年節氣氛。

北埔

第二天吃過稀飯早餐後即揮別「容園谷」，前往第二個目的地，位於新竹縣峨眉鄉石井村的「一家三國」。途經有豐富客家文化的北埔鄉，當然不能錯過。這天是大年初二，雖然下著雨，北埔老街還是人擠人。我們大夥人因此也分成數路人馬，直到在慈天宮前找到一家客家菜餐廳，才以手機聯絡集合用午餐。

大家各有斬獲，有在路邊攤買的熱甘蔗汁、鼠麴粿等，有在百年「瑞源餅行」買到的竹塹餅、綠豆凸等。其實，北埔最有名的特產是客家擂茶與俗稱「膨風茶」的「東方美人茶」；還有果實小甜度高的「石柿餅」，但真正不摻防腐劑的石柿餅，必需冷凍保鮮，無法在常溫中販賣。北埔是清據時代北台灣最大的隘墾區，現今仍有不少當年拓墾的遺跡與歷史建築，很值得改日再專程一遊。

一家三國

「一家三國」民宿是因「一個家庭、三個成員、三個國籍」而得名。爸爸是台灣人，媽媽是馬來西亞人，兒子是加拿大人。女主人 Peckhee 是靈魂人物，曾留學英國十年，能說多種語言，如台語、客家話、廣東話、馬來話、華語、英語等，因此特別標明其為「雙語民宿」。走筆至此，才忽然想到，當時應向 Peckhee 提議，將「雙語民宿」改為「多語民宿」似乎更為貼切！

我們三部車費了好一番工夫才找到「一家三國」，它位於一條產業道路的盡頭，在一大片橘子園的山坡地上方；它是以加拿大木屋為藍圖而建造的兩層樓大木屋。室內擺設皆為英國維多利亞式的桃花心木傢俱，搭配第凡內風格燈飾，可說是一棟非常「歐式」的渡假屋。

下了車還未進門，大夥兒即興奮地採摘路旁的橘子吃將起來。出來迎接我們的男主人要我們不用急，說屋裡備有頂級的「帝王柑」供大家品嚐。這有機的帝王柑皮薄汁甜，因產量少而珍貴。我們十一人分享了兩個後，皆異口同聲讚好，因此馬上決定買一些帶回去。「一家三國」所種的其它品種的橘子也是有機的，Peckhee 用陳皮煮紅豆湯給我們當下午茶的點心，橘子蛋糕是晚餐後的甜點，早餐的麵包有橘子果醬可塗。

Peckhee 見多識廣，非常健談，而且多才多藝，屋內的字、畫及磁器彩繪幾乎全都是她本人的作品；而我們的晚餐及早餐也是她一人包辦，沒有任何幫手，因為男主人在黃昏時分就下山回他倆自己的家了。當晚，住宿客滿，我們一家人住了五個房間，剩下的另一房由另一個家庭住，女主人只好睡儲藏間。隔天小妹悄悄告訴我，女主人一定沒能睡好，因爲她清晨五點多即起床做麵包。看來，經營一家民宿是很不容易的。

卓也小屋

我們的第三個目的地是苗栗縣三義鄉的「卓也小屋」，理所當然順道先去逛三義木雕街並品嚐道地的客家菜。兩旁停滿了車的馬路上各式車輛緩緩前進，人行道上摩肩接踵，幾乎每家雕刻藝品店都是顧客盈門，餐廳也是間間客滿，眞是盛況空前。

車子由木雕街轉入苗 130 號縣道，在蜿蜒起伏的山路上前行不久後，即到達「卓也小屋」。說起來似乎很輕鬆。其實，山路狹窄，到了目的地的入口，同時有多輛車子要進出，確實非常難走。還好，駕駛人的耐性與技術，加上民宿派有專人協助指揮，費了好大的功夫，才終於有了圓滿的結局，大家也才鬆了一口氣。

「卓也小屋」給人的第一印象是古早台灣的小村落。在地形蜿蜒起伏、林蔭夾道間，有不同式樣以竹子茅草搭建的門戶。這裡當初是一塊荒廢的梯田，業主依著地形一小區一小區地闢建小小房舍，盡力做好水土保持，並儘量利用回收資源當建材。茅草屋內最大的特色是俗稱「古亭畚」的「穀倉」睡房。因此，雖然屋內現代化的設備如電視、冷暖氣等樣樣齊全，但仍有那麼一點早期台灣農家的味道，讓人覺得很溫馨。

晚餐是健康養生的創意料理。全素的五道創意菜加火鍋，全是這家民宿自種的有機蔬菜，讓大夥兒很放心地大快朵頤。餐廳生意很好，有些人只是來吃晚餐，而不住宿。

勝興火車站

第四天是這次旅程的最後一天。在打道回府前，我們特地前往附近的苗栗縣級古蹟「勝興火車站」巡禮一番。

「勝興火車站」建於日治時期 1903 年，海拔標高 402.326 公尺，是台灣西部縱貫鐵路的最高點，也是舊山線火車自三義站開出後的第一個停靠站。整棟火車站的建築特色是，以木頭爲建材，每根標柱都完全不使用釘子。車站原名爲「伯公坑」信號場，後改爲「十六份」信號場，1935 年又改爲「十六份驛」，開始客貨運業務，直到 1998 年 9 月 23 日才停用。

苗栗縣勝興火車站。

這天的「勝興火車

站」、鐵軌、站前街道等處人山人海。鐵軌上有兩列燒煤炭，看似玩具的小火車供人乘坐，生意奇佳、班班客滿，而且得排隊等候。懷舊的觀光人潮洶湧，塞滿了「勝興火車站」，構成了一副躍然山谷的賞春勝景。

回程中，大夥兒回顧這次的四天三夜之旅，難免對所到之處品頭論足一番，綜合起來的結論是，「各有千秋，相當滿意」。但大家最珍惜的還是，一家人難得聚在一起的快樂時光。

（原載《台鄉通訊》第37期，2012年2月）

陳城濱醫師獲頒「紐西蘭年度風雲人物獎」

紐西蘭台灣同鄉會陳城濱（Philip Chen）理事，於去年底獲頒由 Kiwibank 所主辦的「紐西蘭年度風雲人物獎」（New Zealander of the Year Awards）。此獎共有五個項目，陳理事一人即獨得兩種獎項，其一為「本地英雄」（Local Heroes），另一個為「紐西蘭年度資深風雲人物獎」（Senior New Zealander of the Year）。頒獎人為前總理 Jim Bolger。

本刊記者在陳理事的針灸診所看到這兩張獎狀，一時的直接反應是「人氣眞好」，一次就獲頒兩種獎項。陳醫師卻表示，根本不知道是誰推薦提名他的。不過，鄉親讀者如果知道陳醫師的經歷，就會瞭解他的得獎是「實至名歸」；而台灣同鄉會與所有的台紐人也覺得「與有榮焉」。

陳醫師早在 1967 年即移民來紐，可說是最資深的台紐人。他於 1988 年自紐國農漁部退休後，即在奧克蘭 Remuera 區開設針灸診所，並同時加入如扶輪社（Rotary Club）與草地保齡球俱樂部（lawn bowling club）等社團。後來更陸續在夜間到學校攻讀好幾種語言課程。因此，除了原來就很道地的台語、客語、華語、英語外，他也操流利的日語、德語、毛利語等。此外，他亦學會其它多種語言的問候語，如西班牙語、法語、荷蘭語、東加語、薩摩亞語、印度語、菲律賓語、俄語等。他這種「活到老學到老」與積極服務社區的「退而不休」的精神，堪稱台紐人的典範。

其實，得獎對個性不喜歡出風頭的陳醫師並不陌生。他於 2008 年四月即獲頒國際扶輪社最高獎項 Paul Harris Fellow。Paul Harris 先生是國際扶論社（Rotary International）的創辦人。此外，奧克蘭戰爭紀念博物館（Auckland War Memorial Museum）於 2009 年所出版的《思想開放人物》（Open Minds）宣傳小冊內，更有陳醫師的微笑特寫大頭照，旁邊寫著「你可曾注意到，我們當年的『會心微笑』，就是這個神情？」（Have you ever noticed that knowing smile—that's what it was like in my day?）

雖然離開故國家園迄今已歷四十五載，陳醫師仍然時刻以台灣爲念。他特別叮嚀說，「很歡迎鄉親們有空到我診所讓我奉茶。」

（原載《台鄉通訊》第 38 期，2012 年 4 月）

「陳麗卿老師烹飪講習會」精采可期

大家期待甚久的「陳麗卿老師烹飪講習會」，將於6月20日上午在奧克蘭東區台灣基督長老教會舉行。陳老師說，很歡迎台灣鄉親，不論男女老少，踴躍參加。她特別叮嚀說，請大家事先向台灣婦女會或台灣同鄉會報名，以便確定參加人數，好準備當天的午餐食材。

移民紐西蘭廿多年來，陳老師一直是奧克蘭台灣僑界最知名的餐飲達人。她是專業的烹飪老師，也是不少餐廳掌廚的請益對象。這次爲台灣鄉親所舉辦的講習會，距上次已兩年多，機會難得，大家得好好把握。

現擔任台灣同鄉會副會長的陳老師，一向熱心公益，台灣僑界各式大型聚會的餐飲籌備工作，均非她莫屬，如2010年9月蔡煌瑯與余天兩立委的演講餐會，與2011年11月張富美前僑務委員長與徐國勇前立委的演講餐會，與會鄉親都在300人以上，其中餐飲工作的規劃與執行，都是陳老師一肩挑起，任勞任怨，令人敬佩。

陳老師最爲人稱道的是，每次教課均傾囊相授，絕不「藏私」，而且樂於與他人分享她的食譜。台灣同鄉會所發行的《台鄉通訊》，自 2006 年 5 月創刊以來，至今 39 期，陳老師的食譜從未缺席。

這次講習會將推出三道傳統台灣小吃：（1）淡水蝦卷（食譜見本刊 37 期）。（2）北部香菇肉粥（食譜見本刊 36 期）。（3）鴨蛋酥。

當本刊記者問到，爲何鴨蛋酥沒有食譜時，陳老師特別賣個關子說，將在講習會現場公開。不過，她還是透露說，鴨蛋酥其實是台灣古早的鄉村甜點，也是她外祖父家的私房點心，目前不要說在市面上買不到，甚至連聽都沒聽過。總之，她將在現場給大家一個驚喜。

陳麗卿老師烹飪講講習會公告

時間：2012 年 6 月 20 日（星期三）

9：45am ～ 12：00 noon

地點：奧克蘭東區台灣基督長老教會

（11 Vincent St., Howick）

費用：（每人 $5 含午餐）

主辦單位：台灣婦女會、台灣同鄉會

（原載《台鄉通訊》第 39 期，2012 年 6 月）

Whangarei四日遊映象

今年六月的初冬天氣是連續的濕冷，讓人禁不住想往北去避寒，卻又不想走得太遠，於是車程距奧克蘭約兩個半小時的 Whangarei 就雀屏中選。

以前是在往 the Bay of Islands 與 Far North 的來回途中，曾數度在 Whangarei 市中心稍作停留，參觀時鐘博物館與美術館等。這次，我們打定主意，要悠閒地在這個六萬人口的小城住三夜。

第一天約近 11 時才從家裡出發，於下午 1 時左右抵達我們的第一站目的地：Marsden Point Oil Refinery，正好來得及在此煉油廠附設的 Café 餐廳午餐。

Marsden Point 是一深水港，腹地平坦而廣大，因此 50 年前紐西蘭政府選擇在此興建全國唯一的煉油廠，於 1964 年正式開工運轉。自國外進口的原油在此提煉後，提供全國所有飛機與輪船所需燃料、80% 的柴油、50% 的汽油、80% 的柏油瀝青，以及爲製造肥料所需的全部硫磺。

此煉油廠有個設備完善的遊客中心，我們到訪的當天，可能因爲學校假期尚未開始，我們一家三口是僅有的訪客。先看 30 分鐘的影片介紹以及煉油廠模型的聲光秀，然後再參觀其靜態的展示，因此對整座煉油廠就有了清楚的概念，算是上了一堂很充實的課程。

我們在黃昏時刻前抵達 Whangarei 市，因此還有時間到位於國道一號路旁的旅遊資訊中心（information centre），詢問有關的景點與旅遊活動。看到隔鄰的 Café 高朋滿座，我們也跟著加入喝下午茶的行列，發現它的茶、咖啡、點心都很不錯，像是這個小城給我們的見面禮。

Whangarei 全區都在距太平洋海岸 40 公里之內，因此號稱其海岸線擁有 100 多個海灣與海灘，是水上活動愛好者的天堂。第二天，我們選擇去地形比較突出於太平洋的 Matapouri 海灣與 Tutukaka 海灣。

先抵達的是以白色沙灘聞名的 Matapouri 海灣，就在一條無尾巷的盡頭。偌大的沙灘呈半弧形，往前展望大海，一些小小島嶼或遠或近，美麗而寧靜，只聽得到海浪一波波衝擊沙灘聲，令人心曠神怡。

經過了好一陣沙灘海浪的洗禮後，接著往南到 Tutukaka。

Tutukaka 是有名的漁港，也是國內外潛水者與釣客的避風港。因冬季不是出海的季節，只見港內停滿了各式各樣的船舶，人煙稀少，顯得冷冷清清。我們就在港邊唯一的旅館餐廳用餐。除了有一開會團體外，我們是它僅有的散客，那位經理先生，對我們親切有禮，菜也做得可口，讓我們愉悅地享用了一餐美食。

其實，Tutukaka 是個小半島，以美麗的海岸線聞名。其海域是海洋保護區，也是國際著稱的潛水寶藏；其內陸則爲農田與茂密的林地。車子穿行其間，儘管車外寒風時或挾著細雨，舉目所見卻是令人賞心悅目的景緻。

對於喜愛動植物與林間漫步者而言，在 Whangarei 可到之處可謂不勝枚舉，有海岸、河道、與樹林步道，更有各式花木扶疏的公園、植物園、與花園。第三天上午，我們就去參觀了景觀別緻的「採石花園」（quarry gardens）。

這花園原本是個採石場，停止開採後，一群社區志工將其開發成亞熱帶型的花園，其中也包括各式本土花草樹木，範圍廣闊，景觀優美，有飛瀑、湖泊、野餐區及步道，讓人流連忘返。

Whangarei 港灣相當廣闊，是紐西蘭南北兩島東岸的最大港口，從市區碼頭到港頭（Whangarei Heads）的船隻進出太平洋處是一條 35 公里長的海濱大道。

我們在位於 Whangarei Heads 的一家 Café 用午餐。這家餐廳居高臨下、展望絕佳，我們一邊用餐，一邊欣賞船隻進出的美麗海景，對岸的 Marsden Point 煉油廠也看得一清二楚，眞覺得不虛此行。其實，這段路程的來回本身，不時有 pohutukawa 圍繞的海灣與美麗海景，都讓人驚喜。

第四天是星期六，市中心規劃有徒步購物區，我們把握機會在臨別前去湊熱鬧。在此區的數條街道內，各式商店與餐廳林立，顧客穿梭其間，加上街頭藝人的表演，生氣蓬勃，讓人幾乎忘了逼人的寒氣。

揮別 Whangarei 時，想到我們只是蜻蜓點水似地走訪了幾個景點，心中難免有幾許遺憾，但也堅定了我們將再度光臨的決心。

回程中，我們順道拜訪了在 Kaiwaka 退隱的好友廖兄嫂。他們夫妻倆胼手胝足，將原本一片荒野山坡地，開闢成種滿蔬果與花草的園地，並且將原來的農舍擴建完成，可以說士別五年有成！

這次廖兄嫂把自家所種、親手所製的土產傾囊招待與相贈，眞是卻之不恭，受之有愧，「有食更有拿」，

Tutukaka 港口。

滿載而歸！很感謝廖兄嫂的愛心與慷慨，讓我們回到奧克蘭後可與數位鄉親好友分享他們的收成，也讓我們這趟 Whangarei 之旅劃下了溫馨的句點。

（原載《台鄉通訊》第 40 期，2012 年 8 月）

西班牙世界文化遺產之旅

前言

第 42 屆歐洲台灣協會聯合會年會，於 2012 年 8 月 17 日至 20 日在西班牙馬德里舉行。150 多位來自世界各地的台灣鄉親，齊聚探討對母國台灣所懷抱的願景，其中有多位與會者早年曾遭中國國民黨政府列入黑名單。這些熱愛鄉土的優秀台灣子弟，當年只因勇敢表達對台灣前途的關心，也不理會當權者的威迫利誘，就得接受數十年不得返鄉的煎熬與懲罰。一位旅居歐洲的鄉親說，黑名單解除的第一年，他即返台八次，以稍解二十年有家歸不得之苦。事過境遷，當事人談及此事，語氣平靜；聽者卻是思緒澎湃、心痛不已。是怎樣的野蠻政權能這麼殘酷地對待自己的子弟？有幸能在年會結束後，與這些可敬的鄉親同遊西班牙中西南部，深覺與有榮焉！

台灣—西班牙歷史連結

這次西班牙中西南部之旅，所到之處幾乎盡是「聯合國教科文組織」（UNESCO）所認定的世界文化遺產。為了能更深入瞭解這些文化古蹟，我們行前就做好了一些功課。

西班牙所在的伊比利亞半島（Iberia Peninsula）先後有腓尼基人、希臘人、迦太基人、羅馬人等入侵。八世紀初，阿拉伯人的軍隊（西班牙人稱為摩爾人）入侵，並相繼在中西南部地帶，建立獨立的伊斯蘭國家。同時，北方弱小的天主教國家遂展開史稱的「收復失地運動」，直到1492年，伊莎貝拉女王與斐迪南國王聯合成立了「西班牙王國」，才結束了伊斯蘭將近800年的統治。同年，伊莎貝拉女王贊助哥倫布（Christopher Columbus）揚帆出海，發現了美洲新大陸，因而揭開了西班牙稱霸世界的序幕。

接下來的三個世紀裡，西班牙成為全球最重要的殖民國家，包括在1626-1642年間佔領台灣北部（包括宜蘭、基隆、淡水與大台北）。之後向當時佔領台灣中南部的荷蘭人投降並退出台灣。今宜蘭縣境內的三貂嶺、三貂溪、三貂角等，其「三貂」之名即由西班牙文Santiago的近似音而來的。

自18世紀末，歐洲的戰事逐漸拖垮了西班牙國力，海外殖民地也相繼獨立。到了廿世紀初，甚至爆發內戰，最後佛朗哥勝出並展開獨裁統治。佛朗哥與當時台灣的獨裁者蔣介石兩人惺惺相惜，直到兩人均於1975年去世為止。

佛朗哥去世後，西班牙王室復辟，成爲君主立憲國家。

Toledo、El Escorial、Segovia、Avila

這四個城鎮離馬德里不遠，可分別作一日遊。

Toledo在馬德里南方，車程約40分鐘。一進入市區沒多久，在一個觀景點下車，即可望見不遠處的山丘上，有座黏土色的中世紀古城，山腳下有Tagus河緩緩流過，乍見之下，感覺像是電影中的鏡頭，如夢似真。歷史上有數個西班牙王朝建都於此達一千餘年之久。

古城街道狹窄，遊客只能步行穿梭其間，親身體驗天主教徒、伊斯蘭教徒、猶太教徒等在此和平共存的古文明。聳立在天空最高點的是宮廷堡壘（Alcazar）與大教堂（Cathedral）。古城以前有兵工廠，因此其特產就是刀劍等鋼製品。

San Lorenzo de El Escorial小鎮是在馬德里西北方50公里處，有火車可達。El Escorial雖稱爲皇宮，其實還結合了皇室陵寢與修道院，其中的陵寢是西班牙皇室最爲重要者。很遺憾的是，我們抵達時正好是不對外開放的星期一，大夥兒只能在宮外的偌大石板空地上遛達，並從旅遊資料中所說的，「內有十哩長的走廊以及2,673個窗戶」，去想像此皇宮之大。

Segovia 位於馬德里北方，它最令人讚嘆的是，羅馬人於兩千年前所建造的水道橋，將距離城外 18 公里處的山泉水引入城來。整座石橋長 818 米，最高處離地面 29 米，由大約 25,000 塊花崗石堆砌而成，完全不用水泥，有 166 個拱門與 120 根立柱，迄今聳立不搖。

Avila 位於馬德里西北方，其建於一千年前的城牆，至今保存良好。11 世紀時爲防伊斯蘭教徒入侵，Avila 城民利用險峻的地勢，修築 2,600 公尺長的城牆，來捍衛天主教王國的領地。這座城牆有 88 座塔樓與 9 座城樓。

Segovia 的水道橋。

Salamanca、「白銀之路」（Ruta de la Plata）

西班牙的第一所大學係於13世紀初創立於Salamanca，因此Salamanca享有最古老大學城的美譽，而對來自加拿大的曾姓鄉親夫婦而言，更是意義重大。他倆四十年前留學此地，而且在此緣訂終生結爲夫婦。這次爲了慶祝紅寶石婚，他們特地帶來了當年所穿的結婚禮服，在歐台會年會開會前，就先到Salamanca，在大學校園內以及當年結婚的教堂照相留念。兩人伉儷情深，令人稱羨。

此城有西班牙最壯觀的各式建築：巴洛克式、歌德式，新舊並列。其傳統建材是一種取自當地河流的沙岩（sandstones）。這種沙岩建築物經過長年歲月的琢磨風乾後，到了下午時分，就會閃閃發光，使Salamanca就像是一座鍍金之城。其市中心的主廣場（Plaza Mayor）更被認爲是歐洲最爲漂亮的廣場之一。

Salamanca是在馬德里西北方160公里處，往南到Seville的這段路就是西班牙著名「白銀之路」的南半段。「白銀之路」的名稱來自阿拉伯文，其原意爲「舖石路面」，南起Seville，北至Gijon，全長800公里，是古羅馬帝國征服伊比利亞半島後，爲便於運輸商品礦產與從事貿易所興築跨越最多省市的大道。

我們沿著「白銀之路」往南走，先抵達興建於紀元前的城市 Caceres，它現在保留的大多是 15 到 17 世紀之間的歷史古蹟，頗有安寧靜謐之美。接著到另一個也是建於紀元前的城市 Merida，它是西班牙境內擁有最多、最完整古羅馬遺跡的城市。最具代表性的是相鄰的古羅馬競技場與古羅馬劇場，都在紀元前即已落成。

繼續從 Merida 往南到 Cordoba，是約 250 公里長的路程，沿途看到很多太陽能發電板，以及錯落有緻的白色房屋（西班牙文稱為 casa blanca），讓人感覺到漸漸強烈的伊斯蘭風格。

八世紀時即有伊斯蘭王朝在 Cordoba 建都，因此古城範圍頗廣。古城的象徵就是佔地四千平方公尺的清眞寺，其伊斯蘭風格的外觀至今依然保存完好；16 世紀時，天主教王國將清眞寺的一部分改建爲大教堂，巧妙地融合了兩者的特色。Cordoba 清眞寺的最大特色就是一片看似無盡頭的馬蹄形拱廊，以及花崗石和大理石所建的廊柱。

Seville

遊覽車於下午五時進入 Seville 市區時，街道旁的溫度計顯示攝氏 44 度，許多人趕緊拿起相機拍照存證。隨車的當地導遊卻說，稍早曾高達 46 度！接著引述氣象預報說，我們在此停留的三天期間，都將是這樣高溫。他又說，本地人流行的一句話是，「天氣這麼熱，只有遊客與瘋子才會在街上走！」

Seville 大約有 2,200 年的歷史，是古商道「白銀之路」的起點，也曾是伊斯蘭王朝的首都，更是 15 世紀末以後大航海時代的重要舞台。船隻從 Seville 的 Guadalquivir 河出海，進入大西洋前往美洲大陸，使這座古城有一百多年成爲西班牙的出入門戶。

歷經不同文化薰陶的 Seville 充滿了保存良好的中古世紀、文藝復興、巴洛克等時代的歷史遺跡，但影響最深的還是阿拉伯文化。

「Seville 大教堂」是歐洲最大的哥德式教堂，但由於是建於昔日的清眞寺基礎上，因此大教堂裡還保存了一些伊斯蘭風情。大教堂的主體工程經一個多世紀才完工，其大禮拜堂的主祭壇貼著來自南美洲的 24K 金箔，四周圍則圍繞著 43 座小禮拜堂，裡面收藏著許多藝術家的作品。大教堂內最受人矚目的珍藏是「哥倫布之墓」。這位偉大的航海家雖是義大利人，最後則長眠於 Seville。

有許多齣歌劇以 Seville 爲背景，其中最有名的是比才（Georges Bizet）的《卡門》（Carmen），其女主角卡門即是煙草工廠（Royal Tobacco Factory）的女工。該煙草工廠現已成爲 Seville 大學的校園。

「西班牙廣場」（Plaza de Espana）是 Seville 另一處經

典建築。它原是宮殿中的花園，後由王室捐出改造成公園，而於 1929 年「伊比利美洲博覽會」（Ibero-American Exposition）揭幕前建築完成，成爲展示西班牙工藝技術的會館。現在該館大部分已改爲政府機關辦公室。有多部電影曾以此爲場景，如《阿拉伯的勞倫斯》（Lawrence of Arabia）、《星際大戰》（Star Wars）第一集與第二集等。

另一處不能錯過的「皇宮」（Alcazar），是天主教國王奪回 Seville 後，將原本伊斯蘭皇宮改建而成者。皇宮後方的花園充滿熱帶風情，一座座的噴泉、迴廊與水池別具一格。

Cadiz、Gibraltar、Marbella

離開 Seville 後，經大西洋岸的 Cadiz，到 Gibraltar，然後在 Marbella 過夜。這一天的行程就是沿著西班牙的西南海岸而走的。

Cadiz 是人口 12 萬左右的海港，哥倫布第二次與第四次美洲行，皆由此港出海。而 Seville 在 18 世紀間因其 Guadalquivir 河逐漸淤淺而沒落後，其貿易壟斷地位即由 Cadiz 取代。

佔地僅 6.8 平方公里的直布羅陀，是西班牙南端一塊 426 米高的大岩石。西班牙於 1713 年因王位繼承與英國發生戰爭，戰敗後割讓給英國。我們這趟西班牙之旅，也因而短暫在此進入英國國境。我們換搭小巴士上山遊鐘乳石洞，在洞外見到了遠近馳名而且是目前歐洲唯一野生的無尾猴。晴朗的天氣也讓我們清楚地看到隔著直布羅陀海峽的北非陸地與西班牙南端的大西洋、地中海海岸。

Marbella 是位於西班牙南部地中海陽光海岸（Costa del Sol）的渡假勝地。我們在美麗的海邊餐廳吃晚餐，感覺與法國尼斯的蔚藍海岸有幾分神似。

Ronda、Malaga、Torremolinos、Nerja、Frigiliana

Ronda 是座古城，在羅馬帝國凱薩大帝時期即取得「城市」的頭銜。當地導遊帶領我們參觀其地標新橋（Puente Nuevo）。這座興建於 18 世紀，長達 120 公尺的橋，是連接此城河谷兩岸高達 100 公尺斷崖的重要通道，巨大的石橋就夾在兩岸的石灰壁之間。Rondo 是西班牙鬥牛的發源地，至今仍在使用的古老鬥牛場，於每年九月的第一個週五與週日舉行。美國名作家海明威（Ernest Hemingway）的名著《戰地鐘聲》（For Whom the Bell Tolls），其第十章描寫 1936 年西班牙的一個場景，據稱即是根據當時發生在 Ronda 的眞人眞事。

離開 Ronda 後，途經 Malaga 用午餐。Malaga 的歷史

長達 2,800 年，是世界上最古老的城市之一，也是地處歐洲最南端的大城，更是國際知名大畫家畢卡索（Pablo Picasso）出生與童年居住的地方，因此，其歷史文化藝術之豐盛自不待言。

遊覽車繼續沿著「陽光海岸」往東走，當晚在 Torrenmolinos 過夜。翌日，我們在稱爲「陽台」的 Nerja 與稱爲「白色小屋」的 Frigiliana 稍作停留後，於下午抵達 Granada。

Granada、Baeza

Granada 係因盛產石榴（pomegranate）而得名。八世紀時，來自非洲的摩爾人在此落腳，城市逐漸發展。接著，伊斯蘭王國在此建都長達兩百多年，直到 1492 年被天主教軍隊收復爲止。

摩爾人在此八百年，其歷史文化的影響甚鉅；尤其是伊斯蘭王國所建造的 La Alhambra 宮殿，更被公認是當今全歐洲具最重大意義的伊斯蘭藝術建築。當天主教雙王（伊莎貝拉女王與費迪南國王）接收此宮殿時，也爲它的宏偉豔麗嘆爲觀止，因而將它保存下來。

實際上，La Alhambra 係位於 Granada 市的上方，居高臨下，範圍寬廣，稱之爲皇宮城市也不爲過。我們在當地導遊帶領下，整整逛了三小時，處處精雕細琢，不由得令人讚嘆。另外，我們這一行百餘位台灣人也很高興地發現，導覽中所戴的耳機是台灣製品（made in Taiwan）。

La Alhambra 主要分成三部份。首先是防衛城堡區；接著是由兩個中庭串連而成的皇宮本身，分為王朝的行政機關、國王官邸與國王後宮。後宮又稱獅子中庭，其四周是124 根大理石柱支撐的迴廊，中央是由 12 頭石獅組成的噴泉。我們非常幸運，因為這十二頭獅子是在我們抵達前的一個多月才整修完成。第三部分是花園（the Gardens of the Generalife），裡面花壇遍佈，步道上綠蔭扶疏遮日，依季節盛開的花朵，加上檸檬與柑橘果樹，眞是美不勝收。

我們在 Granada 過夜的當晚，觀賞了一場精彩的佛朗明哥舞（flamenco）表演。這種源自 18 世紀西班牙南部 Andalusia 地區的舞蹈，是一種結合歌唱、吉他彈奏、跳舞、拍手的特殊娛樂表演，於 2010 年由「聯合國教科文組織」審定為「人類口語與無形文化遺產之傑作」（Masterpieces of the Oral and Intangible Heritage of Humanity），現已風行世界各地。

離開 Granada 後，我們的遊覽車開始往北走，在 Baeza 過夜。此小鎮擁有許多西班牙境內保存最好的義大利文藝復興時期的建築，因此於 2003 年名列世界文化遺產。此外，小鎮盛產橄欖油，大夥兒買得不亦樂乎。

風車之路——唐吉訶德精神

最後一天的行程是繼續往北走，途經富有文學與藝術氣息的 Castile - La Mancha 地區，回到馬德里。

先到被列爲「歷史藝術之地」（Historic-Artistic Site）的 Almagro。這小鎮與西班牙戲劇的歷史有密切關聯，有露天劇場、全國戲劇博物館等，而且每年都舉辦國際戲劇節。

接著到 Consuegra，此小鎮盛產番紅花（saffron），附近地區在每年十月番紅花的開花季節，即成一片「紫海」。番紅花是烹煮西班牙海鮮飯（seafood paella）的必備香料，價格高昂。

最後也是最重要的景點是 Consuegra 郊區的大風車（windmills）。它們因西班牙名文學家賽萬提斯（Miguel de Cervantes）小說名著《唐吉訶德》（Don Quijote）而聞名於世。該書描述唐吉訶德帶著劍騎著小驢子四處行俠仗義，半路上他將風車視爲大怪獸，與之奮戰不懈。「唐吉訶德」一詞後被引申爲「俠義且有理想的人」。

駐足觀賞大風車，想到唐吉訶德其人其事，也想起有關他的音樂劇「Man of La Mancha」的主題曲 The Impossible Dream，其中的部分歌詞寫著：「追尋難以成眞的美夢、迎戰難以擊敗的敵人、伸張難以伸張的正義、登上難以抵達的星球！」（To dream the impossible dream, to fight the unbeatable foe, to right the unrightable wrong, to reach the unreachable star!)

這是何等的豪情奔放！看著周圍這些可敬的海內外鄉親，數十年來他們對於母國台灣，不也是懷著同樣的壯志情懷嗎！就是這種堅毅不拔的精神，澆灌了台灣民主的發芽生根，當然也將使它成長茁壯。

（原載《台鄉通訊》第 41 期，2012 年 10 月）

The Days When We Were Young
——A tribute to Joyce Huei-chin Hwang (nee Lee)

（前言：新年元旦當日，驚聞大學時代的摯友已逝。傷慟之餘，深覺人生苦短，那一段年輕歲月似已隨好友而去，謹以此文悼念她。）

My dear friend Huei-chin,

It was devastating on New Year's Day of 2013 when I learned from our classmate Teresa Tsui Yeh's e-mail that you have passed away.

Although I could hardly believe it, the wonderful memories of the days when we were young began leaping into my mind. We were classmates and roommates during the first two years at National Chengchi University. We lived and studied together, sharing the joys and sorrows of life. We became a bosom friend for each other.

I still remember vividly the same floral one-piece we wore at the beginning of the sophomore year. What a coincidence that we bought a same dress at two far different towns of Taiwan during that summer vacation!

Remember? We both won cash prizes for commendable reflections on different movies we had watched and then celebrated together by treating ourselves to a meal of pork chop noodles, a luxurious meal for Taiwanese students in the year of 1967.

At that young age, your earnest pursuit of a meaning for life was very impressive. I still remember the first thing you did after getting up in the morning was often reading philosophy books. Now, I have come to understand that by the Grace of God, you passed the transfer examination for getting admitted to the Department of Philosophy at National Taiwan University on the third year and became a devoted Christian later in your life.

We remained close friends despite we were no longer classmates and roommates. We worked for different organizations after graduation, but we still shared many things in life, such as having the same piano teacher and the same tailor as well as attending the same cooking class. And I was privileged to be one of the two bridesmaids at your wedding.

After your family moved to the States in 1972, we remained in touch but since only got together once. That's the year of 1988 when you took Kevin and Daniel back to Taiwan for a visit. I couldn't imagine then that was the last time we met with each other.

You mailed me lots of tapes and books about the Christian faith when I visited my younger sister in Michigan in 1986 and 1991 respectively. You would be very glad to know that both my sister and her husband have become Christian ministers.

We still exchanged Christmas cards after my family moved to New Zealand in 1995. You sent me your published book "A Basket of Words" in 1998. Thereafter, we unknowingly stopped writing to each other. Now it's my deepest regret that I have not made any effort to contact you over the past 14 years, although I have always wanted you to know that I became a churchgoer about 10 years ago and did the minister's sermon translation from English to Taiwanese for several years.

I have been blessed to have you as my good friend in this world. And I know that sooner or later, we will meet again in another world.

God bless you!

By Yi-chia Tsai

Auckland, New Zealand

（原載《台鄉通訊》第 42 期，2013 年 2 月）

放懷於天地外得趣在山水間

走進吳裕明先生家的客廳，首先映入眼簾的就是掛在牆壁上的這幅書法作品「放懷於天地外　得趣在山水間」。這正是 Tauranga 首位台灣移民近四十年來的最佳生活寫照。

是怎樣的因緣際會讓這位當年僅 29 歲的南投青年，在 1974 年就來到了這個距離家鄉萬里遠，而且地處天邊海角的南太平洋島國呢？

吳先生畢業自國立成功大學土木工程學系，服完兵役後，即進入美國地利凱薩工程顧問公司（Delew Caesar Consultant Engineers），參與當時台灣第一條南北高速公路第一段（內湖—中壢）的可行性調查與設計。此工作告一段落後，即前往泰國曼谷的亞洲理工學院進修，取得土壤工程碩士學位後，即留校當研究員。不久後，因在日本經商的親戚找他幫忙，遂前往東京，在日本停留一年多期間，除學習日語外，亦抽空前往紐西蘭大使館查詢移民資料。

怎麼會想到紐西蘭呢，當時台灣人出國最熱門的國度是美國？吳先生在亞洲理工學院的指導教授是個英國人，畢業時師生聚餐聊天，曾問到學生對未來的憧憬，學生的回答是，希望到有大自然美景以及生活悠閒的地方工作。

該指導教授說，那可以考慮紐西蘭。這句話深刻地印入吳先生的腦海中，促成了他日後的移民之路。

移民紐西蘭

吳先生回憶說，首次到紐西蘭駐日大使館時，櫃檯的職員一聽到他考慮移民，立刻去通報領事，然後請他入內與該領事詳談。因爲沒有語言障礙，首次見面雙方即相談甚歡，該領事詳細地說明如何辦理手續。第一關是學經歷文件送紐西蘭工程師協會審查通過。第二關是應聘，仍請該協會幫忙轉介，結果由 Mandeno Chitty and Bell Ltd 工程顧問公司聘用。

一切都順利進行。吳先生補充說，當時該工程顧問公司要在 Tauranga 地區開發水力發電系統，建造水壩與發電廠都必需有土壤地質學的專業人士參與，而紐西蘭本身在這方面的人才相當有限，因此他的應聘與移民之路才能這麼順利。

辦完移民手續後，吳先生立刻由東京返鄉，向雙親秉報。父母親高興之餘，亦熱切盼望他在出國前完成終身大事。於是他與鄭瑞芬女士完婚後不久，即先隻身飛往奧克蘭，半年後吳太太才成行。

談到此處，讓人深深覺得，當年吳太太眞是勇氣可嘉。回首這段來時路，吳太太笑著說，那時是年輕天眞，有台語所說的「戇膽」以及自認在學生時代英文也讀得還不錯，因此信心十足。怎麼也料想不到的是，剛剛身處新國度，居然聽不懂對方所講的話，更糟的是，對方也聽不懂她講的英語。相較之下，吳先生就沒有這種新移民的語言困境，因爲他之前的工作與進修都是在英語的環境。

定居 Tauranga

夫妻倆在奧克蘭住了將近兩年。這期間男主人因工作的關係，到 Tauranga 出差的頻率愈來愈頻繁，因此他們於 1976 年舉家搬到這個位於奧克蘭東南方 200 公里處的海港小城，成爲 Tauranga 第一戶台灣移民家庭。

「孤鳥插人群」，初期在 Tauranga 的移民生活一定很艱苦吧？吳先生的回答卻是否定的。他說，故鄉南投是台灣唯一沒靠海的地區，因此從小對於大海就有無限的嚮往，住到 Tauranga 後天天與大海爲伍，覺得快樂無比，而且 1970 年代正是紐西蘭社會最富裕的時期，加上本地人大多和善親切，眞是名副其實地彷彿住在人間仙境（God zone）。不過，日常生活當然不會是十全十美的。女主人說，最苦惱的就是買不到亞洲食品，連醬油都要拜託在日本商船工作的台灣船員帶過來。

三十七年來，吳家在 Tauranga 已落地生根，兒女相繼出生，目前皆已長大成人，而且學業工作有成。兒子爲醫生，服務於奧克蘭的 Middlemore Hospital，女兒則在奧克蘭大學攻讀博士學位。

吳先生於 1980 年代初轉換工作跑道，從事房地產仲介業。隨著紐西蘭政府於 80 年代末期開放亞洲移民，他不僅見證了 Tauranga 地區的大幅成長發展（人口由 70 年代的三萬多人增加到今天的 13 萬多），而且其間也引介了不少台灣的親友或親友的親友移居 Tauranga。可惜的是，多數人後來又搬離，現在仍留在 Tauranga 的親人就是胞妹吳馨玉女士與妹夫廖純義先生一家。

融入本地社會

一般說來，移民最重要的課題就是，融入本地社會而且得到本地人的認同。就這方面而言，吳家可說是紐西蘭台灣移民中令人稱道的典範之一。

聽到吳先生說，他是警察局和監獄的常客，讓人嚇了一大跳，不過也馬上醒悟過來，他是去當口譯志工的。而這只是他志工生涯的一小部分。當我們於黃昏時刻漫步於他家附近的海濱公園時，他指著其間的兒童遊樂設施說，那是他所屬的獅子會會員拿著各式工具實地完成的傑作。

他解釋說，獅子會對社會的貢獻，不是只有出錢，更重要、更有意義的是實際去做。

吳先生於 1990 年加入他住家所在的 Otumoetai 獅子會，是會中唯一的亞洲臉孔，更在 1996 到 97 年間擔任會長，不論是主持會議或處理會務，他不但不讓其他 Kiwi 成員專美於前，而且讓他們對這個台灣人刮目相看。

獅子會每兩週舉行一次例會，雖然成員皆爲男性，但太太們卻是各式活動的最佳推手。吳太太舉例說，每年五月初及聖誕節前，他們會爲社區老人舉辦音樂會，除了節目安排及茶點準備外，他們也會安排接送獨居老人，讓大家共度快樂佳節。而獅子會成員及他們的家眷也因多年來的合作共事而成爲好友。

讓吳太太覺得最有成就感的是，Otumoetai 獅子會與 Tauranga-Hamilton 地區其他獅子會連續三年共同募款，將募款所得在 Hamilton Hospital 附近蓋了一間招待所（hostel），提供絕症末期病患的家屬在探病時居住。吳太太說，由於大家的奉獻參與而成就了一件原來看似不可能的任務，內心眞有說不出的高興與滿足。

台灣教育基金

而讓台灣人覺得與有榮焉的是，今年三月一日刊登於

Tauranga 社區報紙 The Weekend Sun 的一樁美事。Otumoetai 獅子會設立有台灣教育基金（Taiwan Education Trust），每年選出三位優秀的大學新鮮人，各給予一千元獎學金。今年因申請者眾，原基金贊助者乃決定添加捐款，使獲獎者增為六人。

台灣教育基金係於 14 年前由吳先生胞妹馨玉女士及友人施佩珠女士各捐紐幣兩萬元所設立的，交由有公信力的 Otumoetai 獅子會管理。馨玉女士說，她覺得能盡自己棉薄之力，以台灣之名，獎勵優秀的本地青年學子，是很有意義的事。申請這項獎學金要同時合乎兩個條件：（1）出生於紐西蘭。（2）在 Tauranga 完成五年高中學業。

吳家兄妹兩個家庭在 Tauranga 這樣長期默默地為社區盡心盡力，也為台灣贏得了好名聲。有些本地人一聽到「台灣人」（Taiwanese），就會豎起大拇指。

吳先生已於數年前退休，現只為一私人財團作商業房地產的規劃、開發與管理工作。除了獅子會，他也參加了幾個運動俱樂部，如高爾夫、板球、草地保齡球等。此外，他也是釣魚高手。這樣悠遊於山水間的退休生活實在令人羨慕。

訪談結束前，筆者夫婦與吳家兄妹兩對賢伉儷在裕明－瑞芬家的陽台上共進道地的台式早餐，有地瓜稀飯、花生、韭菜煎蛋、醃腸、後院自種的青菜……等，豐沛滿桌。大夥兒吃得不亦樂乎，同時也接續前一晚未竟的話題，直到中午搭車時間到來才不得不結束。但是，將近四十年黃金歲月的點點滴滴，豈是一朝一夕間所能說盡？

（專訪 Tauranga 首位台灣移民吳裕明先生，原載《台鄉通訊》第 43 期，2013 年 4 月）

Whitianga 與 Waihi 五日遊映象

今年冬季一開始，老天爺就施展了下馬威，先是數日豪雨成災，接著是冰雪風暴，讓人吃足了苦頭。我們一家人非常幸運，在六月底時出遊，雖然寒氣依舊逼人，卻每天都見到了冬日溫煦的陽光。

第一天上午從奧克蘭出發，車行約一個半小時即抵達 Coromandel 半島西南邊的門戶 Thames。我們在鎮中心停留用午餐，睽違十年，感覺此鎮熱鬧繁榮了許多，主街道兩旁停滿了車，人們熙來攘往，Café 裡也高朋滿座。下午離開 Thames，沿著 25 號公路往東走，然後再往北，也是一個半小時左右即抵達目的地——Coromandel 半島東邊的港口 Whitianga。

我們先到旅遊資訊中心訊問有關附近景點與旅遊活動，接著很順利地找到一家隔著馬路就是水牛海灘（Buffalo Beach）的公寓 motel，我們都對那間兩房的二樓公寓一見鍾情，往後的兩天早晨，我們坐在寬敞三面有窗面海的大陽台，觀賞日出以及海面上煙霧迷漫的美景，如夢似幻，令人難以忘懷。

第二天上午分成兩路人馬，其中一組逛水牛海灘大道，帶著相機獵取從外海不停向海岸邊推湧的浪花奇觀，另一組則去逛鎮中心。中午集合用餐後，再一起搭乘玻璃船出海探幽。

這趟兩小時的行程是 Whitianga 最熱門的旅遊活動。一艘小小的鋁製平底船滿載著八個遊客，船長 Roy 一邊駕船一邊解說。玻璃船駛離 Mercury Bay 後，往南沿著海岸走，先經過 Ferrylanding 的 Shakespeare Cliff 與 Cooks Bay，接著就看到大名鼎鼎的「大教堂海灣」（Cathedral Cove）。觀賞過《The Chronicles of Narnia：Prince Caspian》這部電影者，來到此處會有似曾相識的感覺，因為該部電影的場景如金色沙灘與岩石拱門等，就是在此取景拍攝的。

玻璃船接著進入「海洋保護區」（Marine Reserve），此時 Roy 特別將船底的鋁板昇起，讓遊客透過船底的玻璃

Whitianga's Cathedral Cove（大教堂海灣）。

看到海底眾多的魚兒，其中以 snapper 最多。Roy 說，設立海洋保護區的成效不錯，區內的魚類密度比區外高二十倍。做爲 Whitianga 本地人，他覺得有義務盡一份保護海洋資源的責任。因此，當他與家人在保護區邊緣釣魚時，如果釣上來的是母魚，一定會放它回大海。

離開保護區後，繼續往南航行，經過 Hahei Beach 與 Champagne Bay，直到 Orua Seacave 才返航。這趟約兩小時的航程，讓我們驚喜不斷，途中遇見了海豚、企鵝、海豹等，也看到了數種鳥類如鸕鷀（cormorants）、塘鵝（gannets）、燕鷗（terns）、都鳥（oyster catchers）與海鷗（gulls）等，這些或棲息於小島上，或遨翔於海面上捕食。我們八個遊客都同感，一路上有牠們爲伴眞好。

第三天上午我們同樣分成兩路人馬，一組去騎鐵馬，穿梭於 Whitianga 郊區，另一組坐渡輪到對岸的 Ferrylanding 健行。中午集合用完餐後，即揮別 Whitianga。

雖然在這個人口四千多的海港小鎮僅住了兩晚，卻讓我們離情依依。難忘那家印度餐廳的菜餚特色，還有那個曾在日本住過的 Kiwi 大廚所做的各色創意菜，另外臨走前用餐的那家 Café 所做的海鮮羹（seafood chowder），也是一流的。小地方的餐飲水準比起大都會毫不遜色，難怪每年夏季一到，會有高達一萬的外來客光臨，使小鎮蓬勃盎然。

我們往南走 25 號公路前往 Waihi，途中在 Whangamata 稍做停留。先走到海邊，偌大的海灘，在冬日裡顯得孤寂冷清。吹了一陣子海風後，我們走回主街道喝下午茶。我們有一人點了日本綠茶，隨著一壺茶而來的是一個沙漏，老闆特別關照我們說，沙漏漏盡是三分鐘，才是喝此綠茶的好時候。第一次碰到這種沙漏計時的喝茶經驗，大家都覺得新鮮有趣。老闆的用心也讓喝茶的人覺得，此壺綠茶特別好喝。

抵達號稱紐西蘭「黃金中心」（heart of gold）的 Waihi 已近黃昏，立刻住進事先訂好的 motel，並順便向老闆打聽用餐的好所在。稍晚，我們在淒冷的暗夜中，靠著 GPS 的引導，找到了 motel 老闆所推薦位於 Waihi 郊區的餐廳 Waitete。

餐廳的停車場不小，內部的擺設與裝潢風格相當獨特。可能是天寒地凍的關係，當晚只有我們一家人與另一對老夫婦。不過，客人少也有好處。老闆 Roland 一人兼大廚及侍者，綽綽有餘，還可跟客人聊天。

Roland 是從德國南部 Stuttgart 來的移民，定居紐西蘭已 35 年，五年前開始在 Waihi 經營這家餐廳。他就住在餐廳樓上，一週營業七天，頗有德國人勤奮工作的特質。我們各點了不同的菜，都吃得非常滿意，尤其是餐前的冰糕（sorbet），一直讓我們念念不忘。

Waihi 地區的採金史可追溯自 1878 年，起初是個人小規模的經營，成效不佳，直到 1890 年倫敦的 Waihi Gold Mining Company 接手，並且在 1894 年引進革命性以氰化物（cyanide）取金的方式，才使得 Waihi 的金礦地層幾乎在一夜之間大放異彩。

第四天一早，我們到超過百年歷史的 Waihi 火車站，想要搭乘開往 Waikino 的觀光列車，沒想到看見的是「維修停駛」的木牌，只好自行開車過去。沿著二號公路往西走約六公里後，就看到右邊路旁那棟小小典雅的 Waikino 火車站。

我們沿著火車站旁的 K 步道（Karangahake Walkway）行走，首先映入眼簾的是金礦碎石廠（Victoria Battery Foundations）遺址與氰化物處理槽（Cyanide Treatment Tank Foundations）遺址。前者以 200 部碎石機打碎礦石，後者則是將打碎後礦石最好的成份，以該化學溶液稀釋出黃金。此處曾一度是全澳亞洲最大的礦石碎石廠，一天可打碎 800 噸礦石。

接著往山丘上走，見到此處現僅存的一棟建築物——以前的變電房（Power Transformer House），現已改爲採金博物館。館前有一段 1.2 公里長的火車道可載遊客乘坐參觀，那天也是維修停駛中，我們別無選擇，只好參加博物館與烤窯（roasting kilns）的導覽，由一位老先生志工爲我們一家人服務。

先看過博物館，然後穿上鮮明的淺綠背心並戴上安全帽，往更高處的烤窯前進。一共是八個建在山坡上的燒柴窯，礦石與木材分層放，一噸礦石就需一噸木材，因此當年一天得砍一公畝的樹木。這些烤過的礦石，就經由地下的隧道以小火車載到碎石廠。但是，這個古老的方式一進入廿世紀即遭廢棄。近幾年「維多利亞碎石廠軌道學會」（Victoria Battery Tramway Society）與「保育部」（Department of Conservation）聯手整修其中的五個窯，並換上新屋頂，才開放供人參觀與懷舊。

循著原路走回 Wakino 火車站，就在站內的 Café 用午餐，餐點出奇的好，難怪客人不斷。下午時刻，我們再接再厲，開車沿著二號公路繼續往西，到「K 峽谷步道」（Karangahake Gorge Tracks）。步道有長有短，我們走中庸之道，大約一個多小時。走過吊橋、金礦碎石廠遺址、需持手電筒的鐵路隧道等，一路欣賞優美的峽谷風光之餘，遙想一百多年前的採金情景，思緒陡然間似乎剪不斷、理還亂！

第五天上午，我們參加位於 Waihi 鎮內的瑪莎金礦（Martha Mine）的導覽解說，歷時兩個鐘頭。此露天礦區的開採始於 1880 年代，於 1952 年關閉，直到 1987 年取得開礦執照後才又開工，是紐西蘭產金最多的金礦，也曾是世界上最重要的金銀礦所在地之一。現在的經營者是美商Newmont 公司，員工 90%（360 人）是 Waihi 本地人。

一位瑪莎金礦的員工開車到旅遊資訊中心接我們。先到礦區的外圍最高點，居高臨下，礦坑一目了然。地下有七個豎坑，最深處離地面 600 米，豎坑之間有 15 層平面的幅射狀隧道系統，長達 175 公里。接著，等我們穿好背心並戴上安全帽後，車子即開進礦區邊緣的工作場地。這位公司導覽員很有耐心地爲我們詳細解說，採礦、運礦、碎石、淘洗、製造……等過程，讓我們深深覺得，黃金的確是很「貴」的金屬。

現在的開礦公司 Newmont 已在瑪莎礦坑的周圍買下不少土地，打算從其地下開採；另一方面，該公司也有計畫地在地面上從事保育工作。目前，露天的瑪莎礦坑每年大約開採 130 萬噸的礦石。此礦區未來一旦結束開採，將會成爲一個休閒用的湖泊，而周邊的土地也會規劃爲草木茂密的大公園。

這整整一天半的金礦之旅，讓我們完整地認識了 Waihi 的過去現在與未來，收穫良多。

回顧這五天的旅程，不論是 Whitianga 的大海或 Waihi 的金礦，都是快樂的假期與紮實的學習，深覺不虛此行。

（原載《台鄉通訊》第 45 期，2013 年 8 月）

歐台會第43屆年會暨波蘭、捷克、德東之旅

歐洲台灣協會聯合會第43屆年會，於2013年8月16-19日在波蘭波茲蘭（Poznan）舉行。會後約有80位來自世界各地的鄉親乘坐兩部遊覽車同遊波蘭、捷克、德東等地。在此特記錄一些開會及旅途點滴，與鄉親朋友們分享。

年會

柯文哲醫師是這次年會的主講者。談到他自兩年前擔任陳水扁前總統的民間醫療小組召集人以來，即不斷受到馬政府的整肅與打壓，成爲台大醫院被監察院彈劾的第一人，他語重心長地告訴與會者，司法應是國家最後一道防線，不應淪爲政治惡鬥的工具。他勉勵大家要盡力而爲，在自己能力範圍內多爲台灣做一些事（do best and do more）。「台灣人不能決定自己的祖先，但可以決定自己的未來。」

其他演講者包括前考試院院長姚嘉文、旅日作家黃文

雄、前雲林縣政府財政局長陳錦稷、媒體人溫紳等。姚嘉文分析台灣民主運動的三階段：（1）人權運動（解除戒嚴）。（2）民權運動（國會全面改選與省市長民選等）。（3）主權運動（正名制憲），期使台灣成爲「正常」的國家。黃文雄談日本的經濟與憲改對台灣的影響，正面而樂觀。陳錦稷的講題是「服貿協議對台灣的影響」。他憂心地指出，該協議可能產生的負面影響包括中國對台灣媒體的控制、國土安全堪虞、不對等。他認爲應重啓談判，讓協議法制化，才能有所突破。溫紳說明「從尹清楓案到洪仲丘案的軍法亂象」，指出「當年軍方搜證變成滅證，約談幾乎成了串證。」

波茲蘭（Poznan）、格但斯克（Gdansk）

這次年會所在的波茲蘭是波蘭西邊的最大城，有全國最大的貿易展覽場，全年有各式商展進行。但吸引觀光客的是瓦塔河（Warta River）所流經的大教堂島（Cathedral Island），小島上有十世紀時所建的歌德式大教堂；以及位於河西岸古城內各式歷史建築，如教堂、城堡、博物館、紀念碑等。與台灣的密切關係，則源自波茲蘭以英語教學的醫學院有爲數不少的台灣學子；一位當地鄉親表示，最多時曾達到 500 人。這次開會所在的旅館離上述的景點都不遠，加上我們搭乘較早的班機抵達，因而能從容地步行到各處巡禮一番。

年會第三天是到位於波蘭北邊瀕臨波羅的海（Baltic Sea）的最大城格但斯克（Gdansk）作一日遊。此城曾因列寧造船廠的團結工聯（Solidarity）與華勒沙（Lech Walesa）而聞名於世。在該造船廠工作的華勒沙，在共產黨統治下，曾發起多次抗爭，最慘烈的是 1970 年那次。團結工聯於 1980 年成立，1989 年在華勒沙領導下，成功逼退了共產黨的專制統治，波蘭因而成為第一個和平過渡到民主的東歐國家，華勒沙也當選為第一任總統。我們的兩部遊覽車特地到列寧造船廠附近繞了一圈，讓大家在車上瞻仰為追悼 1970 年抗爭的犧牲者所豎立的紀念碑（Monument to the Fallen Shipyard Workers），三支高 42 米的十字架鋼柱上端掛著船錨。

格但斯克不僅是波蘭人追求民主自由的象徵，更是數一數二的旅遊景點。歷史上，它因地利之便而富裕繁榮，在 16 至 17 世紀達到高峰。古城內的「皇家之路」（Royal Route）與兩旁帶有文藝復興與巴洛克建築風格的樓房櫛比鱗次，至今依舊璀璨美麗。二次世界大戰期間，古城有九成遭到摧毀，現今看到的大部分都是重建的。這些悉心保存的文化遺產，使它成為歐洲最完整的中世紀古城。

那天正逢星期日，皇家之路遊客摩肩接踵，建於 14 世紀而今爲歐洲最大磚砌教堂的「聖瑪莉長方形大教堂」（St. Mary Basilica）內，也是人潮洶湧、萬頭鑽動，更有不少人結伴去採購琥珀。格但斯克是世界最大的琥珀集散地。這些四千萬年前的松柏樹脂，當它滴落到地下時剛好黏住正好飛過的小昆蟲，因而成爲活化石，後來地殼變動被埋到波羅的海海底，後被挖掘加工而成爲身價至高的琥珀之王。

華沙（Warsaw）

揮別波茲蘭，遊覽車於中午抵達波蘭首都及最大城華沙。下午我們參觀了戰後百分之八十修復的古城，覺得修復工作非常成功，整座城頗有中古世紀的風味。當地導遊說，修復工程係按原來照片所呈現的進行，一磚一瓦、一雕一飾都不敢大意。接著去參觀位於蕭邦（Frederic Chopin）紀念公園內的 Lazienki 皇宮。公園原是皇帝的狩獵區，佔地廣闊，綠樹成蔭，小溪蜿蜒流過，又有孔雀與紅松鼠穿梭其間。皇宮建於水面上，宮前有一露天圓形劇場，宮內則全是美術收藏品。

另外，我們也見到了蕭邦與居里夫人（Marie Curie）的故居。兩位都是世人所敬仰的波蘭人愛國典範，皆旅居法國。蕭邦是 19 世紀的鋼琴家與作曲家，在法國去世，但他的心臟卻由其姊帶回波蘭，崁入華沙一教堂內的一根石杜。大家紛紛進入該教堂拍照留念。居里夫人則是物理學家與化學家，也是世界首位諾貝爾獎的女性得主，更是唯一兩次獲頒諾貝爾獎者。她第一次是發現鐳（Radium）而獲物理獎，第二次則是發現釙（Polonium）而獲化學獎。Polonium 即是以她的祖國波蘭（Poland）來命名。

就醫

筆者的另一半在出發前往波蘭時即感覺背部痠痛，自認是「交落枕」（指落枕），一路吃止痛藥。開會期間自備的藥吃光了，幾位熱心的鄉親慷慨地贈與他們的備用藥。在華沙過夜次日清晨醒來，雖服了藥，卻無濟於事，且刺痛已由背部轉到前面，一會兒在左腹部，一會兒在右胸部，疼痛難忍，兩人顧不得吃早餐，決定去看醫生。當時不知隨車導遊的房間號碼，乃於上午七點左右到餐廳找人，正好看到兩對熟識的鄉親夫婦在用餐，趕緊告以要去就醫事，其中一位太太說，聽起來像是 shingles（帶狀疱疹，台語俗稱「皮蛇」）。這個英文字就像暮鼓晨鐘敲醒了筆者的腦袋，沒錯——症狀完全吻合。

接著，趕緊到旅館櫃台尋問就醫事宜。那位女士在便條紙上寫了一個波蘭字交給筆者，並說旅館的客人需要就醫時都找這家診所，然後立刻爲我們叫了計程車。進了診所，只見一男警衛及一女護士，告以要看醫生，那位護士卻揮手要我們離去，口裡邊說著我們聽不懂的波蘭話，我們不知所措。後來，她在便條上寫了個字，並說 taxi，一直要我們出去。兩位台灣老人，一位疼痛不堪，另一位心焦如焚，在清晨七點多就這樣無助地站在一條不知是何處的華沙單行街道上。不知過了多久，終於有輛計程車載了客人停到診所前，趕緊交給司機那張字條，他一點頭，我們立刻上車，不久就抵達掛著 University Hospital（大學附設醫院）招牌的一棟老建築。

進到裡面，首先看到的是警衛，他指著旁邊的一道門，示意我們往裡走。推門進去就是一條寬敞的長廊，兩邊各有隔開的房間，是時看見其中一間有三個工作人員進出，卻看不到穿白袍的醫生，只好無奈地坐在長廊的椅子上等待。後來，終於有一位出現了，而且英語還說得不錯，趕緊跟他報告病況，沒想到他卻要我們再等，因爲八點到了要開會。我們只好繼續痛苦地等待。好不容易會議結束了，來了五個人會診。我們立刻向他們說，是 shingles 症狀，希望能早點確定診斷並開處方，好讓我們能跟上旅行團於九點離開華沙。

他們似乎不爲所動，慢慢地按照其行政程序一步步來。問診結束後，先要了護照去別處影印，接著又要了旅遊保險證明。在焦急的等待中，每步程序都覺得漫長。後來又出來說，他們得先打電話給紐西蘭的保險公司，筆者實在等得受不了，就請他們不用打國際電話，答應我們會先付費，保險索賠的事等我們回國再辦。時間一分一秒地過去，眼看九點就快到了，我們是趕不回去了，得趕緊打電話回旅館。筆者在醫院跑來跑去，警衛桌上有電話，待診的患者有手機，但都是雞同鴨講，無法溝通，借不到電話。九點十分那位主治醫師出來跟我們說，診斷書寫好了，但還需去看皮膚科醫生。此時筆者不得不鼓起勇氣向他開口借手機，打電話到旅館櫃台，請其轉告我們的旅行團趕緊出發，不用等我們了。

接著，兩個醫學院的學生帶我們走到附近另一棟建築去看皮膚科醫生。他們先進去掛號，不久出來說，醫生還未到，但已有十人在等待就診。筆者趕緊拜託他們再進去轉告，我們必須在當日離開華沙，請讓我們插隊排第一位。不久，醫生來了，真的就先看我們，並開了處方。我們自行走回原來的那棟建築去繳費，不能用信用卡，得付現。要收據，沒有，給了一張寫了幾個字的便條紙，根本看不懂，只好跟借手機的那位主治醫師求救。他找來了一位老工友，要筆者跟他走。走到醫院的後院後，老工友開著一部破舊的四輪兩人座小電動車，載著筆者在狹窄的巷弄間轉來轉去，後來停在一棟樓房前，先到二樓找一位女士，然後跟著她爬樓梯到六樓，進到一間辦公室裡，才找到了開收據的女士。雖然她是使用電腦作業，但仍費了九牛二虎之力。筆者在焦急的等待中，心中不禁暗暗擔心，在樓下等的老工友如果跑掉了，自己鐵定回不到原來的地方。還好，收據終於印出來了，老工友也還在。

回到那位主治醫師處，他說再來就是去藥局買藥，但醫院沒有藥局，必需到附近某條街才有，看筆者一臉茫然，他乾脆好人做到底，就陪著我們走出醫院，直到看到那家藥局爲止。我們一再向他道謝，但很遺憾的是，在那慌亂的幾小時中，都沒想到要請教他的尊姓大名。

我們於十一點半左右回到旅館，結束了這個最長的早晨。中午離開旅館時，我們請那位櫃台女士幫忙找一部長途計程車，載我們到 Wroclaw 與旅行團會合。她搖頭說，太貴了，然後立刻上網查詢火車資料，剛好下午一點半有一班車。我們坐上了那班車，七小時後順利抵達目的地。

Krakow：Auschwitz 納粹集中營與 Wieliczka 鹽礦

在 Krakow 停留的兩夜是住在其外圍的小鎮 Katowice。第一天是參觀在 Czestochowa 的黑色聖母像（The Black Madonna）與 Auschwitz 納粹集中營。只能用「慘絕人寰」來形容此集中營，有高達 110 萬人在此被射殺、被吊死、或死於毒氣室，其中 90% 是猶太人，其餘爲波蘭人、吉普賽人、蘇聯戰犯。走過各式囚房，看著堆積的眼鏡、皮箱、鞋子（包括兒童鞋）……等，想到他們也都是像我們一樣的普通老百姓，卻遭受到如此殘酷的命運，讓人心情沉重不已。

Krakow 是波蘭的古都，歷史上被波蘭人稱爲韃靼人（Tartars）的蒙古人曾三次入侵到此。此地有豐富的歷史文化背景，古城有全歐最大的市場廣場（market square）。全城大約有 100 座教堂、300 間酒巴餐廳。最有名的 Jagiellonian University 是全中歐第二古老的大學，波蘭天文學家哥白尼（Nicolaus Copernicus）與教宗保祿二世（John Paul II）都曾在此就讀。雖然我們在古城裡走了整個上午，但也只是窺見其豐富文化遺產之一、二而已。

Wieliczka 鹽礦列名第一批聯合國教科文組織（UNESCO）所選的世界文化遺產。位於地底 64 米到 327 米深的鹽礦世界彷如藝術迷宮，非親眼目睹很難想像。現礦坑內有餐廳、郵局、紀念品店，以及可供舉辦會議、舞會、音樂會與餐會的場地。另外，地下 135 米深有一健康休閒中心與一家四星級旅館。

在 Olomouc 遭竊

我們的遊覽車經波蘭的渡假聖地 Zakopane 進入捷克國

境，於星期五晚間抵達捷克第二大文化古城 Olomouc。翌日晨八點前，大家紛紛推出大行李，交給司機 Michael 裝入車底。此時遊覽車的左邊並行停著一輛舊 BMW 驕車。過沒多久，聽到第一個上車的忠男兄叫說，他裝有照相機與錄影機的袋子不見了。幾乎同時，尚不知遭竊事的會順嫂 Christie，覺得那部 BMW 車有點詭異，出手拍打其右車窗，那部車立刻逃之夭夭。而旅館前也開來了另一輛車，接應另一位竊賊。

忠男兄說，他上車時看見車上有兩個陌生人，以爲是要換司機，也沒起疑，他把袋子放在座位上，站著脫背心，一下子他的袋子和那兩個人就消失無蹤了。後來發現 Michael 的行車紀錄與 GPS 也被偷。雖然馬上報警處理，但在我們解散回國前仍未接獲任何消息。之前一路上，隨車導遊不斷提醒說，到了布拉格（Prague）人多擁擠，要小心扒手。沒想到我們這部遊覽車卻先在這個看似清靜的捷克小鎮遭了殃。

布拉格

古老的傳說中有個預言，布拉格城「將得到榮耀，整個世界都要讚美它。」事實的確如此。千年以來，布拉格的藝術與建築之美一直獨傲於世。我們有整整兩天的時間徒步探索這個古老的城市，兩度到古城廣場（Old Town Square）及其周遭的巷弄，並走過最具盛名的查爾斯橋（Charles Bridge）。當然也不會錯過小山坡上的布拉格城堡（Prague Castle）。城堡像是個中世紀的村落，內有博物館、美術館、遊客商店以及聖維都斯大教堂（St. Vitus Cathedral）。與這座古老大教堂本身呈強烈對照的是，其中一扇窗的彩繪玻璃是新藝術（Art Nouveau）先驅 Alfons Mucha 於 1930 年所完成的作品。這讓我們後來注意到，布拉格的建築也有不少 Mucha 與新藝術的特色。

我們也特地到「布拉格之春」（The Prague Spring of 1968）所在的廣場，向當年的犧牲者致敬。「布拉格之春」這個名詞是指當年失敗的一個捷克民主運動。當時在蘇聯控制下的捷克人極力爭取民主改革，但不幸於 1968 年 8 月 20-21 日當晚因蘇聯坦克部隊侵入鎮壓而結束。

德東：Dresden、Weimar、Leipzig、Potsdam、Berlin

Dresden 位於易北河（Elbe River）畔，是德國 Savony 省的政治、工業與文化中心，建市至今已八百年之久，文化藝術風氣鼎盛，有「北方的佛羅倫斯」（The Florence of North）之稱。其河畔連接的歷史建築之平台非常壯觀，有「歐洲陽台」（The Balcony of Europe）之暱稱。二戰期間，Dresden 曾慘遭盟軍轟炸，市民死傷慘重，毀於戰火的歷史建築高達 75%。我們在古城所見到的歌劇院、大教堂（Frauenkirche）、博物館等歷史建築，都是戰後陸續修復的。另外，位於奧古斯都街（Augusta Street）描繪歷史的長壁畫（Fuerstenzug）也讓人印象非常深刻。我們很難得地在古城內偷得了浮生半日閒，有一整個下午的時間或參觀或閒逛，或悠閒地在 Café 喝咖啡。

抵達威瑪（Weimar）之前，只知威瑪憲章誕生了德國的威瑪共和國（1918-1933），對其浩瀚的文化遺產則所知有限。沒想到經過那位當地女導遊熱情專業的導覽解說後，竟覺得停留的半天時間實在太短了。威瑪是 18 世紀德國思想啓蒙運動（Enlightenment）的中心，是兩大文學家歌德（Johann Wolfgang von Goethe）與席勒（Johann Friedrich von Schiller）的家鄉，也是音樂家巴哈（Johann Sebastian Bach）前半生的居住地。此外，20 世紀初的德國建築學派 Bauhaus 也發源於此。世界最知名的光學鏡片製造商 Carl Zeiss 也是威瑪人。小小的威瑪市中心就有多處名列世界文化遺產。而那位導遊也是最棒的，難忘她在銀杏樹下朗誦歌德的一首詩，感謝她讓我們認識了威瑪。

另外，當天下午稍晚，我們趕到另一處世界文化遺產歐柏格城堡（Wartburg Castle）參觀。從 11 世紀迄今，城堡對於德國歷史與基督教的發展具有重大的意義。16 世紀的宗教改革領袖馬丁路德（Martin Luther）即在這座古堡將新約聖經翻譯成德文。古堡建於一懸崖上，俯瞰我們當晚住宿的 Eisenach 小鎮。Eisenach 是巴哈的出生地。

來比錫（Leipzig）地處德東的中心點，自神聖羅馬帝國時代以來即是貿易中心，也曾是歐洲的文化中心之一。大文豪歌德曾在此就讀，兩位音樂家孟德爾頌（Jakob Ludwig Felix Mendelssohn）與華格納（Richard Wagner）皆誕生於此，巴哈在此終老。這裡有世界歷史最悠久的管絃樂團，而且每年舉辦音樂節。我們的遊覽車在市區繞了一圈，感覺有多處工程在進行。當地導遊說，來比錫現在已成全德國的經濟中心之一，世界聞名的德國名車 BMW 的製造廠即在此。

波茲坦（Potsdam）與德國現今首都柏林（Berlin）僅一橋之隔，我們到此參觀名列世界文化遺產的 Sanssouci（請以台語「上舒適」唸這個法語字，為「無憂無慮」之意）。這是 18 世紀普魯士國王菲特烈大帝（Friedrich the Great）所建的夏宮，被認爲可與法國的凡爾賽宮分庭抗禮，但規模較小。相對於凡爾賽宮以重裝飾曲線、鋪張浮華的巴洛克式著稱，上舒適則具重視精巧華麗的洛可可（Rococo）特色，顯現菲特烈大帝的個人喜好。當地導遊講述了不少國王的私人軼事，讓人不得不感嘆，「人在皇室身不由己」。他最爲人稱道的貢獻是引進馬鈴薯以抗瘟疫，至今他的墳墓上仍放有馬鈴薯。

終於抵達這次旅程的終點——柏林，首要景點當然是柏林圍牆。這道起建於 1961 年 8 月 13 日，而於 1989 年 11 月 9 日倒塌，長達 155 公里，分隔東西柏林的圍牆，現僅有少部分象徵性的存在。我們參觀的兩處都已成爲大眾塗鴉藝術的展示中心，有位鄉親也去寫上「台灣獨立萬歲！」最有名的「查理崗哨」（Checkpoint Charlie）附近有柏林圍牆博物館；裡面的展覽資料包括圍牆的歷史事件，東德人如何成功地從地下、地上、空中逃到當時自由的西柏林，全世界非暴力人權抗爭事件等。另外，我們也到了柏林最有名的地標——建於十八世紀末的「布蘭登堡門」

台灣鄉親在柏林街頭（2013 年 8 月）。

（Brandenbury Gate），它也見證了將近 30 年在圍牆內的日子。

一整天的市區導覽結束後，尚有些時間讓我們去逛有百年歷史的百貨公司 KaDeWe，其中有十幾位鄉親結伴去吃享有盛名的德國豬腳，掃光了那家店當日所有的存貨。

解散的當天，因班機起飛時間是晚上，我們在白天抽空去參觀名列世界文化遺產的「博物館島」（Museum Island）。這裡共有五座博物館，我們只參觀了其中最富盛名的 Pergamon 博物館。這是 19 世紀時德國考古學家將在鄂圖曼帝國（Ottoman Empire）所挖掘的古物運回柏林，然後在博物館內按原狀但大部分縮小尺寸重建。無論是古希臘祭壇、雅典娜（Athena）神殿、圖書館、王宮、劇院等，或各式拜占庭（Byzantine）建築，都令人大開眼界。

感想

這次行程所到的國家，均係二戰後被關進鐵幕，而在 1989 年柏林圍牆倒塌後才脫離共黨統治的。所經之處「從波茲蘭到柏林」都看得到或聽得到當年各地人民為爭取民主自由而遭鎮壓犧牲的事蹟。在整個旅程中，匈牙利愛國詩人裴多菲（Petofi Sandor）的名言：「生命誠可貴，愛情價更高，若為自由故，兩者皆可拋。」也因此不斷地縈迴腦際。

此時，想到台灣的馬政府一直假惺惺地舉著民主大旗，赤裸裸地踐踏台灣人權，無恥地向中國磕頭，眞是情何以堪！當東歐國家慶幸已脫離共產魔掌，當中國人民千方百計移民海外之際，台灣要盲目地將自己鎖進中國嗎？

（原載《台鄉通訊》第 46 期，2013 年 10 月）

Wairarapa五日遊掠影

筆者夫妻兩人於2013年12月底參加一個本地的老人旅行團到北島東南邊的the Wairarapa，度過了一個令人回味無窮的聖誕假期。在此特紀錄一些旅途點滴，與鄉親朋友們分享。

火車故障

第一天是搭乘早上7點50分由奧克蘭出發的「北方探險者」號火車（Northern Explorer），預定於下午4點30分抵達Palmerston North，然後換乘遊覽車，可望於下午6點左右抵達目的地Masterton。但人算不如天算，火車於10點到達Hamilton後就故障不動了。火車公司Kiwi Rail起先廣播說，要找人修理，可望於中午12時開動。後來因修車無望，就聯絡遊覽車公司，租了四部車，將所有火車乘客分送到National Park、Palmerston North、Wellington等地。我們這一團37人乘坐其中一部車，於下午1點40分離開Hamilton火車站。

領隊Shavourn與Robert本來就準備的午餐盒，因這一延誤一直無法發給大家享用，而且又不能在遊覽車上吃，因此司機先生特地停在途中的 Te Awamutu 玫瑰花園，讓大夥兒在風景怡人的花園小溪畔享用這遲來的午餐。其後就是漫長的六個多小時的車程，本來說是在 Palmerston North 換乘到 Masterton 的遊覽車，結果是晚上 8 點 40 分在 Feilding 火車站換車，於 10 時 50 分抵達旅館。整整 15 小時的旅程，足以從紐西蘭飛到台灣，難能可貴的是，雖然個個疲累不堪，卻沒有人發出任何怨言。

巨石陣（Stonehenge）

第二天讓大家睡夠了，於上午 10 時才上路。這天的行程是往南到 Carterton 與 Greytown，先去參觀紐西蘭的巨石陣（Stonehenge Aotearoa）。很多人知道或去過享有盛名、位於英格蘭 Salisbury 平原、建於四千年前的巨石陣，卻不知紐西蘭也有此一科學奇觀。費時兩年建造，於 2005 年 2 月開始開放民眾參觀的紐西蘭巨石陣，是英格蘭巨石陣的現代版，是非常獨特的大自然星象館，結合了天文學、考古學、人類學、歷史、社會科學、以及毛利人的習俗與信仰等，目的是要讓不同背景、年紀、族群的人都能瞭解我們周遭的宇宙奧秘。

我們事先有預約導覽，經理 Richard 先在室內放一段簡短的說明影帶，接著就是實地的探索，他在現場為我們揭開巨石陣之謎。他詳細解說巨石陣的構造、作用、意義，並敘述了許多有關春分、秋分、夏至、冬至、與星象圖的古老故事，精彩萬分。大家聚精會神地站在巨石陣內一個多鐘頭，不僅沒人喊累，而且熱烈提問，覺得收穫良多，增進了不少天文與星象的知識。例如：每年 365 天中，只有四天是眞正 24 小時；報紙上每日所刊登的星座說明，大多不可信。

午餐

午餐安排在 Gladstone Vineyard，餐前先試喝三種 2013 年該酒莊的得獎酒，依序爲 Sauvignon Blanc、Pinot Gris、Pinot Noir。相較於以前自己個別到酒莊的經驗，這次的團體行動因有多位專人作完整的說明與服務，讓大家能好整以暇地坐在餐桌前，仔細品嘗這三種酒的不同特色，讓我們對於品酒的認識又邁進一大步。

下午到 Greytown 鎮中心參觀 Cobblestones Early Settlers' Museum，顧名思義，就是將一百多年來歐洲移民在此地所留下的足跡，在一大片土地上展出，有馬廄、羊毛剪理廠（woolshed）、馬蹄鐵舖（forge）、消防車、教堂、印刷廠、學校、醫院、社區會議室、馬車房、居民住房（1867 年所蓋）等。爲了我們這麼多人光臨，除了有專人導覽外，還特別啓動古老的印刷機，讓大家重新見識它昔日的雄風。但大家的最愛卻是館外鄰街的 Schoc Chocolates 巧克力店，大夥兒將它小小的店面擠得水泄不通。

順道逛了 Greytown 老街，感覺頗有古老的風味，不少店面也裝修得古典雅致、賞心悅目。

Castlepoint Beach

第三天的行程是到距 Masterton 市中心車程一小時的 Castlepoint Beach 野餐。司機 Gary 的家就在途中，因此沿途對於當地的風土人情作了非常詳細的介紹。1770 年庫克船長看到 Wairarapa 海岸邊約一公里長的石灰岩礁，其南端所聳立著的 162 米大石塊，頗有城堡保護牆的氣勢，因此將其命名爲 Castle Rock。

當天強風壓境，時速達 100 公里，但我們這些資深公民仍勇敢地結伴走到石灰岩礁北端的燈塔，登高欣賞 Wairarapa 獨特壯麗的海岸線。回程中遇見 Peter 的太太 Margaret 與妹妹 Barbara 焦急地在找尋他，她們說，這位 80 歲的老先生最近身體虛弱，根本不應該單獨行動。還好，後來問到幾位南美洲來的遊客，才在一隱秘的礁石下找到他。也難怪大家跟著擔心著急，因爲當時已知，前一天有位 34 歲的捷克籍足球教練在此地失蹤。兩天後，我們回奧

Castlepoint 燈塔。

克蘭當天，報紙上才登出在海邊礁石間找到屍體的消息。

野餐在一教堂外面的屋簷走廊進行，食物是旅館的外燴，有紅酒、果汁、礦泉水等飲料，另有兩種三明治、兩種甜點、蘋果等，餐後還有熱茶、熱咖啡。在野外能吃到這麼豐盛又精緻可口的餐點，實在令人驚喜！

懷舊老飛機（The Vintage Aviator）

第四天上午是很有教育價值的懷舊老飛機之旅。The Vintage Aviator 位於 Masterton 近郊，有 12 架至今仍能在天上飛的第一次世界大戰期間德軍與盟軍的各式戰機，可說是稀有珍貴而且多樣的收藏。Sara 女士的導覽將我們的思緒帶回到一百年前在歐洲的空中戰場。從 1913 年第一架戰機出爐開始，她詳細說明當年飛機的狀況與飛行員的事蹟，娓娓道來，引人入勝。

現場也有好幾架第二次世界大戰期間的戰機，兩次大戰相隔將近 30 年，戰機也改良現代化了許多。我們看到一架飛機的左機翼下方有青天白日的標幟，是當年美國用來支援中國戰場的。

野生動物中心（Pukaha Mount Bruce National Wildlife Centre）

我們在中午 12 點前抵達野生動物中心，爲的是要趕上 12 點整的小 kiwi 鳥餵食。這隻小小 kiwi 才出生 10 天，尚不知其雌雄性別，因 kiwi 鳥父母不會照顧其幼兒，因此需要人工餵食，食物是小蟲與莓類的混合。它顯得很害羞，吃得很少，整個餵食時間前後大約 5 分鐘。這是絕大多數參觀者的首次經驗，大家都顯得興味盎然。

位於 Masterton 與 Woodville 之間，佔地 942 公頃的 Pukaha Mount Bruce 原是森林保留地，後來有小部分規劃爲本土鳥類保留地，2001 年全部森林保留地成爲現今的野生動物中心，兼有保育、教育、觀光等功能。

午餐後是正式的導覽活動。走進森林裡，即陸續看到 takahe、kokako、kakariki、stitchbird、kaka 等鳥類，年輕的解說員小姐很專業，不僅對每種鳥類的習性瞭如指掌，解說時更是生動有趣。走到河邊，正好是鰻魚的餵食時間，遊客也可下水餵鰻魚，只是得換裝。聽到說，這些鰻魚會從紐西蘭游 5,000 公里到東加王國（Tonga）附近的太平洋海溝下產卵，而且雄鰻需時 23 年，雌鰻 34 年才能抵達，覺得眞不可思議。孵化的小鰻魚則會隨波逐流回到紐西蘭。

此野生動物中心有新蓋好的 Kiwi House，大家在裡面看到那隻白色 kiwi 鳥 Manukura 時都興奮不已，爭著拍照。幾位年過 80 歲在紐西蘭出生的長者說，這也是他們生平第一次看到白色的 kiwi 鳥。

導覽活動就在餵食 kaka 鳥的熱鬧氣氛中結束。

Carrington House 花園

第五天是打道回府的日子。遊覽車從 Masterton 南下到威靈頓，在 Te Papa 博物館休息用餐後，下午搭機回奧克蘭。當天的額外收穫是順道參觀在 Carterton 的 Carrington House 花園，並在裡面享用上午茶。

這座古老的大莊園是 1874 年由來自英國 Manchester 的移民 William Booth 所建，其後代子孫居住其間一直到 1988 年，才轉手賣給現任屋主，現列爲紐西蘭二級古蹟。經過一百多年來的變遷，如今的莊園佔地 100 英畝，其間 12 英畝是草坪、花園、樹林、以及小湖區。我們在細雨中逛了半小時，也不過只窺見其中一、二而已。

回程中談及這次的假期，大家的一個共同感覺是，沒想到 the Wairarapa 有這麼好玩！

（原載《台鄉通訊》第 47 期，2014 年 2 月）

人口普查結果：台紐人稍減

根據紐西蘭統計局所發佈的 2013 年人口普查（census）資料，全國的長住居民總共有 4,242,048 人，其中在台出生者有 8,988 人。這個數字相較於 2006 年的 10,100 人與 2001 年的 12,486 人，顯示台紐人在這 12 年期間逐漸減少。

紐國政府每五年作一次人口普查，最近一次原訂於 2011 年 3 月進行，但因基督城當年的 2 月 21 日發生大地震災情慘重，只好取消，延後兩年至 2013 年 3 月。這項最新的人口普查資料由統計局於 2013 年 12 月 10 日公佈。

這項資料也顯示，雖然台紐人逐漸減少，但在族群認同上（ethnic group），選擇自己是「台灣人」（Taiwanese）的人數則略有增加，由 2006 年的 5,451 人上升到 2013 年的 5,715 人。

紐西蘭是族群非常多元的國家，共有 233 族，其中以歐洲人、毛利人、華人、薩摩亞人、印度人最多。

（原載《台鄉通訊》第 48 期，2014 年 4 月）

偷得寒冬四日遊

今年冬天特別濕冷，甚至還有暴風雨來襲，把奧克蘭一年的雨量在數日內下在北島的北部，使得 Northland 大片農地淹沒成爲湖泊，連靠近 Kawakawa 的國道一號也發生坍方，更有數千戶人家停電數日，災情慘重。爲了走出這冬日的陰霾，我們一家趕在七月初學校假期開始前，出門往南行，因而得以偷得浮生數日閒。

Cambridge

第一天，我們在斷斷續續的傾盆大雨中，於中午時刻抵達 Cambridge 市區，找到數位鄉親所推薦的壽司店用餐。這家店生意很好，用餐還得排隊。飯後立刻到遊客資訊中心（visitor information centre）詢問一些相關資料。我們採納裡面服務人員的建議，在前往民宿（B&B）前，順路先到 Te Koutu Lake。該湖就在市區邊緣，不費吹灰之力就找到了。可能是天氣不好的緣故，（時而括大風，時而下陣雨），在我們停留的時候，只碰到另外兩人，一位慢跑，另一位餵鴨。湖的四周樹木高大茂密，聽不見附近馬路車聲。湖雖小卻小而美，頗有寧靜致遠的自然意境。我們在風風雨雨的空檔中，沿著湖邊走了一圈，覺得身心皆舒暢。

抵達民宿時，女主人親切地接待我們，並讓我們選擇下午茶要吃的鬆餅（muffin）口味。大約 30 分鐘後，她就端來一盤香噴噴熱騰騰的藍莓鬆餅，我們迫不及待地就在她面前吃了起來。她看到自己做的鬆餅這麼受歡迎也很開心，馬上就預告說，「明天下午還有一盤。」她又叮嚀說，需要什麼東西就告訴她，不要客氣，民宿就是要讓出外人有家的感覺（home away from home）。我們在這裡住了兩夜，覺得她的確是很好的民宿主人。例如，我們先告知她，早餐要喝豆漿，她就先準備好。另外，當她說可以幫我們洗衣服時，我們不免露出猶疑的神色，她立刻解釋說，反正是機器在洗，一點也不麻煩，而且也不會額外收費。

第二天上午，天公作美，太陽居然露臉了。我們到預先訂好，位於 Cambridge 南邊約 30 分鐘車程的 Sanctuary Mountain（Maungatautari Ecological Island Reserve）。顧名思義，這個佔地 3,400 公頃的保留地，是自然生態保護區，門禁森嚴，有全世界最大的防敵圍籬，保護內部的動植物。行走其間，可發現許多數百年前即存在於紐西蘭的野生動植物。

我們於 10 點半準時抵達，爲的是要趕上 11 時 kaka 鳥的餵食。接待我們的是一位來自英國的小姐。因爲沒有其他遊客，彼此就天南地北地聊了起來，也談到其父與台灣的一點點淵源。她的父親是大學教授，曾到台灣開會，對台灣印象很好，只是台灣天氣太熱，使他一下飛機就想跳進游泳池。接著，我們跟著她刷卡進入保護區，走到 kaka 鳥的餵食處，食物就是一些帶殼的花生。她靜悄悄地放下食物，讓 kaka 鳥自動來啄食。等她稍後離開了，我們就成了保護區內唯一的人類。裡面有多條步道，我們走了其中的兩條，並登上其 16 米高的木造觀景塔，看到附近森林覆蓋的景觀。途中遇見了不少鳥類朋友，如 takahe、hihi、fantail 等，也聽到牠們各式嘹亮的歌聲。

下午的目的地是離市區約 20 分鐘車程的 Lake Karapiro。我們因爲半途轉錯路，而跑到更遠的湖南邊附近多繞了一小時之久，才抵達其大壩水閘所在。睽違多年，湖的景觀大致未變，只是大壩頂已從原來的人行步道改成車道。Karapiro 是 1947 年建造水庫所形成的人工湖，其後更成爲紐西蘭各式划船選手的訓練所在。當 Karapiro 湖獲選爲 2010 年世界划船錦標賽的場地時，國際選拔小組形容它是世界最美麗的湖泊之一。

今年正好是 Cambridge 建城 150 周年。其城鎮的形成始於 1864 年英國軍隊攻打 Waikato 地區時在此紮營，稱爲 Camp Cambridge，因爲當時的英國陸軍統帥就是劍橋公爵（the

Duke of Cambridge）。戰爭結束後，因其地利之便（有 Waikato 河經過），加上地勢平坦，馬路與鐵路相繼建造，很快就成爲 Waikato 地區的主要城鎮之一。爲了進一步瞭解 Cambridge 的歷史，我們在第三天上午特別參觀了位於市中心原爲法院的 Cambridge 博物館。

Te Koutu Lake of Cambridge。

Matamata

用過午餐後，我們即揮別 Cambridge，出發前往電影《魔戒》（The Lord of the Rings）的場景——哈比村（Hobbiton）。我們直接開車到哈比村的入口處 The Shire。這裡有紀念品店、售票處與餐廳等。每半小時有 40 人座的巴士開往哈比村。當天艷陽高照，雖然學校假期尚未開始，遊客卻絡繹不絕。我們在下午一點左右抵達，卻只能買到兩點半的票。

巴士準時出發，隨即進入廣達 1,250 英畝的青青草原，繞行不久即抵達佔地 12 英畝的哈比村。大家依照規劃好的路線前進，走過一個個不同的「哈比洞」、花圃、菜圃、跨湖泊的橋樑，然後在綠龍酒館（Green Dragon Inn）內歇息喝飲料。那位年輕的導遊顯然受過很好的訓練，沿路也不忘敘述當初如何找到這塊農地以及發展成爲觀光熱點的點點滴滴等。現在的「眞實」場景，對照十年前我們所看到的簡陋哈比村，眞是不可同日而語。這個完整的場景是 2011 年爲了拍攝《哈比人》（The Hobbit）而重新建造的。

我們在天黑前抵達 Matamata 市鎮，發現遊客中心的建築外表已整修成哈比村的模樣。晚餐前經過幾家餐廳都是生意興隆，看來哈比村已成爲 Matamata 的經濟動力之一。

第四天上午，我們到郊區參觀 Firth Tower Museum。該博物館的所在原是奧克蘭企業家 Josiah Clifton Firth 所擁有佔地 56,000 英畝的大莊園，因而得名。內有 13 棟獨立的建築物展示一百多年前 Matamata 的社區景觀，有大莊園、觀景塔、紀念碑、教堂、郵局、學校、監獄、鄉間小屋、穀倉、棚屋（shades）、馬廄、火車廂、檔案中心等。這些建築與展示品都維護地相當好，出入其間以及周邊的花園、草坪、遮蔭的大樹，讓人覺得能這樣認識 Matamata 的歷史好溫馨！

Tirau

接著，我們往南到 Tirau 吃午餐。這是個人口只有七百多人的迷你小鎮，但因有三條主要幹道（1 號、5 號與 27 號）在此匯集，而形成其具獨特風格的大街。街道兩旁各式商店林立，如咖啡館、餐廳、古董店、服飾店、手工藝品店、鐘錶店等。而遊客中心的牧羊犬形狀建築，則是其最著名的地標。

除了逛街外，我們去參觀了潘美拉古堡（The Castle Pamela）。這個外表像城堡的建築是紐西蘭最大的洋娃娃博物館。除了洋娃娃按年代先後陳列外，也有男孩最青睞的機器戰車與各種玩具，更有穿越山洞的火車繞行軌道模型，其軌道範圍就佔了一個大桌面與整面牆。館內也有很多英國名牌 Royal Albert 的瓷盤收藏。Pamela 及其夫婿兩人，從一磚一瓦蓋城堡，到收藏展示各式各樣的洋娃娃與玩具，是夢想成眞的典範。

我們這趟旅程的最後一天，天氣又是瞬息萬變，時而艷陽高照，時而傾盆大雨。離開 Tirau 就是回程，回到奧克蘭時已是萬家燈火了！

（原載《台鄉通訊》第 50 期，2014 年 8 月）

巴爾幹半島諸國掠影

2014 年 9 月 10 日，我們從紐西蘭出發，前往匈牙利（Hungary）首都布達佩斯（Budapest），參加世台會與歐台會的聯合年會，接著又參加 9 月 15 日開始的會後旅遊，這次我們的行程是巴爾幹半島諸國，在此特記錄一些旅途中的點滴，與鄉親朋友分享。

歐台會第 44 屆與世台會第 41 屆聯合年會（2014 年 9 月 13 日）。

坐困曼谷機場

我們從奧克蘭搭乘泰國航空到曼谷，接著要搭乘瑞士航空到蘇黎世，然後再轉機到布達佩斯。飛抵曼谷後，馬上去看機場電腦螢幕的飛機起飛資料，泰文與英文輪流出現而且閃得很快。我們瞥見了蘇黎世，也看到了登機門與出發時間，卻來不及看到最前面的班機號碼。當我們於晚上 12 點多要登機時，卻被攔了下來，說我們的飛機在一小時前已飛走了。原來，我們誤以爲瑞航與泰航是飛同一架飛機（code-sharing）前往蘇黎世，沒想到他們是各飛各的。

一時之間，不知如何是好，只好求助於還未下班的泰航職員。起初他們打電話都找不到瑞航的人員，還好最後有了著落。兩位瑞航職員在半夜一點多來與我們會面，陪我們通關以及提領行李。我們決定是晚留在機場休息，等待天亮。這一夜雖然只是短短幾小時，卻是我們心理上最受煎熬的漫漫長夜。我們時而自責，年紀一大把而且也不知轉機多少次了，怎麼會糊塗到出這種差錯；時而憂心煩惱，不知會困在曼谷多久；當然也不斷思索各種可能解圍的辦法。

徹夜難眠，好不容易捱到早上八點，我們迫不及待地去找即將開始辦 check-in 也是我們回程將搭乘的航空公司「德航」想辦法。那位德航女職員很幫忙，爲了我們的事打電話到處詢問了將近一小時，最後建議我們打電話回紐西蘭找我們購票的旅行社，請他們「更改」行程。

我們立刻在機場的公用電話打電話回奧克蘭找天和旅行社的呂老闆，而爲了迅速掌握他交涉的情況，我們每隔十分鐘打一次，一共打了五次。承蒙他火速行動，幫我們找到了當晚的瑞航機位，使我們能夠及時脫困。讓人錯愕的是，當晚的班機就是瑞航與泰航合飛一架飛機。

蘇黎世半日遊

瑞航班機飛抵蘇黎世是9月12日上午6時，我們轉乘的班機要等到下午5時30分，我們希望能早點到布達佩斯，就去轉機櫃檯，想試試看是否有上午或中午的後補機位，櫃台小姐搖搖頭說，「不可能！全部客滿。」不過她建議我們到市區逛一逛，而我們實在也受不了再度坐困機場，就決定進城去了。

蘇黎世機場給人的第一印象是乾淨、寬敞、舒適、方便。一出機場就是購物區，而火車站就在地下，班次很多，坐到第三站就是市中心火車站（Main Railway Station）。這裡的人講德語，我們運氣很好，在火車上剛好跟一位英語講得很好的女士坐一起。她一聽我們只有半天時間，就說不用去參加 local tours，火車站前面就是蘇黎世最有名的名店大街，逛逛就夠了。後來，我們發現，火車站後面也另有天地，除了河濱公園，還有博物館。我們在市中心隨興而走，無意間走進一小型搭棚的市場，在裡面買到了超大的新鮮成熟無花果，配上松露巧克力吃，眞是人間美味。蘇黎世半日遊，感覺很幸福，唯一的缺點是物價高，上個廁所要付兩塊瑞士法郎。

布達佩斯

布達（Buda）與佩斯（Pest）原本是隔著多瑙河的兩個城市，前者是老區，後者雖然是新區，但也有 150 多年的歷史了。這次開會的旅館位於布達的 Aquincum 區，是當地開發最早的地區之一，頗有歷史淵源。

我們原本的計畫是提早一天抵達布達佩斯，準備自行先去看看博物館，或去那最出名的溫泉泡一泡。但人算不如天算，結果卻是報到的最後一刻才抵達。幸好主辦單位有安排市區半日遊，讓我們對英雄廣場（Heroes' Square）、鎖鍊橋（Chain Bridge）、布達城堡（Buda Castle）、城堡山（Castle Hill）、國會大廈（Parliament）……等景點留下深刻印象。尤其最後一夜，在多瑙河遊輪的晚宴，更是令人難以忘懷，入夜後兩岸的歷史建築打上耀眼的燈光，璀璨輝煌無比，足可與巴黎塞納河的夜間遊船相媲美。

持台灣護照者進不了塞爾維亞（Serbia）

會後旅遊的第一天就有狀況。當我們的遊覽車由匈牙利準備進入塞爾維亞時，幾位持台灣護照的鄉親被拒絕入境，經數小時的交涉仍沒結果，最後他們三對夫婦只好回頭在匈牙利過一夜，次日雇車繞道羅馬尼亞，經16小時的舟車勞頓，於深夜抵達保加利亞（Bulgaria）首都索非亞（Sofia）與大家會合。

這次護照事件讓大家對塞爾維亞不免心生不快，再目睹其邊界關卡的出入門戶，竟放任兩個抱著嬰兒的婦女，當眾向人乞討，大家對這個國家的印象就更爲惡劣。

塞爾維亞是原南斯拉夫（Yugoslavia）分裂成七國後最大的一國，其首都貝爾格勒（Belgrade）就是原南斯拉夫的首都。其他六國是馬其頓（Macedonia）、科索沃（Kosovo）、蒙特內哥羅（Montenegro）、波西尼亞（Bosnia）、克羅埃西亞（Croatia）與斯洛維尼亞（Slovenia）。這次的行程獨缺科索沃。

保加利亞

保加利亞的首都索非亞是個古老的城市，上午的市區觀光包括三座最具代表性、風格各異的大教堂：（1）屬於土耳其東正教的亞歷山大涅夫斯基大教堂。（2）基督教的聖索菲亞教堂。（3）屬於俄羅斯東正教的聖尼可拉斯教堂。

下午是到名列世界文化遺產的里拉修道院（Rila Monastery）。這座具有至少 900 年歷史的修道院，位於山林中，內部教堂的壁畫都是保加利亞文藝復興時代最有名之畫家的作品。到此參觀之前，我們先在一家山林小溪間的餐廳用午餐，烤鱒魚是大家的最愛。

馬其頓

一般人對於 1991 年才獨立的馬其頓不太熟悉，對其首都史高比耶（Skopje）更感陌生。當地導遊說，全國人口只有兩百萬，但海外卻有兩千萬馬其頓人。紀元前第四世紀的亞歷山大大帝之父就是這個國家的創建者。

目前在史高比耶的美國大使館是全巴爾幹半島諸國最大者。另外，此地還有 1979 年諾貝爾和平獎得主德瑞莎修女（Mother Teresa）的紀念館。她是在史高比耶出生的。

阿爾巴尼亞（Albania）

我們的遊覽車於 9 月 18 日星期四晚間進入阿國首都提拉那（Tirana），途經一圓環轉彎時，被一步小客車從右邊擦撞。從小客車下來了四個彪形大漢，指責我們的司機並向他索賠。司機不甩他們，只說「打電話找警察來！」四人一聽，態度馬上 180 度轉變，和司機握手言歡後，立刻開車絕塵而去。

第二天上午遊覽市區時，發現有不少人在打掃馬路，原來是教宗法蘭西斯（Pope Francis）將於 9 月 21 日星期天到訪。其實，阿國是回教國家，三百萬人口中，只有 10% 是天主教徒。但爲了迎接教宗的到來，有一新教堂才於三個月前完工。另外，當地導遊特別提到，德瑞莎修女雖然是出生於馬其頓，卻是阿爾巴尼亞人，因爲其家人（包括她的母親與妹妹等）都住在這個國家。

午餐前得知，其他兩輛遊覽車的鄉親是在一台灣餐廳內用餐，想到他們居然可在這偏遠的東歐城市吃到炒米粉、蚵仔煎、貢丸湯、擔仔麵……等，不免既羨且妒。後來才弄清楚，他們午餐所吃的跟我們完全一樣，只是那家餐廳不知多久以前的確是台灣人經營的，其店名 Taiwan Complex 就一直保留下來。

離開時，同車的一位鄉親說，1971 年在聯合國提案由中華人民共和國（PRC）取代中華民國（ROC）在聯合國席位者就是阿國，這次實在不該來這個國家觀光，何必爲他們拚經濟呢？另一位鄉親則指正他說，「ROC 自稱是全中國的代表，名實不符，早就該被踢出聯合國了。錯的是，被踢出聯合國的 ROC，拒絕接受改名台灣留在聯合國的建議，以致，台灣直到今天還是國際孤兒！怨嘆啊！」

蒙特內哥羅

蒙國是個小小國，全國總人口僅60萬，於2006年獨立，首都波德葛里查（Podgorica）很少人聽過。前南斯拉夫分裂後，最晚獨立的是科索沃，於2008年才獨立。

這個小小國在瀕臨亞德里亞海（the Adriatic Sea）有座古城——柯妥（Kotor），名列世界文化遺產，近幾年已成爲遊輪常停靠的所在。古城內的老建築以及山上綿延4.5公里長的古老城牆是觀光重點。

克羅埃西亞

克國第一大城布洛夫尼克（Dubrovnik），被譽爲亞德里亞海的一顆珍珠，是最著名的旅遊勝地之一。全長2公里的城牆所圍繞的古城內，保留有歌德式、文藝復興時期與巴洛克時期的不同教堂與修道院。我們因在過邊界時耽擱了，以致延遲抵達。那位當地女導遊很盡責，趕在兩個主要景點關門前，盡心爲我們解說。一個是「首長宮殿」（Rector's Palace），現爲博物館；另一爲天主教「聖芳濟修道院」（Franciscan Monastery），其藥局自14世紀開張以來，至今仍在營業。

斯不利特（Split）是克國第二大城，也是瀕臨亞德里亞海 Dalmatia 地區的第一大城，其城市的建造發展源於第三世紀末羅馬帝國的皇帝戴克里仙（Diocletian）在此建造供自己退位後使用的皇宮。非親眼目睹很難想像，1700 多年前就有如此宏偉完備的建築。

克卡（Krka）與普萊維斯（Plitvice）是克國兩大國家公園；後者爲第一大，且列入世界文化遺產。克卡是因克卡河流經山脈峽谷而形成各式各樣的瀑布與湖泊，行走其間步道，頗能感受近距離的自然水景。普萊維斯則因擁有 16 座大小湖泊而俗稱爲「十六湖國家公園」，16 個湖面高低錯落有緻，湖水交流形成數百個大小不一的瀑布。此公園範圍甚廣，我們乘坐了一段渡船，湖水平靜無波，周圍寬廣寧靜。

克國首都札格雷布（Zagreb）是我們隨車導遊 Vanja 的住家所在，因此他順理成章兼任當地導遊。市中心保留了不少奧匈帝國時期的建築。我們看過教堂、博物館、美術館、市場廣場……等，最奇異特別的是「緣盡情了博物館」（Museum of Broken Relationships），這應該是世界獨一無二的。

斯洛維尼亞

波斯特納鐘乳石洞（Pastojna Cave），全長 27 公里，是全歐最大的，舉世聞名，整天遊客絡繹不絕。我們每個人都要先戴上導覽隨身機，再搭乘電車進入石洞中，下車後沿著規劃的路線步行前進，參觀自然天成的各種奇特造形的石筍石柱，讓人大開眼界。

首都盧比安那（Ljubljana）是人口不到30萬的小城，卻是文化豐盛燦爛，尤其是老城部分，巴洛克、文藝復興、新藝術等時期的建築交雜，各具特色。當地女導遊說，該國人民熱愛大自然，森林佔全國土地80%；大多數人信仰天主教，是個非常和平的國家。該國北臨奧地利，西接義大利，但受奧國影響較深。她很驕傲地說，她的國家是前南斯拉夫中最先進的。

回到匈牙利

離開斯洛維尼亞回到匈牙利是這次行程中最後一次通過國界。這次通關是前所未有的順利，因爲兩國都是申根（Schengen）簽證國。

進入匈牙利，就是沿著號稱「匈牙利海」（the Hungarian Sea）的巴拉頓湖（Balaton Lake）走。這是中歐最大的湖泊，也是夏季時的渡假勝地。我們沿途在給斯特利（Keszthely）過夜，在Balatonfured停留，也順道在Esztergon參觀全歐第三大天主教教堂。

結語

這次 12 天的行程，除了最後一天，前 11 天中每天都穿越不同的國界，不知道這算不算是一項紀錄？走過這九個東歐國家，只有斯洛維尼亞使用歐元，也才更清楚，歐盟不完全等於歐元區也不完全等於申根簽證國。

參加這次年會的會後旅遊者，走「巴爾幹半島諸國」路線的共有 260 多人，分乘五輛長型遊覽車，以順時針與反時針兩個方向走同一條路線。對這九個國家而言，同時有這麼多台灣人到來，應該算是盛況空前吧！

我們 B2 車的 56 人非常幸運，有大家公認最好的隨車導遊 Vanja。雖然一路狀況連連，沒看到他臉紅脖子粗過，總是很有耐心、很體貼地對待我們。我們一些婆婆媽媽都說，他是最佳女婿人選，可惜他已有很要好的女友。臨別時，大家都督促他早日成婚。

另外，B2 車有一個幕後英雄，就是夏蓮（Helen）姊的兒子 David。這 12 天早晚兩次上下行李，他總是默默地自動幫忙，汗流夾背，也沒聽他抱怨過，眞是很感謝他！

（原載《台鄉通訊》第 51 期，2014 年 10 月）

新年陶波（Taupo）五日假期掠影

今年元旦假期，筆者夫妻兩人參加了一個本地旅遊團，在陶波湖附近的 Wairakei 度假村住了四夜。有些景點雖是舊地重遊，但因出遊的季節和方式與從前不同，而有不一樣的體驗，在此特記錄一些假期點滴，與鄉親朋友分享。

漢彌爾頓花園（Hamilton Gardens）

第一天遊覽車於 9 點 30 分準時從奧克蘭出發，在中午時刻前抵達漢彌爾頓花園。車子從二號門進去，停在玫瑰花園旁的停車場，野餐地點則是選在附近的石楠草坪（Rhododandrum Lawn）。

領隊 Shavourn 與 Robert 有備而來，除了可摺疊的桌椅外，每人有一份餐盒，另還有水果、甜點、茶、咖啡等。我們這些原本互不相識的團員，託這次野外午餐之福，而有了首次的互動。

餐後，大家悠閒地到處逛逛。因遊客不多，讓一些童心未泯的資深公民有機會盪鞦韆與坐翹翹板，玩得不亦樂乎！花園大致如昔，只注意到進入洗手間建築物內，迎面牆上的大幅木雕壁畫似乎是新增的。壁畫是描繪眞實的生活以及對漢彌爾頓花園未來的想像，是 Derek Kerwood 與 Megan Godfrey 兩位志工雕刻家，前後共花了七千多個小時的愛心總匯。其間，他們各自在其工作室獨立作業，但互相之間也時常見面討論，以確保各木塊之間的和協。

度假村

我們約在下午四點左右抵達目的地。安頓好後，就到處遛達，以認識周遭的環境。此度假村佔地頗廣，有一座 9 洞的高爾夫球場、網球場、溫泉游泳池、健身房、餐廳等，更有一大片看不到盡頭的樹林區。住宿部分是兩層樓的老式木造建築，房間頗爲寬敞，唯一的缺點是沒有空調，要有清涼的空氣就得打開通往陽台的落地窗或天花板上的電風扇。

晚餐時，全車連司機共 22 人準時抵達餐廳，分坐兩長桌。有些人先點了餐前酒，然後再點菜。想不到的是，等到第一道的前菜上桌時，竟已超過半小時，接著是第二道的主菜，最後當吃完第三道的甜點時，全程用餐時間竟然超過了兩小時。雖然菜單上寫著還有咖啡或茶，但沒有人留下享用。爲此，Shavourn 在第二天晚餐前就向有關人員反映，前一晚的用餐時間太久，得到的答覆是沒辦法。因此，接連四天的晚餐都是拖那麼久。大夥兒的評語是「太久太多」（too long too much）！

Rotorua

Rotorua 是紐西蘭全國觀光資源最豐富的地區之一，每個團員都來過好幾次了，因此，旅行社安排了兩個比較新鮮的活動。

上午是到 Mamaku 乘坐 2011 年 11 月才開張的無人駕駛火車。Rotorua 的火車是 1894 年 4 月開始通車營運的，一直到 1996 年才廢棄不用。Neil & Jane Oppatt 夫妻倆在 2009 年中開始整修這段 Mamaku 到 Tarukenga 來回 19 公里長的鐵道，兩年多後才正式啓用。坐在這些自動在鐵軌上行駛的車子（Rail Cruisers），我們好整以暇地欣賞沿路兩旁的自然美景以及壯麗的 Rotorua 湖，覺得眞是好玩有趣！

下午的節目是「鴨子之旅」（Duck Tour）。所謂的「鴨子」其實是第二次世界大戰末期（1942-1945）作戰登陸時所使用的水陸兩棲車船，經大力整修後作爲觀光之用。現在它的外觀漆上了黃色，讓人覺得就是一隻黃色大水鴨。

車船長 Pete 先繞行市區的幾個地標，如 Rotorua 湖、政府花園、博物館、溫泉浴室等，沿途並講述一些精彩的歷史故事，然後就轉往「藍湖」（Blue Lake）。當我們正準備下水時，不意竟看到前面另一隻鴨子深陷沙灘中動彈不得。Pete 見狀立刻給予營救，贏得兩隻鴨子遊客的全面掌聲。接著是經由陸地到 Lake Okareka，前面正有兩艘小船在緩慢下水中，Pete 等得不耐煩，就說「也許我要違規了！」立刻將鴨子開到那兩艘船中間的空隙，一霎那間，我們的鴨子就卡住動不了，這次是輪到別人來救我們了。事後，Pete 覺得非常尷尬。他說，這是第一次他「救人與被救」接連發生。我們大家卻興奮不已，覺得如果沒有這兩次戲劇性的意外事件，只是乘坐水鴨船下水遊湖似乎單調了些！

無人駕駛火車。

船遊陶波湖與 Waikato 河

以前數次到陶波湖，都只是看看胡卡瀑布（Huka Falls），和在湖邊散步欣賞水光山色。這次是分別乘船遊湖與位於瀑布下方紐國最長的 Waikato 河。

遊湖的船 Ernest Kemp 於中午出發，領隊爲團員準備了午餐，也邀請船長、船上工作人員以及數位非團員旅客跟我們共享。大家一面遊湖一面享用午餐。船從陶波市中心的碼頭出發，目的地是在 Mine Bay 的毛利岩雕（Maori Rock Carvings）。這片岩雕看起來像是古毛利人的村莊遺跡，但事實上是 1970 年代雕刻大師 Matahi Whakataka-Brightwell 的傑作，分成幾個單元，各有其不同的故事與意義。因爲無法從陸地觀賞這片岩雕，所以只能像我們這樣坐船來觀看。如要更仔細地近看，就得坐小皮船（kayak）。這趟遊湖之旅花了一個半小時。筆者對照了一下地圖，整個船程還不到整個湖泊的 20 分之一。看來，這個遠古時代火山爆發後火山口所形成的陶波湖，不愧是紐國第一大湖，像極了一個內陸海。

元旦當天下午，在坐船遊 Waikato 河之前，我們先去觀看 Arotiatia 水庫的水閘放水。它每天有數次固定放水的時間，時間一到，就會有不少遊客聚集來觀賞。水閘下方就是 Waikato 河第一座水力發電廠。相對於水閘放水的急流，河船的行走則是平靜無波。遊客就近觀賞兩岸停在樹叢花草間的鳥類、河裡的鱒魚、清澈的河水，直到胡卡瀑布下。船長模仿尼加拉（Niagra）瀑布的遊船，四度開到飛瀑下方，讓萬馬奔騰的水滴濺到遊客身上，過足了癮。回程中，他還特地在一小沙灘上稍作停留，讓船上的年輕人跳下水游泳，充分享受河水的清涼。我們團員當中有幾個將此遊河之旅視爲這次假期中最精彩的活動（highlight）。他們認爲，胡卡跟尼加拉瀑布相比當然是小巫見大巫，但是這段 Waikato 河兩岸的自然美景，卻是世上獨一無二的。

Orakei Korako

假期的第四天是地熱之旅，我們先到位於度假村附近的 Wairakei 地熱發電廠（geothermal power plant），這是紐國的第一座，早在 1958 年即開始運轉，目前是全國地熱產能最高的電廠。其範圍佔地很廣，地面上舖滿了巨大的水管。遊覽車緩慢地繞行其間，只見處處蒸氣不斷噴發，頗爲特殊壯觀。

接著轉往號稱爲「隱藏山谷」（the hidden valley）的 Orakei Korako，其英譯爲 the place of adorning（裝飾地）。此處筆者曾於三年前來過，這次重遊，最令人開心的是，Café 已蓋好開張，而我們就在此享用午餐以及免費的 wifi。餐後，大家陸續乘坐數分鐘的渡輪，經 Ohakuri 湖到對岸的隱藏山谷。這是一塊數千年幾乎完全未變的處女地，每天有兩千萬公升的熱水流過梯形矽土地層、沸騰的池水、不知何時會湧出的間歇泉（geysers）、地熱山洞、美麗的樹林。走在規劃完善安全的步道上，自由自在地在各景點流連欣賞，讓有些團員將此景點列為此次假期中最精采的所在。

養蝦場

地熱發電的副產品是熱水，可用於養蝦，胡卡養蝦場因而誕生。我們在離開陶波的當天上午去參觀了養蝦場內的孵化處與育苗區。業主還讓大家親手用飼料餵蝦苗。室外則規劃成一區區的釣蝦場，供人垂釣。我們夫妻兩人興致勃勃，各拿了一根釣竿和一盒餌，專心地一起垂釣，過了一陣子感覺有蝦子在吃釣勾上的餌，立刻拿起釣竿，結果不僅看不到蝦，連餌也不見了。於是就想重新裝餌，卻發現整盒的餌，不知何時已被在附近虎視耽耽的小鳥吃掉了，而且吃得連盒子也不見了。

我們這一團成績慘淡，只有一位老太太釣到了三隻蝦。現場有服務人員馬上將蝦煮熟讓她品嚐。其中一位工作人員說，遊客釣到的蝦只佔百分之一，其餘的 99% 都供應養蝦場內所附設的餐廳出售。換句話說，在市面上根本買不到胡卡養蝦場的蝦。

這次新年假期的尾聲，就這樣從養蝦場鎩羽而歸！

（原載《台鄉通訊》第 52 期，2015 年 2 月）

奧克蘭之父 John Logan Campbell（1817-1912）剪影

今年（2015）正値奧克蘭慶祝建城 175 周年，讓大家有機會回顧這紐國第一大城的成長歷史，在此特介紹被尊稱爲「奧克蘭之父」（the Father of Auckland）的 John Logan Campbell 爵士其人其事。

Campbell 爲人謙遜，做事一絲不苟。當《紐西蘭先驅報》（New Zealand Herald）於 1885 年刊登了一篇報導，宣稱 Acacia 小屋是 1841 年奧克蘭新聚落最早蓋好的房屋之一，是 Campbell 醫師用琥珀杉（kauri）所蓋的；他立刻寫信給報社老闆 Afred Horton，強調他只是幫忙他的同鄉兼事業夥伴 William Brown 在 O'Connell 街建造了這間小屋，他負責的部分是房屋內部隔間與設備。

1841 年，時年 24 歲的 Campbell 白天忙於建立自己的事業王國——他是商人、職員、土地經紀人、拍賣人、醫生；晚上則是辛苦地擔任木匠，用著前一年從蘇格蘭帶來的工具，使 Acacia 小屋通風良好，更適合居住。

雖然 Campbell 曾在愛丁堡（Edinburgh）習醫，但是他也完成了木匠的學徒訓練，而且沒有以看診爲業。

萬事通的Campbell在移民紐西蘭的最初數年，可說是拚得筋疲力盡。但他自己卻認爲，艱苦努力有了美好的回報。「我以驕傲與欣喜的心情，回顧做爲移民先鋒所經歷的一切……我以勤奮工作的雙手與滿心歡喜來打這場仗，而贏得了屬於我的獎品。」

Campbell與Brown的事業始於搭在皇后街（Queen Street）海邊的帳棚，但在帳篷遭巨風摧毀後，Campbell即搬進Acacia小屋。

現今，這棟高齡174歲的小屋位於Campbell所慷慨贈予奧克蘭的Cornwall Park內。自1920年入住公園後，小屋一直保留其原始面貌，供大眾參觀。據估計，每個月約有上萬人穿留其間，對當年兩位屋主的木工巧藝讚不絕口。這兩位原是醫生與律師的年輕人是奧克蘭最早的企業家。

Campbell是當年奧克蘭最有成就的商人之一，創建了ASB銀行，成爲一位受人尊敬的公眾人物。他在Parnell區的Judge's Bay買下兩公頃的土地，爲家人（包括夫人Emma與兩個女兒）興建一棟義大利式大宅，於1880年完工，是當時奧克蘭最富麗堂皇的豪宅之一，有音樂廳、義大利壁畫、瑞士庭園等，可容納500人。在他的眾多賓客中有美國小說家馬克吐溫（Mark Twain）。可惜的是，此豪宅在不到半世紀後，於1924年，爲了鐵路與公路的興建而遭夷爲平地。

Campbell 於 1840 年抵達奧克蘭不久，即注意到 Maungakiekie 山的火山頂。有一天，他與 Brown 從 Orakei 走到 Onehunga，想要跟 Ngati Whatua 族的酋長買地。當他們經過時，Campbell 即爲此火山錐取名爲獨樹山（One Tree Hill），因山頂上只有一顆樹。

十三年後（1853 年），Campbell 與 Brown 在一次抵押品拍賣中以 16,500 英鎊買下 Maungakiekie 周圍 400 公頃土地。1873 年兩人拆夥後，Campbell 即成爲這一大片地產的唯一所有人。他自始即下定決心，不要將這一大塊農田分割爲住宅用地。1880 年，他即草擬將 One Tree Hill 捐贈給奧克蘭作爲公園的法案。

1901 年，當英國的 Cornwall 公爵（後來成為國王喬治五世）到紐澳兩地訪問時，Campbell 受邀擔任奧克蘭榮譽市長，他即利用這個機會正式將公園捐贈給紐西蘭人民，並要求以公爵之名命名爲 Cornwall Park。從此公園即交由一信託基金會管理至今。公園於 1903 年 8 月 26 日正式開放。

Campbell 在 95 歲高齡過世前即立下遺囑，要求在 One Tree Hill 山頂上建造一座像他在埃及所看到的方尖形紀念碑（obelisk），並預留一筆建造費用。這座碑高 33 米，於 1940 年（Waitangi 條約簽訂百周年）完工，但直到第二次世界大戰結束後，才於 1948 年 4 月 24 日正式揭幕。

這座在 Maungakiekie 山頂的方形碑，就在 Campbell 的墳墓旁，但不是爲了榮耀他自己，而是爲了永久紀念其對毛利人的成就與德行的仰慕之情。他自己的墓誌銘只簡單地寫著:「環視四周，宇宙穹蒼浩瀚無限，個人不過滄海一粟！何需立碑！」（If you require a monument, look around you.）

奧克蘭 One Tree Hill。

（原載 www.taiwanesekiwi.org.nz 網站，2015 年 7 月）

難忘土耳其與希臘之旅

伊斯坦堡（Istanbul）

2015 年世台會與歐台會的聯合年會於 9 月 4 ～ 6 日在土耳其的最大城伊斯坦堡舉行，會後旅遊就從這個橫跨歐亞兩大洲的古城開始。包括開會的一天半時間，我們在此行的第一站停留了 5 天。

舊市區半日遊讓我們見識到這個 500 多萬人口大城的交通擁塞與遊客摩肩接踵的盛況。乘坐遊輪，除了欣賞歐亞兩岸的不同景觀，也親眼目睹了船隻穿梭於黑海（Black Sea）與博斯普魯斯（Bosphorus）海峽之間，往南行的船隻還會繼續通過馬馬拉海（Sea of Marmara）與達達尼爾（Dartanelles）海峽到愛琴海（Aegean Sea）、地中海（Mediterranean Sea）以及世界各地。其地理位置的重要性讓人有百聞不如一見的深刻體會。

伊斯坦堡曾是東羅馬帝國的首都，名為君士坦丁堡（Constantinople）。其古老歷史可追溯至 7000 年前的古銅器時代，其間征服者更換不斷，文化古蹟因而獨特豐富，其中最宏偉壯觀的是 Hagia Sophia Museum，它最早是聖蘇菲亞教堂（St. Sophia Church），爲君士坦丁大帝（Constantine the Great）於 1,600 年前所建，用於放置耶穌基督被釘上的十字架。1453 年奧圖曼帝國取代東羅馬帝國後，將其改建爲清眞寺（Suleymaniye Mosque），並在建物外面的四個角落增建了四座回教寺院尖塔（minarets）。1936 年現代土耳其的國父凱末爾（Mustafa Kemal Ataturk）將其改爲博物館。因此我們從這座博物館看到了並存的不同文明的建材與建築風格。

另一座清眞寺 Blue Mosque 的誕生，是因歷任鄂圖曼蘇丹（Sultans）不滿帝國的最大清眞寺的前身竟是一座基督教教堂，而想蓋一座更好的回教寺院。但他們的願望沒有達成，Hagia Sophia 依舊保留其最宏偉及最獨特清眞寺的地位，其圓頂高達 56.5 米；相對的，Blue Mosque 的圓頂僅 46 米高，爲補其不足，特興建了最多的六座尖塔，讓人從遠處看會感覺較宏偉。

婦女要進入清眞寺必須穿裙子、包頭巾、並脫鞋，這種規定對於非回教徒的女性觀光客而言，雖然有點麻煩，卻是新鮮的經驗。

君士坦丁大帝所建的地下水庫（Basilica Cistern）也是非常特別。我們參觀的是位於 St Sophia 教堂底下的一座，算是比較小的，由 336 根石柱支撐著。據說，最大的地下水庫號稱有 1001 根石柱。這些 1600 年前所用的石柱是從神殿與宮殿所掠奪來的，本身已有千年以上的歷史。令人稱奇的是，這些現已 2,600 歲以上的石柱，迄今仍完好無缺。

另外我們也參觀了兩處鄂圖曼帝國時代的皇宮：Topkapi Palace 與 Dolmabahce Palace。前者爲 15 ～ 19 世紀鄂圖曼蘇丹的主要居住地，現已改爲博物館。該皇宮是位於金角（Golden Horn）半島頂端的壯麗建築，有超級美麗的海景，綿延不斷的房舍，外表全是華麗的壁畫與馬賽克磁磚。參觀隊伍排得最長的是珠寶展示區，裡面所展示的是蘇丹們在幾百年間所收藏的各式各樣寶物，其中最有名的是世界第三大顆鑽石：86 克拉重的 Spoonmaker diamond。取名「湯匙製作者」是因爲這顆大鑽石是 350 年前一位貧窮的木湯匙雕刻師在海邊撿到的，然後拿去交換一些木頭回來做更多的湯匙，而那位機靈的木材商則將這顆大鑽石獻給當時的蘇丹。

1856 年完工的 Dolmabahce Palace 是鄂圖曼帝國最後六任蘇丹的皇宮，很明顯地比較現代、豪華、舒適，其建築風格是巴洛克式、洛可可式、與新古典式的綜合體。筆者意外發現，寒舍內有三面窗戶的形狀，竟是它樓上窗戶的翻版。1924 年土耳其共和國成立後，此皇宮即成爲總統官邸，其國父也是第一任總統凱末爾於 1938 年 11 月 10 日在此去世。

另外，我們也參觀了享有盛名的大市場（Grand Bazaar）。大市場的確名不虛傳，範圍之廣、攤位之多、貨品之豐、客人之擠，非身歷其境，難以想像。

每處景點都是人擠人，我們C2車的導遊Seden一開始就警告大家，要小心扒手。她強調，當了28年導遊，今年才不得已首次向客人發出警告，主要原因是，土耳其已收容了200多萬難民，各種問題跟著層出不窮。不幸的是，第二天在進入Blue Mosque前，C2車的羅姓鄉親就遭了殃。幾個小販圍著他推銷明信片卡，一轉身他身上的400歐元就不翼而飛，令人傻眼扼腕！

安卡拉（Ankara）

我們在伊斯坦堡所住的旅館與五天的活動地點都在歐洲境內。這天要前往首都安卡拉，遊覽車得先通過橫跨博斯普魯斯海峽的大橋，經由伊斯坦堡的亞洲部分，向東前進。導遊Seden就住在亞洲，每天通勤到歐洲上班。她說，亞洲這邊沒歐洲那麼擁擠，但房價也居高不下，在某些好區內，一房一廳一廚一衛的小公寓要價高達40萬美金。

我們抵達安卡拉後先參觀土耳其國父凱末爾的陵寢（Mausoleum of Ataturk）。我們的導遊非常景仰他，推崇他是土耳其現代化的推手。當她談到前幾天接連有三次警察與士兵在東南邊界遭到攻擊射殺時，眼淚竟不禁奪眶而出。稍後，她說，想到那些與她兒子年齡相仿的年輕人就這樣犧牲了，就很難過。眞是天下父母心！

安那托利亞文明博物館（The Museum of Anatolian Civilizations）可說是首都最精采的景點。這座博物館完整展示了土耳其從遠古紀元前八千年到紀元後的今天，這一萬年間，人類生活文明的演進。全部的展覽分門別類，按時間先後，非常清楚地呈現在參觀者眼前。

Cappadocia

一進入 Cappadocia 地區，放眼所見全是奇石怪岩，這是數百萬年前火山爆發後所形成的，有石柱、尖塔、以及蘑菇狀的神仙煙囪（fairy chimneys）等。我們參觀了兩處最具代表性的景點。

Kaymakli 地下城是一千多年前先民在這些岩石地區內所挖成的住處，麻雀雖小五臟俱全，身歷其境讓人不得不佩服前人的智慧與刻苦精神。戈瑞美戶外博物館（Goreme Open Air Museum）則全是小教堂（chapels）與修道院，全區內共有 30 個小禮拜堂，但沒有全部開放，因有些正在維修中。開放的部分對於進出的管制非常嚴格，限制一次進去的人數與參觀時間。就遊客本身而言，在崎嶇不平的岩石內所挖出的狹小空間內爬上爬下，非常辛苦。

此外，我們也參觀了當地最有名的手工地毯工廠，見識到如何以蠶絲織成地毯的過程。同樣的圖案，因不同的質料與不同的織法，高下立判。看得上眼的，價位高得嚇人，實在買不下，只能自嘆口袋不夠深。

乘坐熱氣球看日出是此地最受歡迎的活動之一，參加的鄉親不少。雖然半夜就得起床準備而犧牲了一點睡眠，他們都覺得不虛此行。我們沒參加的，在離開的當天早晨，也很幸運地目睹了將近 100 顆五顏六色的熱氣球在半空中陸續要降落的精彩畫面，非常壯觀。

Cappadocia 神仙煙囪（fairy chimneys）。

Konya → Pamukkale → Ephesus

離開 Cappadocia 往西行，經過 Konya，參觀 13 世紀古絲路大蓬馬車商隊驛站（Sultanhan Caravanserai）及梅拉那博物館（Mevlana Museum）。Konya 位於土耳其中部安那托利亞區，是個工商業極爲發達的都市，同時也是歷史上回教苦修僧人修道會的重鎮，並有一所大學。梅拉那修道會的崇拜儀式是一種迴旋舞（whirling），有幾位鄉親特地在當晚去觀賞，有不錯的印象。

是日我們在傍晚時分抵達 Pamukkale，這個地名在土耳其語是棉花堡（cotton castle）的意思。頗具療效的溫泉從地底下湧出後，沿著層層階梯似的山崖往下流。整個溫泉區有 2,700 米長、600 米寬、160 米高，從遠處看像似一大片白棉花。大夥兒脫掉鞋子，將疲憊的雙腳浸在微溫的水中，享受片刻的療浴。

在棉花堡上方就是 Hierapolis 古城。這兩處景點同時在 1988 年經聯合國教科文組織列爲世界文化遺產。考古證據顯示，早在紀元前三世紀就有腓尼基人（Phrygians）在此建造神殿，接著是 Pergamon 國王在此建造溫泉澡堂，後來希臘羅馬時期則出現了各式大小教堂與神殿、劇場、墓地、石碑等建築。古城內最大的建物之一是羅馬澡堂，到了 1984 年即成爲博物館的所在，展示在古城內所發現的歷史文物。

也名列世界文化遺產的希臘古城 Ephesus，建於紀元前十世紀。城內最有名的遺址是希臘女神 Artemis 的神殿，建於紀元前 550 年，爲古世界七奇（Seven Wonders of the Ancient World）之一。另外還有一大片古羅馬格鬥士（gladiators）的墓地在此。這座古城自紀元前一世紀即成爲基督教的重要中心所在。耶穌基督的門徒保羅曾在此住過，《約翰福音》（The Book of John）可能是在此地寫的。《啓示錄》（The Book of Revelations）也提及，Ephesus 是小亞細亞（Asia Minor）內七個教會所在之一。另外，我們也參觀了坐落於附近的聖約翰大教堂（St. John's Basilica）以及聖母瑪利亞之宮（House of Virgin Mary）。

Pergamon → Troy

遊覽車沿著愛琴海海岸公路到達另一處世界文化遺產 Pergamon 古城。根據歷史記載，紀元前 281 ～ 133 年間，該城是 Pergamon 王國首都，也是《啓示錄》提及的小亞細亞境內七座教堂之一的所在地。西元二世紀羅馬帝國時期，該城最爲繁榮，人口達 20 萬，城內各項建築都令人嘆爲觀止：氣派的大馬路、壯觀的神殿、體育館、寬廣的集會所（forum）、豪華的溫泉澡堂、圓形劇場等。當時的圖書館藏書最豐富，後遭火災焚毀後，埃及艷后 Cleopatra 即另在亞歷山大城（Alexandria）蓋新圖書館。當導遊 Seden 提及，Pergamon 的露天圓形劇場音效特佳，我們 C2 車全體鄉親就在那裡合唱「福爾摩沙頌」，贏得在場其他觀光客的熱烈掌聲。從 Pergamon 挖掘出的古物都收藏在柏林的 Pergamon 博物館，筆者有幸於兩年前參觀過，因此這次親臨這座古城特別有親切感。

另外，我們順道在 Bergama 參觀了一處 2000 年前的醫療所 Asclepion 遺址。它是古希臘羅馬時期病人尋求醫療的所在，從廢墟中仍看得出當時的宏大規模與完備的設施。除了醫療身體本身的疾病外，它也有音樂治療以及求神助的心理治療。

從 Pergamon 到 Troy（特洛伊）沿途，左爲愛琴海，右爲鹽田。特洛伊因荷馬的史詩伊里亞德（Iliad）而得名不朽，《木馬屠城記》與《特洛伊戰爭》兩部電影更使它膾炙人口名垂青史。它有四千年的歷史，是全世界最知名的考古遺址之一。地質學證據顯示，Iliad 所敘述的特洛伊戰爭是可信的。雖然作爲招牌的大木馬是現代複製品，其考古歷史卻是貨眞價實的，因而於 1998 年列入世界文化遺產。考古學家已挖掘出十個文化層，但其層次並非按時間先後的順序存在。

Canakkale → Edirne

跟伊斯坦堡一樣，Canakkale 也是橫跨歐亞兩大洲的城鎮。我們從亞洲搭乘渡輪，橫越達達尼爾海峽南端的最狹窄處，返抵歐洲陸地後，Seden 介紹了發生於土耳其境內，對澳洲與紐西蘭兩國影響深遠的第一次世界大戰中的 Gallipoli 戰役。該戰役發生於 1915 年，當時還是大英帝國殖民地的紐西蘭與澳洲，組成紐澳聯軍（ANZAC）去參與這場對抗德國、奧匈帝國、保加利亞、鄂圖曼帝國聯手的戰爭。Gallipoli 是地勢高聳的岩石半島，易守難攻。紐澳聯軍想爲盟軍取得達達尼爾海峽的控制權，結果沒有成功，而且傷亡慘重。但該戰役對於紐、澳與土耳其三國都具有歷史性的重大意義。在這場戰役中的土耳其指揮官凱末爾後來成爲土耳其獨立戰爭的領袖，於八年後建立了土耳其共和國；而紐西蘭與澳洲兩國的獨立意識，也因這場戰役而萌芽。

紐澳兩國人民都以紐澳聯軍的英勇表現爲傲，皆指定聯軍登陸 Gallipoli 的 4 月 25 日爲紐澳聯軍紀念日（ANZAC Day），並自 1916 年開始至今每年舉行追思紀念會。而土耳其政府則把紐澳聯軍當年的登陸地點定名爲紐澳聯軍海灣（ANZAC Cove），每年是日清晨，必有成千上萬來自土耳其、澳洲與紐西蘭的政要人士、戰士家屬親友、與一般民眾，到此出席一場隆重的黎明追悼會（dawn service）。

最令人動容的是，土耳其國父凱末爾還特別在 ANZAC Cove 樹立了一塊紀念碑，碑文是一段感人肺腑的文字，值得抄錄如下：

Those heroes that shed their blood and lost their lives; you are now lying in the soil of a friendly country. Therefore rest in peace. There is no difference between the Johnnies and the Mehmets to us where they lie side by side, here in this country of ours. You, the mothers, who sent their sons from far away countries, wipe away your tears. Your sons are now lying in our bosom and are in peace. After having lost their lives on this land, they have become our sons as well.

Edirne 是這次旅程在土耳其的最後一站，它位於土耳其西北端，是往北進入保加利亞，往西進入希臘的門戶，自古為兵家必爭之地，也以回教寺院特多而聞名。在此，我們參觀了兩座清眞寺：Uc Serefeli Mosque 與 Selimiye Mosque。前者建於 15 世紀間，其特色包括紅白相間的石灰岩圓頂，以及有三個陽台的特殊尖塔（minanet）。後者建於 16 世紀，係當時名建築師 Mimar Sinan 的傑作，外觀宏偉，四座等高的尖塔具有向上提昇的效果，而內部平實與勻稱的設計非常獨特，於 2011 年列入世界文化遺產。

在土耳其的最後一天免不了要血拚一番。我們去了三個歷史性市場（bazaars）中的一個，筆者在市場內沒買到任何東西，卻在乏人問津的市場外一個貨車水果攤，買到了既便宜又好吃的新鮮成熟無花果，一個裝了「十幾個」無花果的紙袋只賣一塊美金，相較於去年在瑞士蘇黎世過境時所買到的「一個」四塊瑞士法朗的無花果，眞是天攘之別！另外，當晚所住的 Margi Hotel 旁就有個購物中心，當然不能錯過。

接駁車載我們離開旅館的當天早晨，Seden 與司機兩人按照土耳其習俗，各拿了一瓶水，在車子開動後，將水灑在地上，祝福我們一路平安。

土希國界

原以爲接駁車會將我們送到希臘的入境關卡，沒想到在土耳其關卡就要我們下車。於是七十多位推著大行李的台灣鄉親排成一條長龍，頂著大太陽，走在土希兩國關卡之間將近兩公里的馬路上。此情此景不禁讓人聯想到前一天在 Canakkale-Edirne 途中所見到的敘利亞難民。當時曾見他們一長列走在大太陽底下時，不免爲他們感到不勝唏嘘，怎麼隔了一天竟輪到自己呢！

好不容易走到了希臘關卡，卻只見到兩位工作人員，入境手續辦得超慢。大家都在問，到底發生了什麼事？有人說，海關人員罷工；有人說，電腦當機。最後，大家一致的結論是，希臘這個國家會搞到要破產，不是沒道理的！

Alexandroupoli → Thessaloniki → Kalambaka

坐上了希臘的遊覽車，導遊 Aggeliki 開始介紹她的國家。希臘三面環海，東有愛琴海、西有愛歐尼安海（Ionian Sea）、南有地中海，海岸線相當於整個非洲大陸的一半長，共有 300 個大小不一的島嶼，其中的 200 個有人居住。北方有高山與保加利亞爲界，東方靠近土耳其的邊界區是全國最大的蒜頭產地。1100 萬人口中信仰希臘正教（Orthodox）的有 900 萬。

第一個停留的城鎮 Alexandroupoli 位於愛琴海的東北角，是個海港，不論是海上或陸地，都是與土耳其來往的最重要門戶。我們所住的旅館就在海邊，有自己的海灘，四周環境寧靜優美。

第二天先到位於愛琴海西北角的 Thessaloniki，這是建於紀元前 315 年的古老城市，也是基督教傳播的首要據點之一。我們參觀了拜占庭（Byzantine）博物館與白塔（White

Tower）。

接著就是到希臘的地理中心，且曾被票選爲希臘最美麗的地方之一 Kalambaka 過夜。整天下來遊覽車一共跑了 600 公里。

Meteora → Delphi → Olympia

列入世界文化遺產的 Meteora 就在 Kalambaka 附近，其地名原意是天上的天堂（in the heavens above），是希臘正教修道院最重要的據點之一。這些修道院都蓋在高山與河流之間由天然砂岩（sandstone）所形成的高聳岩柱頂端，最高者達 550 米。西元九世紀間，就有隱士僧侶住在這些岩塔頂端，11 世紀末早期的修道院成形，到了 12 世紀末以後隨著更多修行者的陸續到來，修道院也增加到了 20 多間。現存的僅六間，我們參觀了兩間，其中之一是最大的 Holy Monastry of the Great Meteora，建於 14 世紀。它孤聳在一塊寬廣的岩柱頂端，是絕佳的避難所，外人要進入只能爬長梯；如果有狀況，這長梯還可收起來。這種幾乎與世隔絕的情況一直到 1920 年代才有改善，在岩石上切割出階梯，並造了一座橋與最近一處高地連接。我們邊爬邊數階梯，但到了最後卻累得數不清，聽說是將近 200 階。

遊覽車繼續往南走，抵達希臘最熱門的古蹟所在之一

Delphi。它座落在一處特別的岩石山坡上，有古希臘最具影響力的阿波羅神殿（the Sanctuary of Apollo）。走到這個列入世界文化遺產的遺址頂端，會看到希臘保存最完善的體育館（stadium）。山腳下的 Delphi 博物館所展示的寶藏是從紀元前 5 世紀開始，包括被稱爲「世界中心」的阿波羅神殿中的半圓形石祭壇（Omphalos）。

Olympia 是古希臘舉辦宗教與運動節慶（festival）的所在地，也是現代奧運會（the modern Olympic Games）的發源地。運動會始於紀元前八世紀，原係爲了敬拜古希臘主神 Zeus，各城邦都會派人參加，每四年舉行一次。

而首次現代奧運會則於 1896 年在雅典（Athens）舉行，此後也是每四年舉行一次，而且聖火都是在 Olympia 的 Hera（Zeus 之妻）神殿前，藉由一個拋物線狀的鏡子，以太陽光的反射點燃，然後以火炬傳送到運動會舉辦之處。今日所看到的 Olympia 雖是廢墟，但仍能讓遊客認識到兩千多年前古希臘人舉辦運動節慶的用心。我們這部車有三位年輕鄉親就在那古老跑道上一試身手。

Mycenae → Nafplion → Corinth

從 Olympia 到雅典的路上，首先停留的是名列世界文化遺產的考古聚落遺址 Mycenae，是紀元前 1600 年就已存在的城堡，如今讓人印象最深刻的是由大塊岩石所砌成的城牆，以及兩頭石獅鎮守的城門，其全盛時期是在紀元前1350年，是希臘文明的重心之一。「木馬屠城記」的焦點人物美女海倫（Helen）就是Mycenae國王Agamemnon的弟婦。

接著到了Nafplion，這是個海港小鎮，在中古時代（the Middle Ages）陸續由一些王室所統治，後來有威尼斯共和國（1685～1715）以及鄂圖曼帝國，在1829～1834希臘革命時期成爲希臘首都，因此，第一個希臘國會在此誕生。當我們走在市中心街道時，也看到了憲法廣場（Constitution Square）。更有趣的是，在它的11個國際姊妹鎮裡，其中之一竟是筆者去過的美國密西根州的Ypsilanti鎮。

遊覽車到Corinth時，只注意到造型美麗的大橋。等到下車休息閒逛時，才發現那條特別狹窄（僅21.4米寬）的運河，正好有艘遊艇通過。再細看手上的景點說明，才略知這條運河的歷史。紀元前七世紀的統治者就想開挖Corinth運河以連結愛琴海、艾歐尼安海、亞得里亞海（Adriatic Sea），直到西元67年羅馬皇帝尼洛（Nero）動用六千名戰俘才眞正開工，但由於不久尼洛王去世，運河的開挖也隨即停擺。一直到1830年希臘脫離鄂圖曼帝國正式獨立後，才又動起開挖運河的念頭。不過，好事多磨，

1884 年才動工，但在 1893 年完工後，卻一直面臨財務與營運的重重困難。現今，這條運河大部分僅作觀光用途。

雅典

我們在這次旅程的第十四天晚間抵達歐洲最古老的首都城市也是希臘首都——雅典。當坐在旅館大廳內翻閱雜誌等候房間分配時，無意間看到一本雜誌封面廣告有下列字句：「All citizens of the world are a little Greek. The whole West is Greece. All Westerners are Greeks in exile.」（世界上的所有公民都與希臘有點關係。整個西方世界就是希臘。所有西方人都是被放逐的希臘人。）看得出來，希臘人以「希臘是西方文明的搖籃」爲傲。

在雅典的第一天是坐船遊覽三個小島：Aigina、Poros、Hydra。三個小島各具特色，但同樣都有美麗的港口與臨海街道。每到一處，大家都下船去逛逛，逛累了就在路邊的咖啡館喝杯咖啡或吃冰淇淋，享受片刻的悠閒。

第二天是市區之旅。擁有 3,400 年悠久歷史的雅典，古典與摩登的景點交相爭輝。上午的重點是名列世界文化遺產的衛城（the Acropolis），座落在離市區不遠的一處岩石山丘上，在崎嶇不平的陡峭岩石山坡上擠滿了來自世界各地的觀光客，熱鬧非凡。其中最受眾人矚目的是正在進行修復工程的巴特農（Parthenon）神殿。離開衛城後，我們參觀了 1896 年第一屆現代奧運會與 2004 年夏季奧運會的會址。下午則沈浸在 2009 年才開放參觀的「衛城博物館」（Acropolis Museum），館藏是從衛城考古遺址所出土的古物，在 14,000 平方米的空間內展示近四千件物品。

稍晚，在博物館附近的老街閒逛時，剛好碰上一場陣雨。我們走在一起的五位鄉親爲了避雨，就走進了一家咖啡館，坐定後發現櫃台旁的牆壁上有一塊金屬板，上面以希臘文與英文並列，寫著：「Strangers and travelers as sent from God's are considered to be holy,respectable and honored persons.」（上帝所派來的陌生人與旅客，是老闆心目中神聖、可敬與尊貴的客人。）這句話撫慰了我們疲憊的身心，也爲這趟 16 天的旅程畫下了溫馨的句點！

（原載 www.taiwanesekiwi.org.nz 網站，2016 年 1 月）

2016歐台會年會暨會後旅遊記實

歐台會年會

歐洲台灣協會聯合會（簡稱「歐台會」或 EFTA）第46屆年會於2016年9月2-4日在德國法蘭克福（Frankfurt）舉行，有一百多位來自歐洲各國、美國、加拿大、台灣及紐西蘭的鄉親參加。

這次年會最大的特色是與會者的年輕化。世台會前會長盧榮杰博士很高興地指出，與會的鄉親有一半以上是歐台會於1971年成立後才出生的。他說，很感謝有這麼多旅居歐洲各地的台灣年輕人，在忙於課業或工作之餘，來共同參與這次年會的籌備與進行。

應邀演講的來賓也是年輕一輩的代表。綠黨的李根政認爲，台灣需要一個堅定核心價值的政黨，來捍衛主權與民主，致力於追求環境永續、社會公平、世代正義。他所創辦的地球公民基金會是台灣第一個透過大眾募款成立的環保基金會，爲了確保獨立性和公信力，經費來自大眾捐款，不接受政府和大財團的資金。

時代力量執行主席暨立委黃國昌承諾，時代力量要努力做一個透明、開放、參與、行動的政黨，確保權力是爲人民服務，讓各種進步的社會力量與改革理念能夠匯集，讓政治成爲人人皆可實質參與的公共場域，而不是少數人把持的權力遊戲。時代力量將永遠站在改革的最前線，爲最需要幫助的人們奮鬥。

基進黨（基進側翼）中常委黃建龍介紹其政黨的三大目標：政治民主化、主權自主化、社會自由化。他說，希望讓更多的海外鄉親認識這一個由台灣南部出發的本土年輕政團，爲建立一個理想的共和國，共同打拚。有些與會的鄉親認識建龍及其夫人。2012 年歐台會第 42 屆年會在西班牙馬德里舉行，會後旅遊就是由他們夫婦倆擔任導遊，當時他正在西班牙攻讀博士學位。

受邀演講的來賓中最年輕的是社會民主黨全國委員苗博雅，現年還不到 30 歲。他強調，社民黨的成立宗旨係爲推動台灣經濟、社會、政治的改革，實現自由、平等、團結的社會民主理想國。「我們主張，台灣已是主權獨立國家，我們反對中國併吞，並將積極推動台灣在國際上的被承認與參與；政府有義務提供足夠資源保障個人發展，政府需引導市場創新力競爭⋯⋯。」

8 月 29 日才剛抵柏林履新的台灣駐德代表謝志偉，

於9月3日下午風塵僕僕地由慕尼黑趕到會場。第二度出使德國的謝大使顯得駕輕就熟，到任短短幾天已跑了不少地方。與會者對他的新名片特別感興趣，他也就此做了說明。新名片的特點是頭銜簡單清楚，就是台灣駐德代表（Representative of Taiwan in Germany），而非長長一串的「台北經濟文化代表處的代表」，會讓人誤以為是某個台北公司的代表。記得謝大使以前曾說過，「中華民國該簡稱中國」，而「中國卻是另一個國家」，一語道破了台灣的國名問題所在！

輔仁大學哲學系助理教授沈清楷主持「轉型正義及正義的轉型」座談會。曾留學比利時、學成後回台的阿楷是「哲學星期五」的策劃人。他以幽默的口吻、簡單的邏輯概念，請與會者從「現狀」開始，共同來思考台灣的各種問題。台灣的現狀是什麼？對內稱台灣？對外稱中華民國？國際上稱中華台北？維持什麼現狀？維持台灣是中華民國的現狀？維持台灣走上獨立自由的現狀？維持台灣走向亞太地區或中國的門戶現狀？

整整一天半的緊湊議程，最後以「當歐洲遇見台灣」的討論座談劃下句點。歐洲當地的來賓包括人權與環保團體的代表、德國地方議員等；台灣來的則有上述的演講來賓及後來趕到的民進黨籍立委尤美女。筆者夫婦與尤委員是舊識，彼此事先都不知道對方會出席這次盛會。他鄉遇故知，格外驚喜！

法蘭克福

法蘭克福是德國第五大城，卻有全國最大的機場。過去曾數次在此轉機，這次是首度進入市區。我們提早一天於9月1日上午即飛抵機場，去取行李時，發現每一座轉盤上都豎立了一個廣告牌子，寫著 Taiwan Machine Tools Shaping the World。看來台灣製的工具機展可能正在此地進行中。法蘭克福展覽場號稱是全世界最大規模者之一，有

法蘭克福機場行李轉盤上的「台灣工具機」廣告。

800年以上的歷史，各式各樣的商品展示幾乎全年滿檔。拿到行李後，再看著那些廣告牌，心頭有說不盡的親切與溫馨！

趁著開會前的空檔去逛了市區內幾個景點。首先是18世紀德國大文豪歌德（Johann Wolfgang von Goethe）之家。這實際上是歌德父母的房屋，他在此出生成長。當年歌德本人所使用的書桌與圖書室依然保存在四樓。從這座有兩百多年歷史的宅第可略窺當年法蘭克福富有人家的生活樣態。

接著走到Main河畔附近的Romer（City Hall），整棟建築外型古典優雅，極爲獨特，分成兩部分：市政廳與大教堂（Dom），大教堂有300呎的高塔，相當壯觀醒目。很可惜那天沒有開放參觀。

我們繼續走到購物中心的Zeil大道，街道兩旁是各式現代商店及百貨公司，馬路中央的空間是咖啡館、漢堡店或餐廳。因正逢中午用餐時間，人潮洶湧、生意興隆。整條街道禁止汽車通行，只有幾輛三輪腳踏車穿梭其間。基於懷舊的心情，用過午餐後，我們就坐了一輛三輪車到約兩公里外的Palmen花園，花費12歐元。

這座花園建於19世紀末，佔地22公頃，園內種有來自全世界各地的花卉植物，內有一人工湖，可供遊客划船。當時天氣炎熱，氣溫高達27度，我們就在園內停留了兩個多小時後，才步行回到位於中央火車站旁的旅館。沿途瀏覽欣賞街景，看到馬路上有特別規劃的腳踏車道以及各式各樣的腳踏車，印象最深刻的是，有個年輕媽媽把有個小娃娃躺著的長方形小床放在腳踏車前面。

主辦單位安排的 9 月 3 日在蘋果酒吧的晚餐，是道地的法蘭克福風味餐。酒吧餐廳裡裡外外座無虛席，熱鬧非凡，連同桌的人彼此談話也要拉大嗓門。烤得香噴噴的香腸、豬腳等，配上酸菜、蘋果酒和八種藥草做成的沾醬，確實非常可口，筆者個人這輩子從沒在一餐中吃下那麼多肉。侍者還特地過來介紹說，蘋果酒和沾醬是大文豪歌德所遺傳下來的。

等酒足飯飽想要離去時，原先帶我們搭乘電車來的年輕人都還意猶未盡，還要繼續留下，於是前歐台會會長謝偉群兄即自告奮勇，帶領這一群 LKK，沿著 Main 河畔漫步回旅館，途經花前月下的美景，紛紛拍照留念。如今回憶起來，猶能感受到那麼一點浪漫氣氛！

海德堡（Heidelberg）

我們參加了年會後的海德堡半日遊，這是筆者第三次造訪這個以大學及山上城堡聞名於世的小城。因爲只有半天時間，這次只看城堡。與前兩次的「廢墟」印象相比，城堡現已局部整修得煥然一新，而且有火車上下山，交通快速方便，眞是不可同日而語。

這座城堡的源起可追溯自 13 世紀初。導遊 Tina 不厭其煩地解說其悠久而複雜的歷史。摧毀與重建的故事，在過去幾百年來一直不斷重複著。城堡的平台是最佳觀景台，萊茵河岸的海德堡街景盡入眼底。那天正好有節慶，大家參觀過大啤酒桶後，正好趕上看宮廷舞的表演，眞是不虛此行。

烏茲堡（Wurzburg）→班堡（Bamberg）

9 月 5 日開始爲期七天的「德瑞山水風光文化精華之旅」。遊覽車離開法蘭克福後，向東南方走，約兩小時後抵達烏茲堡，參觀列爲聯合國教科文組織世界文化遺產的「烏茲堡皇居」（Wurzburg Residence）。這是 18 世紀建造完成的，其建築藝術兼具德國南部的巴洛克（Baroque）與法國的洛可可（Rococo）風格。據傳，這皇居甚受拿破崙喜愛，稱讚它是全歐洲最大的，曾三次在此停留。全部有近 400 個房間，現大部分爲烏茲堡大學以及博物館所用，開放導覽參觀的是以前國王接見賓客的所在。走上氣派寬廣沒有樑柱的樓梯，轉彎上樓後就會看到世界上最大的拱形圓頂天花板壁畫，主題是歐、美、亞、非四大洲的代表性風景和動物。令人遺憾的是，這幅 18 世紀的傑作沒畫出筆者現所居住的大洋洲。

班堡位於烏茲堡東邊約一個半小時的車程，經列爲世界文化遺產的是老城部分，有大教堂、老皇居、新皇居（現為圖書館）、老市政廳、小威尼斯風光等。小威尼斯是指從 19 世紀開始由漁夫沿著 Regnitz 河畔所建造的一整排房屋。整個下午，我們就穿梭倘佯在這古老的中世紀小鎮。

紐倫堡（Nuremberg）→ 慕尼黑（Munich）

大家對於紐倫堡這個城市耳熟能詳，是因爲二戰後對納粹戰犯的審判，就在此地進行。紐倫堡位居德國地理中心，歷史上被視爲是神聖羅馬帝國的非正式首都，也是當年納粹黨的重要根據地。自中古時代以來一直是人文、科學、印刷出版、天文學等的文化中心。當地的美術學院有 350 年的悠久歷史，是中歐最古老的藝術學院。

我們先去參觀位於山丘上的古堡，城堡內的通路相當陡峭，行走其間必須小心翼翼。接著到市中心，走馬看花地看了幾間大約有 700 年歷史的哥特式（Gothic）教堂。遊客在接近中午時刻都擠在 Church of Our Lady 前的廣場，等待教堂鐘塔上的午時鐘聲，此時竟碰到了一個來自台灣的旅行團，最奇妙的是兩團之中竟有彼此認識的好朋友！隨著中午 12 點正的鐘聲響起後，喇叭手與鼓手同時出現在鐘塔上，然後是眾諸侯圍繞神聖羅馬帝國皇帝的行列。

離開巴伐利亞（Bavaria）區第二大城紐倫堡，車行往南三小時後，抵達其第一大城暨首府慕尼黑。其市中心與老城充滿了歷史性建物，各式教堂、皇居、博物館、新舊市政廳、皇家花園等，不勝枚舉，也讓人目不暇給。

我們的晚餐安排在「皇家啤酒屋」（Hofbrauhaus），有 400 多年的歷史。來光顧過的名人包括 18 世紀末的奧地利音樂家莫札特（Wofgang Amadeus Mozart）和二十世紀初俄國的列寧（Vladimir Lenin）。最有名的是 1920 年 2 月，希特勒（Adolf Hitler）和他的國家社會黨員（National Socialists）在此舉行了成立大會。

這是筆者第二次光臨此啤酒屋，無論是食物或表演，與 27 年前相比，略有不同。前次是吃烤豬腳配 500cc 啤酒，民俗舞蹈表演後還邀在場賓客一起共舞同樂。這次食物不同，也沒邀賓客與表演者同歡，加上整個大廳沒有坐滿，感覺比較沒有以前的熱鬧氣氛。

新天鵝堡（Neuschwanstein）→波登湖（Bodensee）

新天鵝堡是歐洲最熱門的旅遊景點之一，全年有 130

萬人光臨，在夏天旅遊旺季，每天有六千訪客，因此想進堡參觀一定要事先訂票，然後按照預先排好的時間進去。另外，爲了安全理由，僅有 35 分鐘的導覽時間。

那天我們特地提早出門，上午 9 點半就到達靠近福森（Fussen）的舊天鵝堡（Hohenschwangau），先乘坐一段專用巴士，然後再徒步上小山丘。全程皆是蜿蜒高低不平的狹窄山路。

這是 19 世紀巴伐利亞國王 Ludwig 二世爲了自己退隱要用，同時向音樂家好友華格納（Richard Wagner）致敬所蓋的。新天鵝堡是在一座孤立的小山丘上，原本是一個城堡廢墟。從 1868 年動工，到 1886 年 Ludwig 二世去世前，他只在這座未完工的城堡內睡過 11 晚。而在 1883 年去世的華格納，則根本無緣踏足新天鵝堡。

後來的執政者一方面將其開放供人付費參觀，一方面加以整建。至今，新天鵝堡已成爲建築浪漫主義的象徵，滿足了一般大眾對於童話故事的想像。迪士尼世界（Disneyland）的睡美人城堡，就是從新天鵝堡獲得的靈感。

離開新天鵝堡後，我們前往德國西南邊波登湖畔的古老渡假小鎮梅爾斯堡（Meersburg）。湖邊街道的咖啡館、餐廳及各式商店，擠滿了觀光客。筆者一下了遊覽車，手機立刻收到了「歡迎光臨瑞士」（Welcome to Switzerland）的訊息。波登湖是德國、奧地利、瑞士三國的國界湖，沒想到尚未踏上瑞士國土，即收到歡迎光臨的訊息。實際上，我們在隔天上午從附近的斐德烈港（Friedrichshafen）搭船離開德國，船行 40 分鐘後，才眞正抵達瑞士。

聖加崙（St. Gallan）→ 盧森（Luzern）→ 少女峰（Jungfraujoch）

上岸後車行 40 分鐘，抵達建於西元七世紀時的聖加崙老城，主要景點是被列入世界文化遺產的修道院，院區氣派寬廣，古典的巴洛克式建築比比皆是，其中以大教堂與圖書館最爲精彩。圖書館內的藏書自 9 世紀開其端，參加其導覽時，發現它與筆者數年前參觀過的愛爾蘭都柏林（Dublin）大學圖書館非常相似。當訊問兩家圖書館是否有任何關聯時，答案是肯定的，而且關係相當密切。

接著遊覽車開到盧森。睽違多年，這個瑞士中部的湖邊小鎮風采依舊。再度到「悲傷的石獅雕像」、「老木橋」……等景點巡禮一番，感覺遊客比以前更多。順便值得一提的是，石獅雕像旁有最現代的馬桶設備，消息一傳開，大夥兒當然不會錯過良機，紛紛排隊進去體驗一番。

盧森位於阿爾卑斯山北側的山腳下，爲造訪阿爾卑斯山的遊客常落腳之處。筆者前兩次分別上過 Pilatus 與 Rigi 兩座山，這次是登歐洲最高的少女峰。

這天大家的裝扮截然不同，羽毛衣外套、帽子、圍巾、手套全出籠。先從 Grindelwald 坐火車到 Kleine Scheidegg，再換乘另一列火車到少女峰火車站，海拔 3454 公尺。這項艱鉅的高山鐵路工程，係於 1893 年開始規劃，1896 年開工，1912 年完成。

現今，山頂上設備完善。下了火車就會進到有商店與餐廳的大廳。照著觀光的指標走，就能看盡內部的展示及外面的風光。它的路線是 Jungfrau 全景點→ Sphinx 觀景台→ Aletsch 冰河→阿爾卑斯山群峰美景點→冰宮→高原→ Lindt 牌人間極品瑞士巧克力店。

回程是坐回到 Kleine Scheidegg 換車，但與來時路不同，改坐另一路線火車下山到 Lauterbrunnen，隨後搭遊覽車到瑞士首都伯恩（Bern）。

伯恩→霍亨索倫堡（Burg Hohenzollern）

導遊 Helen 講到伯恩都用德語發音的 Biang，至今仍縈迴腦際。我們以一整個上午的時間走訪其列入世界文化遺產的老城區。這些自 15 世紀以來一直完整保留下來的街道與建築，仍頗具中古遺風。除了各式歷史性建築，如教堂、橋樑、噴泉外，聯邦國會、區議會、市政府等也在其間。最特別的是隨處可見的噴泉，有一百多處，泉水不僅可生飲而且味道甘美。

根據傳說，伯恩這個名字的由來與熊有關，是 12 世紀時建城的公爵以他在狩獵中遇見的第一種動物爲名的。爲此，我們還特別到河濱公園觀賞熊的英姿。

下午要離去時，非常不巧，正好碰到「反對延長退休年齡到 67 歲」的大遊行，交通管制，我們因而坐困車內整整一小時。在等待中，有些團員還下車或加入遊行隊伍走一小段表示支援，或拍照留念，是爲另一插曲。

離開伯恩後不久，即回到德國境內，在黑森林的蒂蒂湖（Titisee）附近住了一晚後，即一路北上回到法蘭克福。

途中參觀了普魯士（Prussia）家族的霍亨索倫堡。德國各地原有不同的邦國，是普魯士王朝的威廉一世國王，於 1871 年在其首相俾斯麥（Otto von Bismarck）的協助下才統一全國，直到第一次世界大戰後的 1918 年威廉二世遜位爲止。

導遊 Helen 很詳細地敘述，從 18 世紀普魯士家族的發跡開始，到在波茲坦（Potsdam）建造無憂宮（Sanssouci）的菲特烈大帝（Friedrich the Great）、菲特烈威廉二世與三世、蓋這個城堡的菲特烈威廉四世、統一德國的威廉一世，最後是就任僅 99 天的菲特烈三世與遜位的威廉二世。

這座城堡聳立在一山頂上，地理環境與在巴伐利亞的新天鵝堡很相像，可說是懷念中古時代浪漫主義的象徵。

城堡完工迄今已150年，其間從未有國王或皇帝在此常住，主要是展示普魯士王朝的歷史性遺物，現仍屬普魯士家族所有，設有一個基金會管理。

另外，途經斯圖加特（Stuttgart）時，順道參觀了賓士汽車（Mercedes-Benz）博物館。

維也納（Vienna）

揮別了同行的鄉親與法蘭克福，筆者夫婦兩人飛到奧地利維也納作五天的自由行。坐在開往旅館的計程車上，司機先生說，怎麼也想不到在這初秋時節，維也納竟有攝氏30度的高溫！沒有實際體驗，眞的很難想像。這次在德、瑞、奧三國前後17天，每天中午幾乎都是豔陽高照接近攝氏30度的天氣，令人不免爲日漸嚴重的地球暖化擔憂。

因爲所住的旅館附近就有地鐵站，所以抵達當天就去買一週內可隨意乘坐的悠遊卡，往後幾天就每天坐到市中心的St. Stephens大教堂廣場站，附近有很多步行可到的景點。

我們的首選是以前奧匈帝國皇帝居住與辦公的霍夫堡皇宮（Hofburg），寬廣宏偉氣派，比之前在德國境內所參觀過的皇居或城堡，更顯得有大帝國的氣勢。現今開放參觀的只有西班牙騎馬訓練學校（Spanish Horseriding School）與西西博物館（Sisi Museum）。皇宮廣場前有大馬車供遊客租乘，繞行皇宮內的廣闊庭院。

其實，我們不是對馬特別感興趣，但既然老遠飛來，不去見識一番豈不可惜，何況還可在宮內 Cafe 享用特價午餐，品嘗道地的維也納香腸與維也納咖啡。維也納香腸又細又長，大約是法蘭克福香腸的三分之一寬與兩倍長，蠻好吃的！

Sisi 是筆者自 55 年前就讀初一時，看了電影《我愛西施》（I Love Sisi）以後就一直念念不忘的人物。記得那時有個同班同學到電影院拍了女主角羅美雪尼黛（Romy Schneider）的美麗鏡頭，好多同學都要那張照片，結果因加洗太多張，底片最後是洗破了。仔細瀏覽過 Sisi 博物館，對於 Sisi 與其夫婿（奧匈帝國皇帝 Franz Joseph 一世）的故事，就瞭解得更加透徹了。Sisi 是伊莉莎白皇后的暱稱。Franz Joseph 一世勤政愛民，深得人民愛戴，統治奧匈帝國長達 68 年（1848-1916）。

爲了紀念這位皇帝逝世 100 周年，Belvedere 美術館特別在今年元月 7 日至 11 月 12 日推出特展。建於 18 世紀初而現已被列爲世界文化遺產的 Belvedere 原本是皇家的夏宮，分爲上宮（Upper）與下宮（Lower）兩大部分，前面提到的霍夫堡則是冬宮。當天因爲慢慢端詳欣賞，看完上宮後，就已精疲力盡，只好放棄參觀下宮了。

我們也看了館藏非常豐富且包羅萬象的歷史博物館，從史前時代的巨大恐龍骨骼展示，到數位化的天文館，一共有 39 個展覽廳。此外，館內共有 60 位科學家從事有關地球、生命、人類等科學的基礎研究。在每個景點參觀時，我們都會租用導覽耳機，這次當然也不例外。但用了兩小時後卻發現，還看不到 10 個展覽廳，兩人商量後決定不再用耳機，就靠眼睛看文字說明，快速瀏覽，這樣走馬看花還是花了大半天。

維也納是世界有名的音樂之都，這次跟音樂沾上邊的活動是去參觀莫札特博物館。這位奧地利天才音樂家是薩爾斯堡（Salzburg）人，該博物館是他在 1784 到 1787 年間旅居維也納時的住所。這兩年半期間也是他音樂創作的顛峰期，最具代表性的作品是〈魔笛〉（The Magic Flute）。仔細看過、聽過每一個展示說明，很遺憾地發現，「好賭」是這位偉大音樂家的致命傷，是他最後窮困潦倒的主因。他一生只活了 35 年，死因至今仍是謎。

在這個觀光資源非常豐富的城市，五天的時間實在太短了，以後如有機會再度光臨，至少一定要安排欣賞歌劇與音樂會的節目。希望後會有期！

（原載 www.taiwanesekiwi.org.nz 網站，2016 年 11 月）

雪山麗水南島遊

在 2017 年 9 月上旬的初春時節，筆者夫妻倆有幸參加了一個本地 50 歲以上人士的旅遊團，在南島度過了一個快樂的假期，特此與大家分享這段難得的經驗。

這次旅遊的最大特色是，全程有鐵路的地方是搭乘專門包租的火車（chartered train），稱爲「銀蕨列車」（Silverfern Railcar），銀蕨是紐西蘭的國家象徵。同時，有一大一小兩部遊覽車跟著跑，負責火車站與旅館之間的接送，與無火車路段的運送遊覽。全團一共 53 人，大多數爲資深公民，亞裔人士包括我們倆只有 4 人。

9 月 4 日星期一：基督城（Christchurch）

團員由各地搭機到南島最大城市基督城集合。趁著晚餐前的空檔，我們特地到市中心去看看 2011 年 2 月大地震後的重建情況。筆者在 2011 年 3 月曾到基督城，親眼目睹了當年大地震後殘破不堪的悲涼景象；這次六年後，感覺氣象一新，受創地區大抵重建有成，雖然仍有不少工程持續進行中，但已能感受到其浴火重生的氛圍。

晚餐時刻是團員互相認識的開始，大家交談熱烈。坐在我們對面的是 Helen，現年 81 歲，當了 61 年的小學老師，非常健談。因爲筆者的另一半戴著一頂寫著 UN for Taiwan 的帽子，她立刻知道我們是台灣人。她說，她曾有一個女學生常跟她說，「I am a Taiwanese, not a Chinese.」她也一再跟那學生說，她知道台灣與中國是不同的國家，一個是民主政體，另一個是專制共產統治。

坐在我們斜對面的是 87 歲的 Shirley 跟她丈夫。兩老是來自英格蘭的移民，雖然年紀大，但仍精神抖擻。筆者對她印象最深刻的是她所說的一句話，「我的孫女已當了祖母」（My granddaughter is now a grandmother）。她又說，她的家庭就像是個聯合國，五代成員有不同的國籍與種族。

坐在筆者右手邊的 Sandra 憂心忡忡地說，不知明天要坐火車橫越過南阿爾卑斯山（the Southern Alps）是否能順利成行。她已有三次臨時坐不成的紀錄，因爲：（一）2011 年 2 月基督城大地震；（二）2016 年 11 月 Kaikoura 大地震；（三）2017 年 2 月火災，部分鐵道與橋樑受損。

筆者安慰她說，台灣人有「無三不成禮」的說法，意思是說，不幸之事一連發生三次後，就苦盡甘來了；而且托大家的福，這次一定走得成。

Sandra 的先生 Neal 是個酪農（dairy farmer），他教了我們幾個紐西蘭俚語（slang）：cow cocky 指酪農；北島人稱海邊度假小屋爲 bach，但南島人則稱之爲 crib；餐後剩菜打包回家所用的袋子叫做 doggie bag。

9月5日星期二：基督城→格雷茅斯（Greymouth）

上午九時，列車離開基督城火車站向西行，走過坎特伯利（Canterbury）大平原，先在山腳下的 Springfield 站短暫停留，領取所預購的上午茶與午餐食物。接著，列車繼續前行，穿過南阿爾卑斯山。鐵道旁有公路並行，沿途遠眺兩旁高山頂白雪皚皚，近觀溪流湖泊、山野美景，甚是賞心悅目。當火車爬升到鐵路最高點海拔 737 米的亞瑟摇口（Arthur's Pass）時，因從亞瑟摇口到 Otira 之間的隧道正在進行維修，列車通過此隧道不能載客，此時遊覽車就派上用場，接駁大夥兒到 Otira 續搭火車。

紐西蘭的南阿爾卑斯山火車，係世界著名的高山火車之一，東自基督城西至格雷茅斯，全長 223 公里，穿越 16 條隧道，單程一趟約五小時可達。我們這次因中途需汽車接駁，多耗一小時之久。

這趟火車之旅繼續從 Otira 向西走，穿越西岸的雨林濕地，經過布倫納湖（Lake Brunner）後，終點站格雷茅斯就在望了。格雷茅斯因係位於格雷河（Grey River）的出海口而得名，是南島西岸的最大城，人口約一萬三千人。

9月6日星期三：格雷茅斯

一早先搭遊覽車到格雷茅斯海邊。一走下車，彷如進入暴風圈，只見從塔斯曼海（Tasman Sea）吹來的陣陣強風不斷激起洶湧波濤與滔天巨浪。紐西蘭南北兩島，東臨太平洋，西與澳洲隔著塔斯曼海。太平洋顧名思義浩瀚平靜，而塔斯曼海則波濤洶湧，兩個海洋的景觀截然不同。

接著往北到 Punakaiki 的煎餅石（Pancake Rocks），這是自遠古以來，石灰岩海岸經海浪長期侵蝕所形成的特殊自然景觀，是非常熱門的景點，有規劃完善的步道，供遊客從不同角度觀賞這大自然的鬼斧神工。

車子繼續往北走，在西港（Westport）停留吃午餐。這小鎮以產金出名，先是黃金，後來是黑金（煤礦）。參觀了在市中心的煤鎮博物館（Coaltown Museum）後，才對於在 19 世紀後期開採煤礦的艱辛情況略知一、二。接著到丹尼斯頓高原（Denniston Plateau），參觀昔日礦工將所採煤礦運下山的機具（incline）遺址，以及相關人事物資料照片的展示等。天空飄著細雨，加上寒風吹襲，讓我們稍能體會當年礦工的工作困境。

參觀結束後，大家魚貫上了遊覽車。不意，車才啓動，就下起傾盆大雨。領隊 Shavourn 馬上反應說，「幸虧我們比雨搶先一步上車」（It's nice we have jumped the rain and boarded the coach to escape the downpour）！

晚餐前去參觀歷史悠久的 Monteith's 啤酒廠。導覽人員帶我們實地進廠，爲我們解說其啤酒的生產過程。該廠自 1868 年開始生產以來，一直是紐國精釀啤酒（craft beer）的市場先鋒，所生產的啤酒深受客戶喜愛。導覽費用包含品酒，我們當然也把握此良機喝了兩杯。

9 月 7 日星期四：格雷茅斯→ Ashburton

回程列車於早晨九點離開格雷茅斯往東行，進入山區後，看到窗外白雪飄飄，兩旁的山脈像是罩上了白衫。同行的團員當然都對下雪的天氣不陌生，但對於能在此地此時此刻看到如此美麗的雪景，還是深有幸福感。最典型的一句話是，「It happens at the right place at the right time for the right people.」

從 Otira 到亞瑟摳口這段路仍需遊覽車接駁，這段路的雪景最美麗。尤其令人難忘的是，在亞瑟摃口停留等火車的時候，細雨霏霏，手撐著傘，腳踩著雪，小心翼翼地走到那間小教堂（Chapel of the Snows），推開了門，看到祭壇窗外瀑布的一剎那。「這不就是人間仙境嗎！」

列車沒有進入基督城，在 Rollerston 即轉向往南走，約 50 分鐘後抵達 Ashburton。Rollerston 與 Ashburton 兩城鎮都在坎特伯利大平原內，前者算是基督城的衛星小鎮，後者是另一個獨立的大城鎮行政區。

9月8日星期五：Ashburton→但尼丁（Dunedin）

列車繼續由 Ashburton 出發，前往南島東南海岸的但尼丁。途經坎特伯利大平原區的南部，在 Timaru 小鎮稍作停留，讓大家下車休息喝上午茶，順便瀏覽一下這個濱太平洋小海港出名的岩石建築街景。此後，列車繼續往目的地前進，沿途一面欣賞海岸風光，一面聆聽 Alan 這位南島在地人精闢簡潔的解說，讓人深有「行萬里路讀萬卷書」的體會。

其間，Alan 特別提醒大家注意，因爲地球暖化的緣故，海水不斷向內陸侵蝕，在 Timaru 附近的鐵軌，也不得不往內陸移。列車一路向南行，每經過些鄉鎮，他也會特別介紹，如 Pareora 有全國最有名的銀蕨農場（Silver Fern

Farm）肉品廠；Waimate 的景觀設計（landscaping）是強項；Waitaki 河產的鮭魚最好吃；Oamaru 小鎮以白石建築與藍眼企鵝聞名。

9月9日星期六：但尼丁→皇后鎮（Queenstown）

原定行程是坐火車去見識壯麗的台葉瑞峽谷（Taieri Gorge），無奈火車因故停駛，只好以遊覽車取代。這是筆者第四次到但尼丁，沒想到還是無緣搭火車前往觀賞峽谷美景，實在很遺憾！

遊覽車開到峽谷火車的終點站 Middlemarch，是個曠野小荒村，朔風野大，不見人影。就在絕望之時，有位眼尖的團員發現一家開門營業的咖啡店，大夥兒一擁而進。老闆娘和藹可親，不慌不忙地讓每個人都有杯熱飲驅寒，令人感激。

在午餐時刻抵達常住人口不到 100 人的紐國最小鄉鎮之一：Naseby。出乎意料之外，我們卻在這 1863 年誕生的淘金小鎮度過了一段充實的午後時光。因為用餐的酒館與博物館都小，團員得分成兩批輪流用餐與參觀，不過大家都對於 Shavourn 所說的「簡單午餐」（light lunch）非常滿意。Naseby 以冬季運動聞名，為紐國 curling 之都。Curling 是一種在冰上滑滾石塊的遊戲。我們特地去 curling 中心參觀，當場有專人示範，並邀團員下場試玩。

路經克倫威爾（Cromwell）鎮，在南島最有名的「瓊恩太太水果攤」（Mrs. Jones Fruit Stall）稍作停留。這家自1979年開始營業迄今的水果店內，擠滿了來自世界各地的遊客，要買冰淇淋、鮮果、果乾、蜂蜜等食物都得排隊。這可能是全國唯一每天營業、全年無休的水果攤。

司機導遊 Dave 介紹說，附近有 Clyde 水庫是全國第三大水力發電廠，此外占地兩萬多公頃的農場，每年需僱用兩萬多人幫忙種植、整理、採收，所產水果包括聞名全國的櫻桃。

我們於黃昏時刻抵達皇后鎮，住進旅館後發現，房間落地窗以及窗外的陽台，正面對著美麗的 Wakatipu 湖，看著湖邊山頭白雪紛飛，令人又驚又喜！

9月 10日星期日：皇后鎮

今天是自由行。早晨氣溫很低，又下著雨。近午時分撐著傘，頂著寒風細雨，沿著湖邊走去遠近馳名的 Fergburger 排隊買漢堡。小小的店面，裡裡外外擠得水洩不通。我們吃過後，也覺得名不虛傳，值得推薦！

下午兩點整，坐上有百年歷史的「TSS Earnslaw」蒸氣船，來一趟 Wakatipu 湖的懷舊之旅。同時，也參加了

Walter Peak 農莊之旅。坐在船艙內，放眼看見白色山脈下一大片青綠樹林環繞其間，更下方是紅屋頂白粉牆的美麗農莊建築，點綴著寧靜的湖邊。

登岸後有專人介紹農莊所飼養的鹿、山羊、蘇格蘭高地牛等動物，並讓遊客協助餵食。接著進入一間典雅的房間內享用下午茶，同時欣賞湖光山色美景。當然也見識了牧羊犬驅趕綿羊群的精采表現，以及剪羊毛秀。在回程登船前，遊客還有充分時間漫步或倘佯於農莊庭院與花園。這是一次輕鬆愉悅的午後小遊。

9 月 11 日星期一：皇后鎮→ Te Anau

離開皇后鎮前，先去附近郊區的箭城（Arrowtown），這是 1862 年發現金礦後所興起的小鎮，淘金熱高潮時人口達七千人，1960 年代最沒落時只剩不到兩百，廿一世紀開始興起的懷舊熱讓它躍居熱門景點之一，現人口已超過兩千。我們到位於主街道上的「湖區博物館」（Lakes District Museum），參觀了當年淘金熱時的歷史文物，其中與華工有關者占了很重要的部分，這些華工幾乎全來自中國的廣東。

離開箭城後，遊覽車走六號公路，經過以蒸汽火車聞名的 Kingston 以及 Lumsden、Mossburn 等聚落，約三小時後抵達 Te Anau。

Te Anau 鎮與湖同名，是前往 Fiordland 國家公園與米佛峽灣（Milford Sound）的門戶，最著名的景點是螢火蟲洞。我們之前已來過幾次，這次就在旅館內休養生息。

9 月 12 日星期二：Te Anau → Milford Sound → Invercargill

Te Anau 到米佛峽灣這段路是世界上風景最秀麗的高山公路之一。司機導遊 Dave 舉例說，在夏天旅遊旺季，一日之中就曾有高達 110 輛滿載中國遊客的遊覽車走這路段。

我們運氣甚佳，前一天下雪公路因而不通，今日暢行無阻。沿途兩旁白雪皚皚的高山，在山毛櫸樹（beech）森林的襯托下，構成一幅如畫風景。很順利地及時抵達米佛峽灣，坐上 11 點啓航的午餐遊船。

回程在 Chasm Walkway 稍作停留，讓大家去走 20 分鐘，見識這由許多小瀑布在數千年間沖下岩壁所形成的自然奇觀。接著到另一景點猴溪（Monkey Creek），不僅見證了冰天雪地的壯麗山景，也喝到了由冰河輾轉流進小溪的純淨泉水。

車子先回到 Te Anau 休息，喝完下午茶後，方才繼續上路，在夜幕低垂後才抵達南島最南端的城鎮 Invercargill。

9月 13 日星期三：Invercargill → Steward Island

早餐後特地走到Invercargill主要街道Dee Street，去看看筆者20年前（1997）到此一遊所投宿的旅館Grand Hotel。別來無恙，旅館外牆似乎重新粉刷過。這棟建於1913年的四層樓旅館，是1954年英國伊莉莎白女王訪問此鎮時下榻之處。筆者記得，20年前來此所住的房間，跟女王住過的房間是在同一層樓，當時女王所住過的房間還保留原樣，供人參觀，不知現況如何。但無論如何，這旅館是很有歷史性的建築物。

今天是自由行，我們參加多數人要去的Steward Island之旅。該島位居南島南方離岸30公里處，隔著Foveaux海峽，毛利名為Rakiura，意指閃亮的天空（glowing skies），可能是指著名的落日餘暉或南極光（southern lights）。

只有兩個團員選擇坐渡輪前往；其他人分乘六人座與九人座的小飛機，不到20分鐘就飛抵目的地。筆者被分配到六人座小飛機，費了九牛二虎之力才爬上飛機擠進座位，是生平首次有這種經驗。

島上常住人口約400，集中在東南岸的半月灣（Halfmoon Bay）聚落，主要以漁、農、林為業。全島的柏油路面僅27公里長。近年來觀光旅客漸增，對島上經濟助益不少。氣候較寒冷，全年平均溫僅攝氏3度，夏季最高溫達 13 度；雖然多雨，但以毛毛細雨居多。

參加了島上唯一的當地遊（local tour），司機導遊 Kaily 女士非常專業用心，聽她以感性的語調講述島上祖先的歷史，令人動容。原來早在 13 世紀，就有從蘇格蘭、美洲等地來的移入者，他們後來與島上的原住民通婚結合，Kaily 就是其後裔。而原住民是更早時候從南島移入的，在國家公園入口處，有象徵 Steward Island 與對岸 Bluff 緊密結合的鍊條雕塑，非常醒目。

Rakiura 因地理位置孤立，所以至今仍能保有其原始樣貌的自然景觀。但 Kaily 說，其實島上在某一方面也算非常現代化，例如，島上的 WiFi 連結就比南島大陸好。而且早在 1902 年就有裝置於樹上的電話系統，一直使用到 1967 年。目前，島上的小學有 30 個學生與兩位老師，但沒有高中，她只好把兒子送到對岸的寄宿學校。

我們也參觀了保育部（The Department of Conservation，DOC）的資訊中心，觀賞一段介紹 tui 鳥的影片。

9 月 14 日星期四：Bluff →但尼丁

上午遊覽車載著大家到紐國最南邊的海港 Bluff，從 Invercargill 出發往南 30 公里遠，號稱是全國最早有歐洲移民的小鎮，也是前往 Steward Island 的門戶，前一天有兩位團員就是到此乘坐渡輪過去的。

我們先到 Stiring Point，這裡也有與 Steward Island 國家公園遙遙相對的鍊條雕塑。另有一頗知名的路標，標示著前往國內一些地點以及國外都市如倫敦、紐約、雪梨等世界大城的公里數。沿著路旁的步道往上走可抵達瞭望台，可遠眺海港附近全景。

Bluff 的生蠔聞名全國，每年五月產季開始會舉辦生蠔節（Oyster Festival）作宣傳，生蠔空運至奧克蘭及全國各地，價格高昂，以每粒多少計價，依然供不應求。

繞行過 Bluff 樸實的大街後，回到 Invercargill，於中午時刻再度搭乘這次的專用火車直達但尼丁，接著馬上作市區遊覽。

遊覽車從火車站出發，司機導遊 Dave 一路介紹沿途兩旁的主要景點，如博物館、花園、教堂、大學等等。在信號山（Signal Hill）瞭望台停留，讓大家見識但尼丁山上的狂風與山下的美景，有幾個團員爲此而「感著」（台語，指受風寒）。山上有一對男女銅塑，男士代表紐西蘭這個國家過去第一個百年的奮鬥史；女士紡紗，是生命線（The Thread of Life），代表紐西蘭第二個百年的開展。

接著在植物園遊逛半小時後，於回旅館途中，特地繞道去參觀被列入金氏紀錄（Guinness World Records）的全世界最陡的住宅區街道 Baldwin Street，讓大家開開眼界。

9月15日星期五：但尼丁

今天有三個旅遊選項：Lanarch Castle、Olveston House、Otago Peninsula，都是以前參觀過的，於是決定自行去看一看即將於明年二月關廠，但歷史悠久的 Cadbury 巧克力工廠。

開廠始祖是 Richard Hudson 先生，在 1868 年開了一家餅乾店，自 1884 年起增加巧克力與可可的產品，於 1930 年與 Cadbury 公司合夥，製造紐國第一批牛奶巧克力棒上市。

導覽非常具有教育性、創意性與趣味性，全程充滿歡樂的氣氛。筆者所參加的這團一半以上是青少年，有的已來過數次，他們最關心的問題是工廠為什麼要關掉？答案是：在但尼丁的製造成本比在澳洲雪梨高。好消息是，雖然生產線會關，但導覽活動仍會持續。

但尼丁的居民成員，先有一千年前最早抵達的毛利人，再來就是 19 世紀的大批蘇格蘭人。現在街道兩旁仍有很多具有維多利亞女王時代風格的老建築，號稱是南太平洋的愛丁堡（Edinburgh，蘇格蘭首府）。為此，領隊 Shavourn 特別在惜別晚餐前安排一場蘇格蘭的節慶活動。

由一位身穿蘇格蘭裙的男風笛手，吹著風笛，引導大家進入旅館內的小型表演廳。待坐定後，先有兩名年輕少女表演傳統蘇格蘭舞蹈。接著，好戲上場，有三位團員（兩男一女）志願參加演出，他們打扮起來就像道地的蘇格蘭人。風笛手是主角，但不再吹風笛，而是介紹蘇格蘭的傳統文化特色，包括一道傳統美食 Haggis，以羊的心、肝、肺爲食材加以攪碎混合煮成。後來，晚餐的第一道菜就是做得像肉丸的 Haggis，果然非常好吃。

這文化與美食的饗宴深印在團員的腦海裡，隔日分手前，仍是大家津津樂道的話題。筆者深深慶幸，這次能在但尼丁有這麼難得的蘇格蘭文化體驗，補償了多年前在愛丁堡旅遊時的缺憾。

9 月 16 日星期六：搭機返回各自家園

這是筆者的第七次南島之旅，也因此圓了遍遊南島之夢。何其有幸，能在有生之年，走遍這座壯麗的島嶼！

（原載 www.taiwanesekiwi.org.nz 網站，2018 年 7 月）

國家圖書館出版品預行編目資料

旅紐見聞選集 / 蔡逸價作. -- 初版. -- 臺北市 :
前衛, 2019.04
面；公分

ISBN 978-957-801-870-9（平裝）

855 108001181

旅紐見聞選集

作　　者　蔡逸價
責任編輯　張笠
美術編輯　宸遠彩藝
封面設計　謝熙禎

出 版 者　前衛出版社
10468 台北市中山區農安街153號4樓之3
電話：02-25865708｜傳眞：02-25863758
郵撥帳號：05625551
購書・業務信箱：a4791@ms15.hinet.net
投稿・代理信箱：avanguardbook@gmail.com
出版總監　林文欽
法律顧問　南國春秋法律事務所
總 經 銷　紅螞蟻圖書有限公司
11494 台北市內湖區舊宗路二段121巷19號
電話：02-27953656｜傳眞：02-27954100

出版日期　2019年4月初版一刷
定價　新台幣400元

Printed in Taiwan　ISBN 978-957-801-870-9